Der gewürzte Araber

Hans-Walter Müller

Der gewürzte Araber

IMPRESSUM

Auflage 1.0 | Juni 2022

https://www.hwmautor.de

E-Mail: hwm@hwmautor.de

Welserstr. 23, 85051 Ingolstadt

© Coverdesign by A&K Buchcover

Fotos: depositphotos.com

Autoren-Foto: DK

ISBN: 9798830835909

Liebe Leserinnen und Leser,

der vorliegende Roman ist der dritte Band mit einer Reihe von atemberaubenden Abenteuern aus dem Leben von Marc Christ, einigen seiner wichtigen Wegbegleiter und bemerkenswerten Frauen, die er dabei getroffen hat.
Die einzelnen Bücher sind in sich abgeschlossene Geschichten und können unabhängig voneinander gelesen werden.

Wer schon jetzt mehr zu der gesamten Story wissen möchte, ist herzlich eingeladen sich auf meiner Web-Site: https://www.hwmautor.de näher zu informieren. Dort sind weitere inhaltliche Details, Pressinformationen, Leseproben usw. enthalten.
Gerne nehme ich auch Ihre Anregungen und Verbesserungsvorschläge entgegen. Meine E-Mail-Adresse: hwm@hwmautor.de.

Jetzt wünsche ich Ihnen einige aufregende Stunden mit meinem Roman!
Ihr
Hans-Walter Müller

Der vorliegende Roman ist ein Krimi mit
internationalen Verflechtungen!
Darin werden einigen Personen
des öffentlichen Lebens,
sowie Funktionsträgern von Staaten und Institutionen
Aussagen, Handlungen oder Unterlassungen
zugeschrieben,
die sie in Wirklichkeit
nicht gesagt oder begangen haben.

Die entsprechenden Passagen sind fiktional und
dienen ausschließlich dazu,
dem jeweiligen Sachverhalt
dramaturgisch Realitätsnähe zu vermitteln.

Inhalt:

Istanbul

Fatma weigerte sich. Warum zum Teufel sollte sie so etwas tun. Sie war hier offiziell als Assistentin des Generalkonsuls angestellt. Kaffeekochen, Tee aufsetzen, Gäste bedienen und den einen oder anderen Ratschlag ihren Kolleginnen hier im Generalsekretariat ins Ohr flüstern, dazu war sie hier, aber doch nicht … Gelegentlich musste sie Sonderaufträge erfüllen, Leute genauer unter die Lupe nehmen, Berichte schreiben, Beobachtungen weitergeben. Aber was hier kommen sollte, war schon heftig. Und dann auch noch Video Aufnahmen der Szenerie durchführen, eine sichere Internetverbindung via VPN nach Riad aufbauen und wer weiß was sonst noch tun. Allahu akbar, wozu sollte das gut sein, war das wirklich nötig? Wenn überhaupt, dann gehörte so eine herausfordernde Aktion eher zu den Aufgaben des stellvertretenden Botschafters. Muhammad hatte ohnehin nicht viel zu tun. Er wusste doch, wie sensibel sie war. Nein, das wollte sie nicht, auf keinen Fall.

Natürlich war sie in ihrer Ausbildung auch auf herausfordernde Aktionen vorbereitet worden. Aber im Laufe der Zeit hatte sich herausgestellt, dass das echte Leben weit weniger spektakulär war, als es ihre

anspruchsvolle Ausbildung erwarten ließ. Und dann gewöhnte man sich irgendwann an den Alltag und weiß ihn zu genießen. Alles in allem war Fatma mehr als zufrieden mit ihrer Situation. Nach Ihrem Geschichts-Studium in London wollte sie eigentlich nicht mehr zurück nach Saudi-Arabien. Die westliche Lebensweise hatte schon etwas für sich. Frauen wurden dort grundsätzlich ernst genommen. Ja genau, so war es.
Als sich dann die Möglichkeit bot, nach Istanbul zu wechseln, griff sie sofort zu. Eine andere Wahl hätte sie auch wohl kaum gehabt. Ihre Behörde bestimmte, wer was und wo zu tun hatte.

Ihre Weigerung für die anstehende Aktion fiel vielleicht etwas zu massiv aus. Eine derart rüde Wortwahl war auch nur akzeptabel, weil sie ein fast freundschaftliches Verhältnis zu ihrem Chef, dem Generalkonsul, hatte. Sie wusste aber auch, dass sie gehorchen musste, wenn er es befahl, zumal der Auftrag von ganz oben kam. Wer sollte auch sonst, abgesehen von ihr, ein absolut sicheres virtuelles Netzwerk nach Riad organisieren. Jetzt würde ihre Bewährungsprobe kommen. Sie konnte sich ziemlich genau vorstellen, wie die Aktion ablaufen würde. Musste man da wirklich so hautnah mit dabei sein?

Aber letztlich zählte der Wille der Chefs. Einen Ausweg sah sie nicht. Also installierte sie die notwendige Software und brachte die Mikro-Kameras im Konferenzraum in der zweiten Etage in Position. Einen provisorisch eingerichteten Nebenraum nutzte sie als Steuerungszentrale. Sie führte noch einige Tests durch und … wartete.

„Er ist hier, mach dich bereit." Es war Muhammad, der die Aktion mit seinem Anruf in Gang setzte. Fatma begab sich sofort in ihre Steuerungszentrale, telefonierte kurz mit Riad und machte die Kommunikationssoftware nach Riad klar. Es dauerte nur wenige Minuten, bis sich der Konferenzraum füllte. Es war kurz nach 13:00 Uhr. Die meisten Teilnehmer kannte sie nicht. Es waren die erst kürzlich für diese Aktion aus Riad angereisten Beamten. Welch ein Aufwand nur um zu bestätigen, dass der Besucher ledig war. Aber darum ging es nicht. Es begann, was Fatma befürchtete.

Ein kurzer Wortwechsel in arabischer Sprache, dann verschlug es dem Delinquenten die Sprache. Ungläubig drehte er den Kopf in dem gediegenen Konferenzraum nach allen Seiten. Als er den Ernst der Lage erkannte, sprang er aus seinem Stuhl auf und wollte sich wehren. Sofort wurde er von den Sicherheitsbeamten rüde gepackt und festgehalten. Dabei splitterte seine Brille noch vor ihrem Aufprall auf den Boden. Jamal sank in sich zusammen und versuchte sich weiter zu wehren.

Wieder folgten weitere Wortfetzen in arabischer Sprache. Ein Handgemenge setzte ein. Der Delinquent wurde hart festgehalten, die Atemwege wurden ihm mit einem Handtuch zugedrückt. Er versuchte zu entkommen. Er hatte keine Chance.

„Ich bin nicht alleine hier. Draußen wartet meine Verlobte“, keuchte er.

„Nicht …“, ergänzte er. „Was macht ihr da, ich kann nicht atmen, ich habe Asthma, ihr erstickt mich noch …“

In Todesangst wiederholte er mehrmals gequält: „nicht, tut das nicht …“

Er konnte nicht entkommen. Eine Plastiktüte wurde ihm über den Kopf gezogen. Er flehte, keuchte, krächzte … während er umgebracht wurde.

Nach wenigen Minuten erlahmten seine Befreiungsversuche. Er verlor das Bewusstsein.

„Ist er tot?“, fragte einer der Beamten ohne eine besondere emotionale Regung.

„Nein, noch nicht. Lasst nicht locker“, forderte er.
Nach weniger als zehn Minuten war Jamal tot.
„Was machen wir jetzt?“, fragte einer der Beamten.
„Die Extremitäten sind kein Problem“, führte der aus Riad angereiste Gerichtsmediziner aus. „An den Gelenken können wir sie leicht durchtrennen. Schwieriger wird es mit dem Rumpf, aber auch das kriegen wir hin“, führte der Mediziner weiter, aus.
„Gib mir die Säge, ich zeige es euch!“
Mit brutaler Zielstrebigkeit begann er dann sein Werk. Als sich die Sägezähne schmatzend tief in das Fleisch bohrten und auf einem Gelenkknochen ein raspelndes Geräusch erzeugten, konnte Fatma der Szene nicht länger folgen. Sie hastete zum Fenster, öffnete es und übergab sich. Der Inhalt ihres Magens platschte auf den Boden im Innenhof des Konsulats. Fatma hing noch minutenlang über der Fensterbrüstung und schleppte sich danach zurück zu ihrem Monitor, um ihren Auftrag weiter zu erledigen. In knappen Stichpunkten protokollierte sie das Gesehene.

Schon kurz darauf berichteten erste Nachrichtensender, dass ein saudischer Journalist der Washington Post vermisst wird, nachdem er sein Konsulat in Istanbul aufgesucht hatte. Seine künftige Ehefrau schlug Alarm. Sie hatte bis

nach Mitternacht vor dem Konsulat in Istanbul ausgeharrt. Gerüchten zufolge könnte sein Verschwinden im Zusammenhang mit seiner öffentlichen Kritik an dem saudischen Kronprinzen Mohammed Bin Salman stehen. Die türkischen Behörden glaubten, dass Jamal Khashoggi im Konsulat am 02. Oktober ermordet wurde.
Vor dem Konsulat bildete sich sofort eine kleine Traube von Journalisten und Fotografen. Am nächsten Tag beobachteten bereits mehr als 100 Reporter das Geschehen. Präsident Erdogan wurde sofort informiert und äußerte sich sehr besorgt zu dem Vorfall. Auch der amerikanische Präsident, Donald Trump, nahm zu dem Vorgang in Istanbul Stellung, hielt sich aber mit einer vorschnellen Schuldzuweisung zurück.
Der öffentliche Druck auf das Saudi-Arabische Königshaus wuchs. Der Generalkonsul in Istanbul war stinksauer und verweigerte den türkischen Behörden eine Untersuchung innerhalb des Konsulats. Erdogan argumentierte, dass hier in der Türkei wahrscheinlich ein Verbrechen begangen wurde und es deshalb den türkischen Behörden erlaubt sein müsse, alle nötigen Recherchen anzustellen, um den Fall zu klären. Der Saudi-Arabische Generalkonsul in Istanbul stellte klar, dass das Konsulat saudischer Boden sei und deshalb die türkische Polizei kein Recht habe, hier

Forderungen zu stellen.
Innerhalb des Konsulats war der öffentliche Druck deutlich spürbar. Die Hektik nahm zu. Die Sache war gründlich in die Hose gegangen. Wie konnte das geschehen? Die türkische Polizei erfuhr erst von der Presse von dem Vorgang. Hadice, die künftige Ehefrau von Jamal und türkische Journalistin, hatte bis nach Mitternacht vor dem Konsulat ausgeharrt und danach über die Presse Alarm geschlagen.
Am 15. Oktober gaben die Saudis nach und erlaubten den Türken im Konsulat zu ermitteln.

„Fatma muss weg … schnell. Die Polizei fragt bereits nach ihr. Wie kommen die nur auf ihren Namen? Ich kann mir das nicht erklären, Adnan. Das Kommando aus Riad ist doch längst wieder zurück. Fatma hatte damit doch nichts zu tun, na ja, direkt hatte sie nichts damit zu tun.“
„Ich habe auch keine Idee, Said Musa'd. Entweder wir haben einen Verräter unter uns oder wir werden überwacht. Beides ist eigentlich unvorstellbar. Was soll ich tun?“
„Haben wir die Überreste von Jamal absolut gründlich beseitigt, Adnan? Hörst du! Wir dürfen keine Spuren übersehen, sonst sind wir dran. Wie konnten diese Idioten in Riad uns das nur antun. Mussten die ausgerechnet ihr …

ihr Handwerk hier in Istanbul erledigen!“

„Tja, was soll ich dazu sagen, Said Musa’d.“

„Wo ist Fatma, bring sie her, Adnan, sie weiß zu viel, oder noch besser, bring sie weg ins Ausland, hörst du. Sie soll nicht mehr zurück in ihre Wohnung. Frag sie, was sie unbedingt mitnehmen möchte und schick unsere Leute zu Ihrer Wohnung. Sie sollen ihre Sachen zusammenpacken und unauffällig auf unsere Jacht bringen.“

„Ja, aber, Said Musa’d…“

„Nichts, ja aber …, tu einfach, was ich dir sage. Fatma weiß einfach zu viel und hat alles auch noch auf Video. Sie soll alle Aufzeichnungen vernichten. Ich weiß nicht, ob sie dem Verhör von türkischen Beamten standhalten könnte, zart wie sie ist!“

„In Ordnung, Said Musa’d, wohin soll ich sie bringen?“

„Das kläre ich jetzt in der nächsten Stunde. Am besten wäre es, wir würden sie in Berlin unterbringen. Der Botschafter dort ist ein Freund von mir. Noch etwas, Adnan, ändere in ihrer Personalakte ihre hiesige Adresse irgendwo hin, weit weg von ihrem Wohnort, auf einen weit entfernten Stadtteil. Bis die Türken das herausfinden ist sie über alle Berge. Dadurch gewinnen wir möglicherweise noch einen geringen Vorsprung, falls die Polizei sie zu Hause aufsuchen möchte.“

Flucht nach Berlin

Jetzt ging alles Schlag auf Schlag. Fatma wurde verständigt und mit einem Taxi in den Norden gebracht. Die Fahrt war der reinste Höllenritt in dem immer stärker werdenden Abendverkehr. Der Taxichauffeur wurde angehalten, möglichst schnell vorwärts zu kommen. Ampeln wurden ignoriert, Fahrer hupten aufgeregt, Fußgänger überquerten abenteuerlich die Straßen. In Maslak wechselte Adnan das Taxi. Eine Vorsichtsmaßnahme. Noch war nicht klar, ob nach Fatma wirklich gesucht wurde. Bisher war von den türkischen Behörden lediglich der Wunsch geäußert worden, mit ihr zu sprechen. Das genügte aber als Alarmsignal für die Strategen in der Botschaft. Sie setzten darauf, dass die Behörden gegebenenfalls im Süden verstärkt präsent sein würden. Noch tappte die Polizei wahrscheinlich im Dunklen, aber wer wusste, wie lange noch.

Weiter ging es in Richtung Sariyer und dann entlang der Küstenstraße immer weiter nach Norden. Der Verkehr war inzwischen ruhiger geworden. In Sariyer wechselte Adnan erneut das Taxi. Der Fahrer blieb zunächst weiter auf der Küstenstraße und schwenkte später auf die bewaldete Hauptstraße in Richtung der Yavuz-Sultan-Selim-Brücke, nahe Garipce, ab. Das Ziel lag nun nah. Ein verkehrsbedingter Zwischenfall war jetzt nicht mehr zu erwarten als plötzlich vor der Zufahrt zur dritten Bosporus Brücke eine Polizeistreife auftauchte und dem Taxifahrer signalisierte anzuhalten.

„Jetzt ruhig bleiben", zischte Adnan Fatma zu und lockerte den Zugriff zu seiner Pistole im Hosenbund.

Als das Taxi angehalten hatte, kam einer der Beamten auf das Fahrzeug zu und forderte mit einer Handbewegung den Fahrer auf, das Fenster herunterzukurbeln. Der zweite Beamte wartete vor seinem Polizeifahrzeug, mit einer Maschinenpistole im Anschlag.

„Woher kommst du, mein Freund?", fragte er den Taxifahrer freundlich.

„Aus Sariyer", entgegnete der Taxler verunsichert.

„Was machst du dann hier in unserer Gegend?"

Jetzt zwängte sich Adnan zum Fenster und entgegnete eilig: „Wir wollen nach Garipce ins Krankenhaus, bitte, meine Frau ist schwanger und hat plötzlich Bauchkrämpfe. Bitte helfen Sie uns. Bitte lassen Sie uns weiter."

Der Beamte zögerte nicht lange, eilte zu seinem Kollegen und stimmte sich kurz mit ihm ab. Daraufhin kam er eilig

zum Taxi zurück und sagte dem Fahrer: „Kommen Sie. Folgen Sie unserem Fahrzeug. Wir geleiten Sie zum Krankenhaus.“
Als sie unerwartet mit Polizeiunterstützung wieder auf dem Weg waren, flüsterte Fatma Adnan leise zu: „Musste das denn sein! Was machen wir denn jetzt im Krankenhaus?“
„Mir fiel so schnell nichts Besseres ein. Da müssen wir jetzt durch. Du wirst dich untersuchen lassen müssen“, schmunzelte er.

Vor dem Krankenhaus angekommen stieg Adnan schnell aus und bedankte sich herzlich bei den Beamten für ihre Hilfe. Der Taxifahrer half Fatma aus dem Fahrzeug und stützte sie auf dem Weg zum Haupteingang. Fatma legte den kurzen Weg gebückt und zähneknirschend zurück.
Das Polizeifahrzeug verließ rasch das Gelände. Adnan bezahlte den Taxifahrer und setzte sich kurz zu Fatma, die inzwischen im Wartebereich angekommen war. Kurz darauf nahmen sie eines der vor dem Krankenhaus wartenden Taxis und setzten ihre Fahrt fort. Ihr Ziel war der kleine Jachthafen in Rumelifeneri, wenige Kilometer weiter nördlich. Die Sonne versank bereits am Abendhimmel als sie ihr Ziel erreichten. Adnan und Fatma hatten versucht,

durch das Wechseln mehrerer Taxis, ihre Spuren möglichst gut zu verwischen. Der Stopp durch die Polizei war allerdings diesbezüglich ein herber Zwischenfall.

Der Kapitän der Jacht, Mo Can, bereitete das Schiff inzwischen mit seiner kleinen Crew emsig auf das Auslaufen noch in derselben Nacht vor. Jetzt kam es darauf an, keine Zeit zu verlieren. Die Zollformalitäten mit den für den kleinen Hafen zuständigen Beamten hatte er bereits am frühen Nachmittag erledigt. Das war ohnehin kein großer Akt. Man kannte sich hier seit vielen Jahren. Fatma und Adnan hatten vor dem Hafen das Taxi bezahlt und verlassen. Sie wurden dort von Mo abgeholt und auf das Schiff gebracht. Nach einer kurzen Einweisung bat er sie, sich unter Deck zu begeben, um hier keine Blicke auf sich zu ziehen. Bei dem geschäftigen Treiben im Hafen war das nicht zu erwarten, aber der Kapitän wollte auf Nummer sicher gehen. Mo hatte in aller Eile auch für einen kleinen Imbiss gesorgt. Eine gepflegte Mahlzeit wurde es nicht, aber für Pide, kalte Köfte mit einer scharfen Tomatensauce reichte es. Fatma hatte die überstürzte Abreise, im Gegensatz zu Adnan, den Appetit verschlagen. Sie blickte einer ungewissen Zukunft entgegen. Andererseits war diese Zukunft im Westen womöglich leichter zu ertragen als eine absehbare Zukunft in dem Vormundschaftssystem für Frauen in Saudi-Arabien. Ihr Land war zwar in einem Wandel begriffen, aber noch waren die Fortschritte spärlich. Ihre Hoffnungen setzte sie auf Mohammed Bin Salman. Aber hatte er die Kraft und vor allem die Überzeugung für Veränderungen? Fatma würde die Antwort darauf abwarten. Abwarten …, aber nicht in ihrem Heimatland. Dazu hatte sie bereits genug an der westlichen Unbekümmertheit während ihres Studiums in London geschnuppert. Jetzt wollte sie mehr!

Die Fortsetzung der überstürzten Abreise war übers Schwarze Meer nach Bulgarien geplant. Aber auch dort würde sie nicht lange bleiben. Ihr Ziel war zunächst der internationale Flughafen von Burgas. Mo Can hatte den Auftrag, den kleinen Hafen von Sarafowo, nördlich von Burgas anzulaufen. Der Flughafen befand sich dort perfekt, nämlich zu Fuß in Reichweite und als Gepäck hatte Fatma lediglich eine kleine Sporttasche dabei. Den Großteil ihrer Habseligkeiten würde ihr die Botschaft nachsenden. Ein Ticket nach Berlin lag für sie am Terminal der Luxair im Flughafen bereit. In der Europäischen Union würde sie sich dann vor einem Zugriff türkischer Behörden einigermaßen sicher fühlen können. Ein 12-Stunden Flug über

Luxemburg lag dann noch vor ihr, wie Adnan inzwischen nach mehreren Telefonaten in Erfahrung bringen konnte. Erst im Flugzeug würde sie dann wohl ein wenig Ruhe finden können. Adnans Auftrag war in Sarafowo zu Ende. Mo würde ihn wieder mit zurück nach Istanbul nehmen. Über die Sache mit Jamal wird dann die Zeit Gras wachsen lassen. Und noch schneller über ein ausgefallenes Gespräch türkischer Behörden mit der Assistentin des Saudi-Arabischen Botschafters in Istanbul, so die Hoffnung von Fatma.

Erste Schritte

Fatma war fassungslos. Die Berichterstattung in den Medien zum Tod von Jamal Khashoggi ging ihr nahe, obwohl sie dazu weder aktiv beigetragen hatte, noch die Ermordung in irgendeiner Weise billigen konnte. Trotzdem war diese Aktion für sie ein Beitrag, der sie weiter von ihrer Heimat entfernte, in jedem Fall aber ihre nationale Loyalität erschütterte.
Nach und nach fand sie sich in ihrem neuen Leben in Berlin immer besser zurecht.

Die Botschaft und der Geheimdienst in ihrer Heimat hielten es für angebracht, ihr einen neuen Namen zu verpassen, um eventuelle Rückschlüsse auf ihre Identität weiter zu vernebeln. Für die türkischen Behörden schien der Fall erledigt zu sein. Zumindest konnte sie diesbezügliche Nachstellungen nicht feststellen. Trotzdem war sie bei allem, was sie tat, immer noch auf der Hut. Man weiß ja nie, selbst hier in Berlin. Der Arm der türkischen Behörden ist lang. Die Vorkommnisse 2018 in Istanbul rückten aber immer weiter in die Ferne.
In Saudi-Arabien waren inzwischen fünf saudische

Staatsbürger bei einem undurchsichtigen Prozess zum Tode und drei weitere zu Haftstrafen verurteilt worden. Die Todesstrafen wurden seither in Haftstrafen umgewandelt, natürlich …! Khashoggi war "bei einem missglückten Einsatz bezüglich seiner Festnahme" getötet worden, hieß es. Die ursprünglich bestrittene, aber dann unter internationalem Druck schließlich zugegebene, Ermordung Khashoggis war dadurch deutlich relativiert worden.

Der saudische Botschafter in Berlin kümmerte sich von Anfang an vorbildlich um Shari, wie Fatma inzwischen hieß. Als eine der Chef-Sekretärinnen fand sie ausreichende Ablenkung durch ihre Arbeit. Zum Aufbau der zunächst noch fehlenden deutschen Sprachkenntnisse erhielt sie täglich intensiven Unterricht. Und Shari lernte schnell. Ihr angeborenes Sprachgefühl unterstützte dabei ihre Motivation, sich hier heimisch zu fühlen. Auch eine, von der Botschaft bereitgestellte, voll ausgestattete und überdimensionierte Wohnung in bester Wohnlage sollte Sharis neues Leben so angenehm wie möglich gestalten. Sie wusste, dass sie diese Annehmlichkeiten hauptsächlich ihrem Onkel und Vormund in Saudi-Arabien zu verdanken hatte. Ein Gefühl der Dankbarkeit ihm gegenüber verband sie immer noch eng mit ihrer Heimat.

Im Laufe der Zeit gewann Shari immer mehr Gefallen im Westen. Während ihrer Bürozeiten kleidete sie sich ordentlich nach den Konventionen ihrer Heimat, aber privat sah es anders aus. Längst hatte sie sich mit Jeans, T-Shirts und natürlich reichlich mit Schuhen ausgestattet.
Inzwischen hatte ihr New-Style längst auch auf ihre Unterwäsche übergegriffen. Knappe Slips und reizende BHs komplettierten jetzt ihre Garderobe. Damit hatte sie so etwas wie die formalen Voraussetzungen gesetzt, die ihr die Möglichkeit boten, sich ziemlich unauffällig in der Berliner Szene zu bewegen. Ihre außergewöhnlich hübsche äußere Erscheinung unterstütze darüber hinaus ihren Wunsch hier unter jungen Leuten Anschluss zu finden. Aber so einfach war das nicht. Mit ihren inzwischen über 30 Jahren gehörte sie nun auch nicht mehr zu den ganz Jungen. Die Ernsthaftigkeit, mit der sie ihr neues Leben zu meistern versuchte, passte auch nicht so recht zu der jugendlichen Szene, zu der sie gerne gehört hätte. Die locker flockige Unbekümmertheit stellte sich einfach nicht ein.
Richtig gute Freunde konnte Shari hier nicht gewinnen. Weder unter Männern noch bei Frauen. Über ein mehr oder weniger unverbindliches Techtelmechtel gingen ihre Dates in der Regel nicht hinaus. Vielleicht war das auch ihrem angeborenen Misstrauen geschuldet, das einer zu schnellen

Vertrauensseligkeit im Wege stand. Über Details ihrer Arbeit durfte und wollte Shari nicht sprechen. Auch das verhinderte eine zu enge Bindung an Fremde. Shari arbeitete neben dem Botschafter auch immer noch für ihren Onkel in Saudi-Arabien. Für ihn erledigte sie auch hier in Berlin kleinere Aufträge. Schon alleine wegen seines politischen Schwergewichtes war Berlin für ihn ein lohnendes Pflaster.

Neben ihrem Unterricht in deutscher Sprache in der Botschaft, schrieb sich Shari in Deutschkurse in der Volkshochschule ein. Gute Freunde konnte sie aber auch hier nicht finden. Das Publikum dort entsprach einfach nicht ihren Erwartungen. Allerdings verbesserte sie dadurch ihre Deutschkenntnisse erheblich.

Irgendwann bat sie dann der Botschafter, einem örtlichen Golf-Club beizutreten. Mit dieser Sportart hatte Shari eigentlich nichts am Hut. Der Botschafter sah darin jedoch eine dienstliche Notwendigkeit, um gegebenenfalls auch politischen Besuchern eine adäquate Gesprächspartnerin auf Augenhöhe zu sein. Die Aufgaben von Shari in der Botschaft waren inzwischen erweitert und um den Begriff Sonderaufgaben ergänzt worden. Das bedeutete, sie erledigte jetzt alle möglichen Aufträge, die nicht in eine der

üblichen Kategorien passten. Dazu zählte eben auch, sich mit Golf zu befassen. Der Unterricht machte Spaß und bot außerdem die Möglichkeit, häufiger mit interessanten Leuten in Verbindung zu kommen. Das traf dann tatsächlich auch zu. Allerdings waren die interessanten Leute dann in der Regel mehr als doppelt so alt wie sie. Während die Leute in den Clubs zu jung waren, traf sie hier eher die älteren Semester. Wo waren nur die dreißig bis vierzig Jährigen? Die konnten doch nicht alle verheiratet sein und zu Hause vor dem Fernseher sitzen.
Shari saß in ihrem Privatleben irgendwie zwischen den Stühlen. Zu arabischen Gruppen wollte sie keinen engen Kontakt mehr und zu westlichen jungen Leuten bekam sie keinen.

Monatlich telefonierte sie mit ihrer Mutter in Saudi-Arabien, um die Verbindung zu ihren Angehörigen nicht ganz zu verlieren. Zunehmend wurden diese Gespräche jedoch anstrengender. Um möglichst kein Konfliktpotential aufkommen zu lassen, verzichtete Shari dabei grundsätzlich auf westliche Kleidung und Schminke, da die Gespräche häufig über Facetime, Skype oder ähnliche Medien geführt wurden. Inzwischen konnte Shari auch dem religiösen Glauben ihrer Heimat nicht mehr folgen. Zu sehr prägten die Bilder religiöser Fanatiker, die überall rund um den Globus, mit Bezug auf ihre Religion, Grausamkeiten verübten, ihr Weltbild. Das betraf aber nicht nur den Islam. Genauso wenig wie extreme Muslime etwas mit dem Islam zu tun hatten, konnten kirchliche Würdenträger, deren Gräueltaten an Jugendlichen nach und nach publik wurden, als Christen bezeichnet werden. Natürlich war ihr klar, dass die Motive dieser Extremisten und ihr Religionsbezug nur vorgeschoben waren und trotzdem bewirkten diese Bilder eine Abkehr von ihrer Religion. Inzwischen glaubte Shari an gar nichts mehr. Ihre Mutter wusste das nicht und es bestand auch keine Notwendigkeit dieses Thema in den Gesprächen aufkommen zu lassen.

Shari war alleine hier in Berlin. Die Stadt war für sie zum goldenen Käfig geworden. Sie hatte alles, wovon viele Menschen nur träumen können. Aber eines hatte sie nicht. Sicherheit!
Sicherheit auf ein unbeschwertes Leben ohne Zwänge, in dem sie ihre Vergangenheit irgendwann komplett ausblenden können würde. Sicherheit, dass sie hier ihr Glück finden und sich vorbehaltlos heimisch fühlen konnte. Eine Perspektive, um vielleicht mit Freunden nach Feierabend über Belanglosigkeiten zu diskutieren, mit

Nachbarn zu plaudern und möglicherweise sogar verheiratet und mit eigenen Kindern das Leben einfach genießen zu können, fehlte.
Shari war aber nicht nur alleine. Sie war auch innerlich zerrissen. Eigentlich wollte sie nie ihre arabischen Wurzeln kappen. Und doch war sie jetzt dabei, genau das zu tun. Irgendwann würde sie sich entscheiden müssen. Ein Leben in relativem Luxus ohne nennenswerte Herausforderungen war aber einfach nicht ihre Sache. Ihre größte Herausforderung in der Zeit nach 2018 war, nicht aufzufallen. Dazu musste sie … einfach nichts tun. Auch die Aufträge des Botschafters oder ihres Onkels waren eher angenehme Verpflichtungen. Dazu musste sie lediglich auf Empfängen eine gute Figur machen, gehaltvoll bei politischen Themen mit diskutieren, eine fundierte Meinung äußern und sich gegebenenfalls auf manchen unverbindlichen Flirt einlassen.

Das war es dann aber auch schon. Bis …, ja bis sie Rayen traf und dann auch noch Marc!

Shari beißt auf Sand

Shari war heute Morgen schlechter Laune. Grund dafür gab es eigentlich keinen. Das Wetter war hervorragend und im Büro herrschte lediglich die übliche Hektik, wenn der Besuch eines hochrangigen Diplomaten vorbereitet wurde. Nichts Besonderes also. Shari wurde ohnehin nur mit hinzugezogen, wenn ihre sprachlichen Fähigkeiten gefragt waren oder eine kniffelige Begrüßungsrede entworfen werden musste.

Außerdem war sie ein wenig verliebt. Eingestehen wollte sie sich den Grund für dieses kribbelnde Gefühl in der Magengegend nicht. Aber immer, wenn sie in letzter Zeit an Rayen dachte, schienen die Schmetterlinge in ihrem Bauch einen Rundflug zu starten. Shari hatte also eigentlich keinen Grund, schlecht gelaunt zu sein. Im Gegenteil: Rayen hatte sie für heute Mittag in ein exklusives Restaurant eingeladen, aber auch das besserte ihre Laune nicht wesentlich, obwohl ihr Chef, der Saudi-Arabische Botschafter, nicht im Haus war. Sie konnte deshalb die Mittagspause nach Gutdünken sogar noch etwas ausdehnen.

Inzwischen saßen Shari und Rayen in diesem Gourmet Tempel unweit der Spree. Sharis Laune hatte sich immer noch nicht wesentlich gebessert. Es gab Tage, da kam ihr wie aus dem Nichts ins Bewusstsein, dass sie sich immer weiter von ihrer Heimat entfernte. Zunächst geografisch, dann kulturell und inzwischen musste sie sogar ihren Namen aufgeben und durfte nicht einmal darüber sprechen. Mit wem aber auch schon. Echte Freunde hatte sie hier immer noch nicht. Vielleicht würde sich das eines Tages mit Rayen ändern. Vielleicht war heute einer dieser Tage. Andererseits wusste Shari die Annehmlichkeiten hier in Berlin immer mehr zu schätzen. Gleichberechtigung, auch zwischen den Geschlechtern, war hier ein hohes Gut. Eine frei gewählte Regierung führte das Land und eine Opposition achtete akribisch darauf, dass Verfehlungen gnadenlos aufgedeckt wurden. Die eigentliche Opposition war aber die Presse. Darauf reagierten die Leute hier. Ja, das Volk glaubte, eine gewaltige Macht zu haben.
Shari wurde immer weiter in ihrem Dilemma festgehalten: die verblassende Sehnsucht nach ihrer Heimat einerseits und der immer mehr erstarkenden Liebe zur westlichen Kultur. Auch diese immer häufiger aufkeimenden Gedanken belasteten sie.

Nun saß sie hier in diesem exklusiven Restaurant und bemühte sich um etwas mehr Gelassenheit.
Dann passierte aber etwas Unerwartetes. Shari biss auf Sand. Ihr war klar, dass sie jetzt vor einer kleinen Herausforderung stand. Einfach ausspucken ging nicht. Nicht hier. Ärger machte sich in ihr breit. Dabei hatte der Tag ohnehin schon mies begonnen. Der Ausblick, heute Rayen zu treffen, dämpfte ihr angestacheltes Gemüt nur unwesentlich. Rayen lud sie kürzlich unerwartet in dieses extravagante Lokal zum Mittagessen ein. Es war nicht das Lokal, das sie in Hochstimmung hätte versetzten können, sondern die Gelegenheit, mit Rayen etwas Zeit zu verbringen. Viel lieber wären ihr ein Spaziergang im Park in der Mittagspause gewesen oder wenigstens ein Lunch in einem einfachen Lokal. Aber Rayen wollte ihr offensichtlich eine Freude bereiten und da hätte es einfach nicht gepasst, an seiner Wahl herumzumäkeln. Ihre Arbeit im Büro holte sie dann schnell wieder in den Alltag zurück. Die Vorbereitungen für den Besuch eines ausländischen Diplomaten gingen schleppend voran und als dann die Suiten vom Adlon endlich bestätigt wurden, verschob die Delegation den Termin kurzerhand um einen Tag nach vorne. Alle Teilnehmer mussten nun gebeten werden ihre Termine entsprechend anzupassen, Konferenzräume waren

umzubuchen und so weiter und so fort. Eigentlich blieb keine Zeit für eine Mittagspause außer Haus und schon gar nicht wegen einer Privatangelegenheit.
Jetzt saß sie hier. Normalerweise hätte sie ihren Mundinhalt möglichst unauffällig in ihre Serviette gedrückt und fertig. Aber hier in diesem voll besetzten Sternerestaurant hielt sie das für keine gute Option. Den Ober zu rufen und sich diskret zu beschweren ging mit vollem Mund auch nicht. Unbeholfenheit war ihr nächstes Gefühl. Ihr unterentwickeltes Selbstbewusstsein suggerierte ihr: Nur nicht auffallen. Unsicher schaute sie nach links und rechts. Kurz schloss sie ihre Augen, aber auch das half nicht. Allah hilf, wie peinlich. Nur kein Aufsehen erregen in diesem exklusiven Tempel. Warum konnten wir nicht einfach zum Storchenwirt bei mir um die Ecke gehen? Rayen, der ihr gegenüber saß, hatte bisher glücklicherweise nichts bemerkt. Allah sei Dank. Den verantwortlichen Koch hätte sie jetzt höchstpersönlich in seine eigene Pfanne hauen können. Ist es denn wirklich zu viel verlangt, einen Salat ordentlich zu waschen … Tztztz, Bio-Qualität hin oder her: Unbehandelt meint nicht ungewaschen. Innerlich fluchend entschied sie sich, einfach zu schlucken. Widerwillig zwängte sie den weitgehend unzerkauten Bissen, Weißbrot und Salat, in ihrem Mund nach hinten und hinunter damit.

Als dann plötzlich ihre Peristaltik versagte und der Bissen in ihrer Speiseröhre stecken lieb, geriet sie in Panik. Stocksteif und regungslos saß sie plötzlich auf ihrem Stuhl. Ihre Wangen röteten sich, die Augen wurden glasig. Jetzt bemerkte auch Rayen ihre Notlage, konnte jedoch die Ursache nicht eindeutig zuordnen. Die Gäste am Nebentisch wurden aufmerksam und tuschelten.
„Hast du etwa zu schnell geschlungen“, bemerkte Rayen leicht belustigt, aber trotzdem mit Besorgnis in der Stimme. Shari antwortete nicht. Sie konnte es auch nicht und wenn doch, es wäre eine bissige Antwort gewesen. Langsam löste sich dann aber ihr Schmerz und Shari atmete erleichtert auf. Einigermaßen erholt, wollte sie etwas sagen. Dazu kam sie aber nicht. Sie schnappte nach Luft, würgte, hechelte und konnte einen kapitalen Hustenanfall doch nicht mehr vermeiden. Ihre Wangen glühten, die Nachbarn hoben ihre Köpfe, raunten sich etwas zu, schmunzelten, einige schauten mitleidig zu ihr herüber. Ihr Anfall ließ nicht nach. Er hielt sogar gefühlte Minuten an. Es schien, als drohte sie zu ersticken. Rayen schaute zunehmend verunsichert, wusste nicht, was er sagen oder tun sollte. Der Ober stand sprungbereit aber hilflos an der kleinen Theke nebenan und schaute ebenfalls besorgt zu Shari. Auch einige Gäste waren kurz davor, ihr irgendwie zu helfen.

Nach einigen Minuten hatte sich Shari wieder einigermaßen im Griff. Ihr Husten ebbte ab. Um irgendetwas zu tun, griff sie nach einer kleinen Weißbrotscheibe und führte sie zu ihrem Mund. Jetzt versuchte Rayen erleichtert, die Situation etwas aufzulockern:
„Vorsicht", unterbrach er sie. „Wenn du dir jetzt noch in den Finger beißt, ist dein Tag gelaufen."
Diesen blöden Spruch konnte Shari hier und heute nun gar nicht vertragen. Vorbei war es mit ihrer Contenance. Die Umgebung war ihr jetzt plötzlich völlig egal. Sie sprang auf, hielt ihren Teller in beiden Händen und drohte ihn auf Rayen oder den Boden zu werfen.
„Halt jetzt bloß die Klappe", waren ihre Abschiedsworte und dann verließ sie im Sturmschritt die Lokalität. Rayen gab dem Ober ein Zeichen, dass er später die Rechnung begleichen würde und folgte Shari eiligen Schrittes ins Freie.

Etwas später saßen die beiden auf einer verwitterten Holzbank am Ufer der Spree in Charlottenburg. Shari hatte sich inzwischen beruhigt und Rayen versicherte glaubhaft, dass er sich keinesfalls lustig über sie machen wollte.
Allzu weit entfernt von ihrem Arbeitsplatz in der Tiergartenstraße war es hier nicht. Aber warum auch,

dachte Shari. Sie hatte hier nichts zu verbergen und als unverheiratete junge Frau in den besten Jahren war daran hier in Berlin nun überhaupt nichts Verwerfliches. Ja, in ihrer Heimat galten andere Vorgaben, aber hier waren noch ganz andere Verhaltensweisen unter jungen Leuten völlig normal. Shari hatte sich nahezu vollständig abgenabelt von den Gepflogenheiten in ihrer Heimat. Ihre Eltern und Verwandten mussten ja nicht so genau wissen, was sie alles tat und erlebte. Mit Mama telefonierte sie regelmäßig. Shari versuchte dabei behutsam zu erklären, dass sie sich eben an das Leben hier im Westen anzupassen hatte. Schließlich konnte sie als Botschaftsangestellte die Sitten ihres jeweiligen Gastgeberlandes nicht völlig ignorieren. Diese Erklärungsversuche unterhöhlten nach und nach die strengen Vorgaben ihres Elternhauses. Auf Facetime, Skype oder andere bildhafte Kommunikationsmedien verzichtete Shari zunehmend fast gänzlich, um nicht unnötig Öl ins Feuer wegen ihres, an den Westen angepassten, Aussehens zu gießen. Was ihre Angehörigen überhaupt nicht verstehen konnten, war ihre Namensänderung in Verbindung mit ihrem Umzug nach Berlin. Fatma war doch so ein schöner Name. Auch ihre Großmutter hieß so. Shari hatte Erklärungsversuche inzwischen aufgegeben. Es war eine Vorsichtsmaßnahme der Botschaft, der sie Folge zu leisten hatte. Ihre Familie musste das nicht verstehen.

Nach dem Schock in Istanbul forcierte sie ihre Abnabelungsversuche ganz bewusst. Das bezog sich auch auf ihre Kleidung, ihre Religion und ihre Lebenseinstellung. In ihrer Arbeit tat sie, was man von ihr verlangte, aber Istanbul hatte ihr die Augen, wenn auch grauenhaft und unvermittelt, geöffnet. Das wirkte sich schleichend auch auf ihren Job aus. Innerlich gekündigt hatte sie nicht, aber mit vollem Herzen konnte sie auch nicht mehr bei der Sache sein. Trotzdem, ihre Arbeit als Chef-Assistentin für Sonderaufgaben brachte auch Privilegien mit sich, die sie sich am Anfang ihrer Berufstätigkeit nicht im Traum hätte vorstellen können.

Heute war aber nicht wirklich der Tag für kritische Gedanken. Rayen war hier. Sie spürte inzwischen weit mehr als nur Zuneigung zu diesem smarten, weltgewandten Mann. Und sie glaubte zu fühlen, dass auch er nicht nur berufliches Interesse an ihr hatte.
Sie saß neben ihm, ihren Kopf sachte an seine Schulter angelehnt. Aufmerksam hörte sie zu. Nur gelegentlich

stellte sie Verständnisfragen zu seiner Reportage, die demnächst in einigen renommierten Blättern erscheinen sollte. Die Formulierungen hielt sie für brillant und viel zu fragen gab es nicht. Sie wusste bestens Bescheid. Schließlich ging es um ihr Leben, um ihre Karriere. Rayens Auftrag bestand darin, eine Story über das Privatleben von Assistentinnen wichtiger Persönlichkeiten zu schreiben. Wie lebt es sich im Windschatten dominanter Chefs, wie sieht unter diesen Umständen ihr Privatleben aus? Ist ein derartiger Job überhaupt erstrebenswert, wie kommt man mit der immanenten Fremdbestimmung zurecht und so weiter und so fort.

Shari war stolz, dass sie als einfache junge Frau in einer vielgelesenen Illustrierten wie der Vogue oder der Cosmopolitan einige Seiten bekommen würde und sogar Bilder von ihr veröffentlicht werden sollten. Sie kam aus wohlhabenden, aber nicht aus privilegierten Verhältnissen und niemals hätte sie gedacht, dass sie einmal eine derartige Aufmerksamkeit auf sich ziehen können würde. Ihr Stolz führte sie eine Weile in eine elitäre Gedankenwelt, der sie gar nicht angehörte. Ihre Freude darüber überwog sogar ihre Furcht, eventuell die türkischen Behörden auf sich aufmerksam zu machen. Andererseits war seit Istanbul inzwischen viel Wasser die Spree hinuntergeflossen …

Aber lange konnte sie dieses Hochgefühl nicht halten. Dann gingen ihre Gedanken ihre eigenen Wege … und es waren keine angenehmen Gedanken … wirklich nicht. Rayen war Journalist. Auch Jamal war Journalist gewesen. Als ihr das wieder bewusst wurde, war es vorbei mit jeglicher Behaglichkeit. Mit Rayen hatte das alles nichts zu tun. Er gehörte ja nicht zu den Journalisten für kritische Berichterstattungen. Ihre jüngere Vergangenheit quälte sie trotzdem ähnlich schmerzvoll wie einer dieser fürchterlichen arabischer Nagelzieher. Sie spürte, wie sich ihre Muskulatur zusammen zog bei dem Gedanken, Rayen könnte etwas zustoßen. Shari hatte Mühe, ihre Emotionen im Griff zu behalten. Rayen und Shari waren sich inzwischen näher gekommen als es Rayens berufliche Aufgabe erfordert hätte.

Er spürte, dass etwas mit ihr nicht stimmte:
„Was ist plötzlich los mit dir, Shari? Habe ich etwas Falsches vorgelesen oder etwas falsch verstanden?“
„Nein … es ist nichts“, antwortete sie zögerlich. „Es sind nur alte Erinnerungen, die mir gelegentlich in den Kopf kommen. Es ist nichts, was uns heute den Tag verderben sollte.“
Rayen gab sich damit zufrieden. Er wog kurz ab, ob er

Interesse heucheln sollte oder zum Tagesgeschäft übergehen konnte. Tagesgeschäft bedeutete für ihn, irgendwie eine Möglichkeit zu finden, den Kalender des Botschafters unauffällig auszukundschaften. Viel Zeit würde man ihm dafür wohl nicht mehr gewähren. Immerhin war er schon fast einen Monat in engerem Kontakt mit Shari. Es wurde Zeit, zu liefern.
„Ich würde gerne noch ein paar Fotos von dir machen. Einige vielleicht gleich hier im Park und einige andere von dir am Schreibtisch oder in deiner Wohnung. Als Ergänzung zu den Aufnahmen in der letzten Woche, hätte ich gedacht."
„Ich kann dich unmöglich mit ins Büro nehmen, das weißt du", antwortete Shari erschrocken. „Das geht auf keinen Fall. Du wolltest ja auch nicht über mein Berufsleben schreiben, sondern über mich privat, richtig?"
„Ja, natürlich, keine Sorge. Ich meinte ja auch deinen Schreibtisch zu Hause und einige Fotos im Freien und vielleicht in deiner Wohnung, wäre das okay? Du arbeitest ja auch gelegentlich von zu Hause, hattest du mir das nicht erzählt?"
„Ja, das ist okay, das können wir gerne machen", antwortete Shari erleichtert.
Ihren Chef würde sie erst kurz vor der Veröffentlichung der

Reportage in Kenntnis setzten. Dass an einem entsprechenden Artikel gearbeitet wurde, wusste er natürlich. Er wird dann bestimmt stolz auf sie sein und außerdem keine Zeit mehr für Korrekturen haben. Vielleicht hatte er aber auch gar kein Interesse an diesem Yellow-Press-Kram. Über diplomatische und geschäftliche Angelegenheiten würde ja ohnehin kein Wort verloren werden.

„Hör zu, Rayen, wir können uns gerne heute Abend in meiner Wohnung treffen. Ich bereite ein Abendessen vor und es wird mit Sicherheit besser sein als das Mittagessen heute. Weißt du was, ich gehe jetzt nicht mehr ins Büro, auch wenn es dringend nötig wäre. Wir machen uns heute einen schönen Abend, ja?“

Rayen war hingerissen von ihrem vielsagenden Augenaufschlag. Trotzdem versuchte er ihre Erwartungen zu dämpfen und antwortete ungewöhnlich nervös:

„Ich freue mich darauf. Aber mach dir keine unnötige Arbeit. Wir lassen uns etwas Leckeres von dem türkischen Restaurant bei dir um die Ecke kommen oder vom Italiener. Erledige ruhig deine Büroarbeit, dann fühlst du dich heute Abend auch besser.“

Gegen 14:00 Uhr verließ Shari ihren Arbeitsplatz in der Botschaft. Der frühe Zeitpunkt war grundsätzlich nicht besonders ungewöhnlich, obwohl sie zurzeit genügend Organisationsarbeit im Büro hatte. Wenn der Botschafter außer Haus war, konnte sie ihre Arbeitszeit ihren eigenen Vorlieben anpassen. Eine geregelte Arbeitszeit hatte sie als Chef-Assistentin ohnehin nicht. Ihre Arbeitszeit richtete sich nach den jeweiligen Anforderungen. Gelegentlich wurde es auch Mitternacht, bis sie nach Hause kam. Eigentlich hätte sie den Großteil ihrer Arbeit auch im Home-Office erledigen können. Ja, eigentlich! Nur eines ging von zu Hause aus nicht. Sie musste dem Chef jederzeit und sofort zur Verfügung stehen, wenn er in der Botschaft war. Einige ihrer wichtigsten Aufgaben waren alle möglichen Service-Tätigkeiten wie beispielsweise Kaffee kochen und Gebäck oder frisches Obst für Gäste servieren. Darüber hinaus verstand sie es blendend, unliebsame Anrufer diplomatisch von ihrem Chef fernzuhalten. Außerdem trug ihre adrette äußere Erscheinung zu mancher Entspannung bei wenn es galt, festgefahrene Diskussionen zu beruhigen. Shari war weit mehr als eine Sekretärin oder Assistentin. Sie begriff auch inhaltliche Zusammenhänge schnell und konnte daraus politische Schlussfolgerungen ziehen, die manche Diplomaten erstaunten.

Ein Anruf aus Berlin

Marc hatte immer noch nicht in sein altes Leben zurückfinden können. Dazu war in den letzten Monaten einfach zu viel passiert. Der Schock saß immer noch tief. Es verging kein Tag, an dem er nicht an Pocita dachte. Häufig erwachte er nachts mit ihrem Namen auf den Lippen. In seinem Leben hatte er bereits einige wirklich niederschmetternde Tiefpunkte hinnehmen müssen. Aber Pocitas Tod riss ihm buchstäblich die Seele aus dem Leib. Wie aus dem Nichts traf sie, und damit auch ihn, dieser desaströse Schicksalsschlag in der Karibik, der mit ihrem Tod endete. Immer wieder durchlebte er seither die bangen Minuten auf der Uferpromenade in Charlotte Amalie, der Hauptstadt der Karibikinsel Saint Thomas. Erst später stellte sich heraus, dass es kein Unfall, sondern heimtückischer Mord war. August Überkinger hatte an der Ampel, in einer Traube wartender Touristen, Pocita unbemerkt von den Anderen, vor einen Truck gestoßen. Den Fahrer traf keine Schuld. Er konnte unmöglich bremsen. Ohne Zweifel hatte Eva Shihani ihren Leibwächter Überkinger beauftragt, Pocita umzubringen. Shihani …, Shihani …, immer wieder diese Eva Shihani! Inzwischen lag sie, seine Schwiegermutter, die er niemals persönlich kennenlernte, auf dem Grund des Persischen Golfs oder wo auch immer. Es verging kaum ein Tag, an dem Marc nicht auch an sie, mit tiefem Groll dachte.

Die ersten 45 Jahre in Marcs Leben verliefen weitgehend normal. Man könnte auch sagen, langweilig. Sein größtes Highlight war dabei die Heirat mit seiner großartigen Frau Anna. Inzwischen führte Anna das elterliche Unternehmen „Devil“ ziemlich erfolgreich. Die Unternehmensführung der Dessous-Firma forderte Anna enorm. Für Privates blieb kaum noch Zeit. Vielleicht war das auch mit ein Grund, warum sich Marc damals auf eine heiße Affäre mit der arabischen Schönheit Seyma einließ. Letztlich führte aber die Entdeckung seines Seitensprunges dazu, dass ihn Anna hochkantig aus ihrer Villa am Tegernsee hinauswarf. Erst dann wurde Marc klar, dass er bis dahin wie die Made im Speck lebte. Das tolle Haus, ein Erbstück von Annas Großvater, gehörte Anna und ein eigenes finanzielles Polster hatte er auch nicht angelegt. Als ihn dann auch noch seine Firma feuerte, wurde es extrem eng. Ohne Job, ohne eigenes Einkommen und auch noch ohne Wohnung war er fast am verzweifeln.

Erst viel später erfuhr er, dass für seinen Rauswurf bei der InnoAD, einer Unternehmensberatung, sein Schwiegervater Egon verantwortlich war. Er geriet damals noch mehr in Rage als Anna. Für ihn war es absolut nicht zu akzeptieren, dass seine geliebte Tochter betrogen wurde. Ein Hinweis von ihm an seine Jugend-Geliebte Eva genügte wohl für seine Entlassung. Immerhin saß sie im Aufsichtsrat der InnoAD. Genauso unfassbar war die späte Erkenntnis, dass Eva Shihani die leibliche Mutter seiner, inzwischen seit mehreren Jahren von ihm getrennt lebenden, Ehefrau Anna war. Anna wusste damals davon auch nichts. Sie wurde von Egon und seiner Ehefrau Elfriede liebevoll aufgezogen. Egon hatte Eva, die kurz nach der Entbindung mit einem reichen Saudi-Araber durchgebrannt war, die Zusicherung abgerungen, dass sie sich für alle Zeit von Anna fernzuhalten hatte und Eva hielt sich daran.

Marcs Notlage war damals quälend. Seine Rache-Gedanken gegenüber allen, die ihn in diese Lage gebracht hatten, wurden brennend. Als ihm dann auch noch Seyma offenbarte, ihren Jugendfreund geheiratet zu haben, anstatt mit ihm ein gemeinsames Leben zu führen, brach eine Welt für ihn zusammen. War er wirklich der geborene Loser? Es dauerte dann einige Zeit, aber er rappelte sich mühsam wieder hoch. Seine ehemalige Sekretärin, Victoria, nahm ihn in ihrer kleinen Münchener Wohnung auf; ehemalige Studienkollegen boten ihm eine Anstellung in ihrer Firma und dann schaffte Marc mit einer Softwareentwicklung einen grandiosen Durchbruch. Die Lizenzen spülten ihm enorme Gewinne in seine Kasse. Er kaufte sich davon eine luxuriöse Dachterrassenwohnung in Münchens Innenstadt und wollte damit besonders Victoria beeindrucken. Vielleicht würden die beiden sogar irgendwann heiraten, hoffte er. Abgesehen davon, dass er immer noch mit Anna verheiratet war, wurde daraus nichts. Victoria blieb eine gute Freundin, ebenso wie später auch Seyma. Glück in beruflichen Dingen, aber Pech bei Frauen. Auf diese Formel konnten man seine letzten drei, vier Jahre zusammenfassen.

Dann aber traf er Pocita in New York. Die smarte FBI-Agentin wurde auf einen Fall aufmerksam, in dessen Mittelpunkt Eva Shihani stand. Ein beauftragter Mordversuch an einem Touristen wurde ihr nachgesagt, später auch illegale Waffengeschäfte. Kurze Zeit sah es so aus, als würde die Schlinge um Shihani immer enger. Aber immer wieder entzog sich Eva ihrer Verantwortung durch ihre Kaltschnäuzigkeit, ihr enormes Vermögen und ihre Beziehungen. Pocita resignierte. Gerechtigkeit blieb eine Illusion. Diese Erkenntnis und die daraus resultierende Niedergeschlagenheit führten dazu, dass sie ihren Job in New York kündigte. In ihrer Heimat, Puerto Rico, wollte sie ein ruhigeres Leben aufbauen und sie wollte es zusammen mit Marc aufbauen und dem karibischen Flair dabei die Führung überlassen. Auch er konnte sich das sehr gut vorstellen. Als Software-Entwickler genügten ein Laptop und der Zugang zum Internet. Aber dann geschah es! Eva Shihanis langer Arm reichte auch bis in die Karibik. Ihre rechte Hand, August Überkinger, brachte Pocita eiskalt um.

Inzwischen war fast ein Jahr ins Land gegangen. Zurück in München hatte Marc nur schwer wieder in sein altes Leben zurückgefunden. In seiner großen Wohnung war genug Platz auch für Olivia, eine gute alte Freundin von ihm und Pocita aus den USA. Als sie nach München zur InnoAD wechselte, bot er ihr an, hier zu wohnen. Olivia nahm dieses Angebot gerne an. Auch Victoria und Seyma kamen gelegentlich zu Besuch und spendeten alleine durch ihre Anwesenheit ein wenig Trost.
Hier auf seiner Dachterrasse hatte er mit Pocita gelegentlich

beim Frühstück gesessen. Er dachte an die viel zu seltenen lauen Sommerabende bei einem Glas Wein und die tiefgehenden Gespräche. Es schien ihm, als spürte er immer noch ihren Duft, ihre Nähe, ihre Hand, ihre Lippen.

Als Charly Brooks, der ehemalige FBI-Chef von Pocita in NYC, den Mord an Pocita beweisen konnte und Möglichkeiten überlegte, diesen auch absolut gerichtsfest zu untermauern, handelte Marc bereits. Er besorgte sich einen Termin beim Saudi-Arabischen Botschafter in Berlin und legte ihm vertrauliche Unterlagen aus dem FBI-Archiv vor, die er von Charles erhalten hatte. Darunter waren messerscharfe Fotos, die Waffenlieferungen aus den USA an den Iran belegten. Das war damals noch mit geschäftstüchtiger, wenn auch strengstens verbotener Unterstützung des damaligen US-Präsidenten geschehen. Für die Abwicklung und den Transport konnten aus naheliegenden Gründen keine US-Schiffe eingesetzt werden. Das erledigte Eva Shihani mit ihren Frachtern der Shihani-Trade. Eva wurden enge private Verbindungen zu Trump nachgesagt und dass sie durch ihre frühere Ehe mit Osman Shihani selbst eine halbe Saudi-Araberin war, verschleierte zudem die ungeheuerlichen Waffenlieferungen an den Iran.

Marc war sofort klar, dass sich Saudi-Arabien das nicht bieten lassen würde. Gegen die USA konnten sie nichts unternehmen. Das hätte die Kräfteverhältnisse auf den Kopf gestellt. Aber gegen Shihani. Sie war durchaus ein Ziel, um die Waffenlieferungen zu unterbrechen. Dabei war es unerheblich, dass Eva selbst zur Hälfte angeheiratete arabische Wurzeln besaß. Kaum vier Wochen später war es so weit. Ihre Privatmaschine explodierte nach einem Zwischenstopp in Riad über dem Persischen Golf. Mit an Bord war auch August Überkinger.
Marc erfuhr davon aus einem kleinen Zeitungsbericht. So abstoßend für Unbeteiligte diese Information auch sein mochte: Marc erfüllte sie mit einer tiefen Genugtuung und in Anbetracht der desaströsen Umstände, auch mit einer gewissen Hochachtung für Mohammed bin Salman, den Saudi-Arabischen Kronprinzen. Während andere Politiker in vergleichbaren Situationen diplomatisch argumentiert hätten, handelte dieser bereits.

Aber dann erfassten ihn üble Gewissensbisse als er erfuhr, dass seine „immer noch“ Ehefrau Anna die Alleinerbin von Eva Shihanis gesamten Vermögen war. Die Gewissensbisse arteten zeitweise in eine gewisse Panik aus. Niemand durfte jemals erfahren, dass er die brisanten

Informationen an Saudi-Arabien geliefert hatte, die zur Explosion von Evas Learjet führten. Als „noch“ Ehemann von Anna besaß er jetzt möglicherweise Zugriff auf einen Teil des Milliardenvermögens. Bei objektiver Betrachtung konnte man durchaus auch ein Szenario unterstellen, wonach er die Ermordung von Eva lanciert hätte, um an ihr Erbe oder einen Teil davon zu gelangen. Nie im Leben hätte Marc Anna auf einen möglichen Erbanteil angesprochen oder gar darum gebeten. Damit wollte er absolut nichts zu tun haben und er hoffte zutiefst, dass sein Beitrag an Evas Tod niemals bekannt werden würde. Er könnte sonst als Mörder seiner Schwiegermutter dastehen. Ihm ging es doch nicht um Geld. Ihm ging es um Rache, um Gerechtigkeit!
In einen strukturierten Alltag hatte Marc bis heute noch nicht wieder zurückgefunden. Aus wirtschaftlicher Sicht musste er das auch nicht. Sein Vermögen erlaubte es ihm inzwischen auch einige Zeit ohne Einkünfte durchzuhalten. Eine Dauerlösung war das aber nicht. Dazu war er mit seinen gerade einmal Anfang fünfzig Jahren einfach noch zu jung.

Marcs Handy summte und riss ihn aus seinen melancholischen Gedanken.

„Einen schönen guten Morgen Herr Christ, hier ist Shari Amirani von der Saudi-Arabischen Botschaft in Berlin. Ich bin die Assistentin des Botschafters, Herrn Essam Ibrahim H. Baitalmal. Bei Ihrem letzten Besuch in Berlin haben Sie noch seinen Vorgänger, Herrn Mohammed Bin Abdullah Aldawas getroffen, erinnern Sie sich?"
„Ja, natürlich Frau Amirani, sehr gut sogar. Was kann ich für Sie tun?", fragte Marc mit erstaunter Neugier.
„Der Botschafter hat mich gebeten mit Ihnen Kontakt aufzunehmen, Herr Christ. Wir haben eine Information für Sie, die ich Ihnen gerne zukommen lassen möchte."
„Ja gerne, worum geht es denn?"
„Nun ja, Herr Christ", antwortete Shari etwas zögerlich. „Ich würde das gerne mit Ihnen persönlich besprechen, nicht am Telefon. Hätten Sie denn die Möglichkeit, kurzfristig nach Berlin zu kommen? Gerne komme ich aber auch zu Ihnen nach München wenn das für Sie einfacher zu organisieren ist."
„Nein Frau Amirani, kein Problem, ich komme zu Ihnen. Wann wäre es Ihnen denn recht?"
„Kommen Sie so schnell Sie können, Herr Christ. Ich werde mir die Zeit nehmen, wann immer Sie in Berlin ankommen."
„Sie machen mich jetzt schon ein wenig neugierig, Frau

Amirani. Wollen Sie mir nicht doch einen kleinen Tipp geben?“
„Hmm, Herr Christ“, antwortete Shari zögernd. „Bitte zwingen Sie mich nicht zu einer Antwort. Diskretion ist hier wirklich auch in Ihrem Interesse. Sobald Sie Ihre Reisedaten haben, rufen Sie mich an. Wir treffen uns dann hier in der Botschaft, einverstanden?“
„Okay, ich versuche morgen zu kommen.“

Nach Beendigung des Gespräches dachte Marc noch einige Zeit darüber nach, was wohl die Information von Shari sein könnte, konnte sich aber keinen Reim darauf machen. Er griff erneut zum Telefon und buchte kurz darauf einen Flug für den nächsten Nachmittag nach Berlin. Anschließend gab er Shari die Flugdaten telefonisch durch. Der Flug am nächsten Tag hatte dann erhebliche Verspätung. Als Marc Shari vom Flughafen anrief, war es bereits nach 18:00 Uhr.
„Sorry, Frau Amirani, ich bin spät dran. Können wir uns denn heute trotzdem noch treffen?“
„Natürlich Herr Christ. Ich halte mich bereit. Am besten Sie holen mich in der Botschaft hier in der Tiergartenstraße ab, dann besprechen wir alles Weitere.“

Es dauerte dann noch fast eine Stunde, bis das Taxi vor dem Rundbau der Botschaft ankam. Die Begrüßung war herzlich, fast wie unter alten Bekannten. Shari war eine sehr attraktive Erscheinung. Von seinem ersten Besuch hier vor mehr als einem halben Jahr hatte Marc Shari noch als zurückhaltende, fast unauffällige junge Frau in Erinnerung. Oder verwechselte er sie gar mit einer anderen Assistentin des Botschafters? Er hatte damals wohl nicht den Blick für ihre Weiblichkeit. Wie auch immer. Shari war eine gepflegte Frau, vielleicht 35 Jahre alt, soweit das in ihrer Kleidung überhaupt abschätzbar war, und trug eine seidige dunkelblaue Abajeh. Dieses fast bodenlange Kleid gab aber nur wenig von ihrer Figur preis. Ihre dunklen Haare waren weitgehend unter einem weiten roten Hijab versteckt.
Sie empfing Marc in ihrem kleinen, schlicht eingerichteten Büro.
„Schön, dass Sie unseren Termin so kurzfristig einrichten konnten, Herr Christ. Der Botschafter wäre auch gerne kurz mit dazu gekommen. Er ist aber zurzeit leider im Urlaub. Jetzt müssen Sie mit mir vorlieb nehmen."
„Ich bitte Sie, Frau Amirani. Ich kenne zwar Ihren Chef nicht, aber ich kann definitiv sagen, dass unser Gedankenaustausch bestimmt nicht unter seiner Abwesenheit leiden wird."

„Lassen Sie uns kurz das weitere Vorgehen für den Abend besprechen, Herr Christ. Ich würde Sie gerne zum Abendessen einladen. Aufgrund der unsäglichen Corona-Pandemie sind unsere Möglichkeiten jetzt etwas eingeschränkt. Ich könnte uns in unserem Casino etwas zubereiten lassen, oder wir besprechen uns bei mir zu Hause. Das ist nicht allzu weit weg und Sie müssen auch keine Angst haben, dass ich selber kochen würde."
„Keine Frage, da würde ich gerne mit zu Ihnen kommen."

Shari bestellte telefonisch einige türkische Spezialitäten zu ihrer Wohnung und rief ein Taxi. Auf der Fahrt startete Marc einen erneuten Versuch von Shari zu erfahren, warum sie ihn hier her nach Berlin gebeten hatte. Doch Shari wiegelte ab und vertröstete ihn auf das Abendessen. In der Nähe des Gendarmenmarktes hatten sie ihr Ziel erreicht. Das Haus, in dem Shari wohnte, wirkte von außen unscheinbar. Die Größe und die gediegene Ausstattung der Wohnung überraschte Marc dann doch. Offensichtlich waren hier zwei oder drei Wohnungen zu einer verschmolzen und ausgesprochen edel ausgestattet worden. Shari spürte Marcs Erstaunen und klärte sofort auf: „Die Wohnung gehört der Botschaft. Ich darf hier bleiben, bis eine andere Verwendung erforderlich wird. Für mich hat

das den Vorteil, dass ich nur eine symbolische Miete bezahlen muss und auch die Einrichtung benutzen kann."
„Sehr großzügig von der Botschaft", bemerkte Marc.
„Nun, unser Königreich ist allgemein sehr großzügig", lächelte Shari.
„Darf ich Sie kurz alleine lassen, ich möchte mir gerne etwas Bequemeres anziehen." Ohne eine Antwort abzuwarten, verschwand Shari eilig in einem Nebenraum. Durch die angelehnte Tür konnte Marc erspähen, wie Shari ihre gesamte Kleidung, bis auf den knappen Slip, auszog und in dem vor ihr stehenden Schrank offenbar nach einer Freizeitkleidung suchte. Erst jetzt erkannte Marc, welch ausgesprochen weibliche Reize unter dem Abajeh verborgen waren. Donnerwetter aber auch! Die fast durchgängig bronzefarbene Haut passte perfekt zu dieser dunkelhaarigen, knapp 170 cm großen Schönheit.
Marc erkannte überwältigt ihre perfekt proportionierte Figur. Ihr straffer Körper wirkte sportlich, ohne übertrieben muskulös zu sein. Er versuchte sich zu zwingen seinen Blick abzuwenden und einige Schritte beiseite zu treten, aber es gelang ihm beim besten Willen nicht.
Es läutete an der Türe. Marc erschrak und veränderte schnell seine Position, um nicht als Spanner ertappt zu werden. Shari rief aus dem Nebenraum:

„Das wird unser Essen sein. Würden Sie es bitte annehmen."
Marc übernahm die Tüten, bezahlte und brachte die Leckereien in den Essbereich. Danach begann er, den Tisch zu decken. Shari kam kurz darauf dazu. Sie hatte sich für eine hautenge blaue Jeans und eine dunkelrote Bluse entschieden.
„Oh, vielen Dank, dass Sie bereits mit dem Anrichten begonnen haben."
„Gerne, mir war langweilig", schmunzelte er.
„Wirklich?", lächelte Shari mit einem ungläubigen Augenaufschlag.
„Nein, nicht wirklich. Ich muss gestehen, ich konnte einen kurzen Blick in Ihren Ankleideraum werfen. Rein zufällig und unabsichtlich natürlich", schwindelte er.
„Natürlich …", lächelte sie.
„Ja, absolut unabsichtlich!" ergänzte er ertappt.

Der Duft von Knoblauch

„Wir sind jetzt ungestört, Herr Christ. Ich möchte Ihnen jetzt erklären, warum wir sie nach Berlin gebeten haben. Unsere Sorge rührt daher, dass irgendjemand Ihre Identität im Zusammenhang mit Ihrer Information über die Waffenlieferungen von Eva Shihani an den Iran ausspioniert hat."
Mark atmete tief durch und machte eine Pause, bevor er antwortete.
„Wie kommen Sie denn darauf?"
„Nun, da treffen mehrere Vorkommnisse zusammen. Aufmerksam wurden wir als wir feststellten, dass ein bislang Unbekannter den Kalender des Botschafters gehackt hat."
„Ach, wie war denn das möglich", wollte Marc erstaunt wissen. „Ihr habt doch erhebliche Zugangsbeschränkungen zur Botschaft. Ich kenne das ja aus eigener Erfahrung."
„Richtig, das wusste wohl auch der Eindringling und hat eine raffiniertere Möglichkeit gefunden. Er hat sich über meinen Computer hier aus meiner Wohnung Zugang zur Botschaft erschlichen."
„Ja haben Sie denn keine Zugangsbeschränkungen auf Ihrem Computer?"

„Doch, natürlich“, antwortete Shari unwillig. „Da spielt jetzt eine weitere Begebenheit eine Rolle. Ich sollte im Auftrag des Botschafters als Interviewpartnerin für eine Reportage zu Verfügung stehen. Ein Journalist wollte einen Bericht über das Privatleben von Sekretärinnen und Assistentinnen einflussreicher internationaler Persönlichkeiten verfassen. Zum Fotoshooting kam er hier her in meine Wohnung und hat ein paar Aufnahmen gemacht. Auch davon, wie ich von zu Hause aus ganz up to date im Home-Office arbeiten kann. Wir denken, er hat dann anstelle von Fotos auch einen Videoclip erstellt und darauf erkannt, wie ich mich in die Botschaft eingeloggt habe und später in aller Ruhe daraus meine Zugangs-ID und Passwort ermitteln können.

„Oh, da haben Sie nicht gut aufgepasst, Frau Amirani.“

„Ja, das weiß ich“, knurrte sie schuldbewusst. „Das passiert mir auch nicht wieder. Der Journalist, Rayen, war so ein netter Mann, da war ich wohl etwas zu nachlässig.“

„Haben Sie diesen Rayen denn nicht zur Rede gestellt?“

„Wollten wir, aber er ist seitdem verschwunden.“

„Ja, aber wie sind Sie denn der Sache auf die Schliche gekommen?“

„Sie sind während meiner Abwesenheit hier in meiner Wohnung aktiv geworden. Aber Rayen war nicht der

Einbrecher. Das muss ein Komplize gewesen sein."
„Und den haben sie geschnappt?"
„Na ja, könnte man so sagen. Als ich vor ein paar Tagen unerwartet nach Hause kam, habe ich bereits an der Türe etwas Ungewöhnliches festgestellt."
„Erzählen Sie, was war es denn?"
„Knoblauch!"
„Wie bitte?"
„Es roch nach Knoblauch. Nicht, dass mir Knoblauch grundsätzlich unangenehm wäre. Aber ich hatte definitiv keinen zu Hause. Also, aus meiner Wohnung konnte der Duft eigentlich nicht kommen. Ich war deshalb irgendwie sensibilisiert, als ich den Flur betrat.
„Sensibilisiert? Wie meinen Sie das?"
„Hmm, erst vor ein paar Monaten wurde auch in der Nachbarschaft tagsüber eingebrochen."
„Konnten Sie denn nicht einen Nachbarn um Hilfe bitten?"
„Ich bitte Sie, Herr Christ. Wie hätte das denn ausgesehen. Nein, das ist keine gute Idee, dachte ich jedenfalls. Als ich dann weiter vorsichtig in die Wohnung ging, habe ich unter dem Vorhang in der Garderobe gesehen, dass zwei Schuhspitzen herausragten."
„Oh Gott, was haben sie dann gemacht?", wollte Marc mitfühlend mit unterdrückter Stimme wissen und drückte

sich die Hand vor den Mund.
„Na ja“, Shari zögerte mit ihrer Antwort, fuhr dann aber leise fort: „Sie haben vielleicht mein Golf-Bag neben der Garderobe gesehen. Ich spiele eigentlich fast kein Golf. Ich musste im Auftrag des Botschafters vor einiger Zeit die Platzreife erwerben, um gegebenenfalls Gästen der Botschaft als Partnerin zur Verfügung zu stehen. Die Ausrüstung gehört zur Wohnung. Vorsichtig habe ich das 7er-Eisen herausgenommen, ausgeholt und in der vermuteten Kopfhöhe Maß genommen.“
„Oh Gott!“, führte Marc erschrocken jetzt beide Hände vor den Mund.
„Sie können sich gar nicht vorstellen, Herr Christ, welche Wucht so ein 7er-Eisen erzeugen kann.“
„Oh doch, das kann ich! Zum Glück haben Sie nicht zum Driver gegriffen.“
„Bitte jetzt keine Scherze, Herr Christ. Der Driver war wirklich nicht nötig. Ich war schon etwas in Panik, muss ich gestehen. Stellen Sie sich vor, sie kommen nach Hause und erkennen, dass ein Einbrecher im Haus ist. Wenn man es nicht selbst erlebt hat, kann man sich das gar nicht richtig vorstellen.“
„Wie ging die Sache denn aus?“ Marc war sichtlich mitgenommen von Sharis Bericht.

„Nicht gut … also nicht gut für den Einbrecher. Außer einem kurzen Gestöhne hat er nichts mehr von sich gegeben. Es hat sich angehört wie umpff, weiter war nichts mehr zu hören.“
„Um Gottes willen! Sie haben ihn doch nicht …“
„Doch“, flüsterte Shari den Tränen nahe.
„Puh“, kleine Schweißperlen traten jetzt auf Marcs Stirn.
„Ich wollte das doch nicht, Herr Christ, ich wollte es doch nicht“, erzählte Shari weinerlich weiter, „aber was sollte ich tun. Ich war so in Angst. Mir fehlte in diesem Moment bei meinem Schwung einfach das narkotische Gespür für die Dosierung meines Schlages. Ich habe das Eisen voll durchgezogen. Vielleicht hätte ich doch besser rechtzeitig vorher die Wohnung wieder verlassen und nach Hilfe rufen sollen. Aber jetzt ist es zu spät …, es ist nicht mehr zu ändern. Wie soll ich damit nur leben …, ich bin so traurig!“
„Das ist schon eine heftige Story, Frau Amirani, puh. Was haben Sie denn dann gemacht?“
„Erst einmal war ich völlig fertig. Nachdem ich mich wieder einigermaßen im Griff gehabt hatte, habe ich die Botschaft angerufen. Die haben sofort einige Leute geschickt.“
„Ja und dann?“
„Die haben eindeutig festgestellt, dass ich in Notwehr

gehandelt habe."
„Ja, so sehe ich das auch. Was hat denn die Polizei dazu gesagt?"
„Na ja", druckste Shari herum, „nach telefonischer Rücksprache mit dem Botschafter wurde dann entschieden, dass wir die Polizei eigentlich gar nicht mit diesem Vorkommnis belästigen wollen."
„Nicht belästigen … was heißt das …? Ihr habt doch nicht etwa …?"
„Doch, haben wir. Unsere Fachleute haben die wenigen Blutspritzer hier gründlich beseitigt und dann noch bis zur Dunkelheit abgewartet. Wir wollten ja die übrigen Hausbewohner nicht unnötig beunruhigen."
„Aha … natürlich … und dann?", antwortete Marc resigniert.
„Ja dann, ja dann … wir haben den Unglücksraben in die Botschaft gebracht und gründlich untersucht. Er hatte weder eine Waffe noch sonst irgendetwas dabei, wodurch wir ihn identifizieren hätten können. Nur sein Handy hatte er bei sich."
„Konntet ihr denn damit seine Identität nicht klären?"
„Nein, überhaupt nicht. Wir haben aber auf seinem Handy eine Nachricht gefunden, die uns sehr beunruhigt hat. Es war ein Foto des Kalendereintrages Ihres Besuches hier im

letzten Jahr bei unserem Botschafter. Einige andere Texte haben wir auch gefunden. Alle waren in einem marokkanisch-arabischen Dialekt gehalten."
„Oh, das ist wirklich sehr eigenartig", meinte nun auch Marc verblüfft.
„Und dann haben wir auch noch festgestellt, dass er diese Kalendereintragung Minuten vor seinem Ableben per SMS weitergeleitet hat. Und zwar an diesen Rayen."
„Das macht mich jetzt auch sehr nachdenklich, Frau Amirani. Haben Sie eine Erklärung dafür?"
„Nein, nicht wirklich. Unsere Leute ermitteln diesbezüglich noch. Jedenfalls scheint es mit Ihnen zu tun zu haben. Das ist auch der Grund, warum wir Sie sehr eindringlich bitten möchten, in nächster Zeit sehr vorsichtig zu sein, solange wir den Vorgang nicht aufgeklärt haben."
„Das werde ich, natürlich werde ich das", flüsterte Marc besorgt. „Was ist denn aus dem unglückseligen Einbrecher geworden?"
„Tja, das ist es ja, wir konnten bisher weder seinen Namen noch seine Zugehörigkeit ermitteln. Wahrscheinlich war er Araber, vielleicht auch Marokkaner und Knoblauchliebhaber, aber das brachte uns bisher auch nicht weiter. Der einzige Anhaltspunkt ist, dass er diesen Rayen wohl gekannt haben muss. Aber auch der ist unauffindbar."

„Und wo ist dieser Einbrecher jetzt“, wollte Marc wissen.
„Hmm“, zögerte Shari mit einer Antwort. „Sie dürfen das alles keinesfalls irgendwo weiter erzählen, Herr Christ. Alles bisher Gesagte müsste ich sonst abstreiten. Das ist genauso streng vertraulich wie Ihre Informationen im vergangenen Jahr über die Waffenlieferungen von Eva Shihani an den Iran, ja! Ich erzähle Ihnen das alles so genau, damit Sie die Ernsthaftigkeit einer möglichen Gefahr auch wirklich verstehen, ja!“
„Das habe ich schon verstanden. Aber noch einmal. Was ist aus der Leiche geworden?“
„Feuerbestattung!“, antwortete Shari mit gesenktem Kopf kaum hörbar.
„Wie bitte?“
„Ja, was soll mit ihm sein“, antwortete Shari gereizt. „Wir haben ihn verbrannt, so jetzt wissen Sie's!“
„Ihr habt was ...!“, rief Marc entsetzt. „Ihr könnt doch nicht einfach ... hier in Deutschland ...!“
„Das war nicht in Deutschland. Die Botschaft ist Territorium des Königreichs Saudi-Arabien“, antwortete Shari leicht aufmüpfig.
„Ich fasse es nicht ... einfach verbrannt.“
„So einfach, wie Sie vielleicht meinen, ist das nicht. Der dabei entstehende Geruch ist schon ziemlich penetrant. Da

muss man wirklich vorbeugen."
„Woher wollen Sie das denn wissen?"
„Ach, nichts weiter, wir haben da unsere Erfahrungen", antwortete Shari kleinlaut.
„Erfahrungen? Wie meinen Sie das?"
„Ach nichts."
„Jetzt kommen Sie schon", stieß Marc lauernd hervor. Ein zweideutiger Augenaufschlag von Shari half jetzt auch nicht, um Marc abzulenken.
„Also Herr Christ, was wollen Sie genau wissen?"
„Ich will wissen, was ihr mit dem Toten genau gemacht habt?"
„Na ja, erst ordentlich gewürzt halt"
„Was heißt gewürzt?", brachte Marc entsetzt hervor.
„Na, was soll das schon heißen. Wir haben ihn etwas kleiner gemacht und ordentlich gewürzt. Was ist daran nicht zu verstehen. Was sollten wir denn tun. Eine größere Menge von einem Barbecue Gewürz, Salz und Pfeffer haben wir kommen lassen. Ich weiß, das hört sich makaber an. Wir waren alle sehr betroffen, das müssen Sie mir glauben. Aber was sollten wir denn tun. Es war schwierig genug, das Küchenpersonal dazu zu bewegen, hier mit Hand anzulegen. Unser Arzt hat dann die notwendigen fachlich-chirurgischen Anweisungen gegeben. Hätten wir

die Polizei eingeschaltet, wären möglicherweise auch der Waffendeal zwischen den USA mit dem Iran und der Anschlag auf Eva Shihani zur Sprache gekommen. Können Sie sich das Geschrei vorstellen, das dann in den Medien aufgekommen wäre? Das mit dem Geschrei hätten wir vielleicht noch hinnehmen können. Aber so etwas hat auch gleich enorme wirtschaftliche Konsequenzen. Damals, also nach Istanbul, mussten wir enorme Verluste durch zurückgezogene Investitionen hinnehmen. Beispielsweise kam Jeff …, also Jeff Bezos erst gar nicht mehr nach Riad zu einer Investorenkonferenz und das ist nur ein Beispiel. Die Medien hätten uns vorgeworfen, Eva Shihani in die Luft gesprengt zu haben. Und das, nach allem, was 2018 in Istanbul passiert ist. Das wäre weder in Ihrem Interesse noch in dem der USA oder Saudi-Arabiens und nicht einmal im Interesse des Iran gewesen. Nein, wir mussten hier das Notwendige tun. Wir mussten handeln. Und jetzt geht es darum, auch diesen Rayen und seine Hinterleute auszuschalten. Und darum, überhaupt zu verstehen, was hier eigentlich los ist."

Es entstand eine längere Pause, bevor Marc das Gespräch wieder aufnahm.

„Ja, rein logisch versehe ich das schon, aber moralisch geht

das einfach nicht."
„Ach Herr Christ", meinte Shari fast mitleidig, „ Moral wird vom Umfeld geprägt. Sie sollten das nicht überbewerten. Und noch etwas: Das echte Leben erscheint immer dann unlogisch, wenn man sich weit genug davon entfernt hat."
„Hmm, darüber muss ich nachdenken!"
„Wollen wir es vorerst dabei belassen, Herr Christ? Ich bin so froh, mit jemanden über die Sache sprechen zu können. In der Botschaft geht das einfach nicht und wirkliche Freunde habe ich hier auch nicht. Da hat sich vieles in mir aufgestaut." Dabei legte sie ihre Hand sachte auf Marcs Arm und schmiegte ihren Kopf zärtlich an seine Schulter. Er spürte, dass sie den Tränen nahe war.
„Puh, ich kann kaum glauben, was ich heute von Ihnen erfahren habe. Mir zittern immer noch die Knie. Und ehrlich gesagt, es ist schon ein starkes Stück, dass ihr selbstherrlich die deutsche Polizei außen vor gelassen habt."
„Also Herr Christ", atmete Shari jetzt tief durch. „Dann gebe ich Ihnen noch einen kleinen Denkanstoß: Was glauben Sie denn, wie eure Polizei reagiert hätte, wenn sich im Rahmen der Untersuchung herausgestellt hätte, dass Evas Tod auf der Grundlage Ihrer Informationen erfolgt ist

und dann ausgerechnet Ihre Frau das gesamte Vermögen von Frau Shihani, also von Ihrer Schwiegermutter, geerbt hat. Sie sind offiziell immer noch mit Ihrer Frau Anna verheiratet. Glauben Sie nicht, dass sehr schnell der Verdacht aufgekommen wäre, dass Sie es auf Evas Erbe abgesehen haben und Saudi-Arabien für Sie die unangenehme Arbeit erledigt hat?“

„Puh, Frau Amirani, das war niemals in meinen Überlegungen. Bitte, das müssen Sie mir glauben.“

„Das weiß ich doch“, antwortete Shari mit einer wegwerfenden Handbewegung. „Wir haben uns natürlich schon über Sie erkundigt, Herr Christ, nachdem Sie uns die Fotos von der Waffenlieferung an den Iran und die FBI-Protokolle gegeben haben. Aber darum geht es nicht. Es geht darum, welche Wahrheit man aus den Fakten noch machen könnte, verstehen Sie? Wir wollten es nicht zulassen, dass Saudi-Arabien nach den Vorgängen in der Botschaft in Istanbul schon wieder mit einem Mord in Verbindung gebracht wird. Also bitte, können wir das Thema vorerst beenden?“

„Okay, Frau Amirani“, antwortete Marc niedergeschlagen. Aber eines würde ich doch noch gerne wissen: Was meinten Sie vorhin mit der Bemerkung, ‘wir haben da unsere Erfahrungen‘?“

„Oh Herr Christ, lassen wir das besser, das müssen Sie nicht wissen. Ich wurde Ende 2018 hierher nach Berlin abkommandiert. Vorher war ich in Istanbul. Das muss reichen.“

„Na gut, Frau Amirani. Ich möchte Sie bitten, mich sofort anzurufen, wenn es Neuigkeiten in dieser unsäglichen Angelegenheit gibt. Ich melde mich bei Ihnen, wenn sich bei mir etwas ergibt.“

Annas Angebot

Das Leben kennt kein Mitleid, es geht einfach unbeeindruckt weiter. Die freundliche Verkäuferin in der Boutique, die konzentrierte Kassiererin im Supermarkt, das Stimmengewirr auf dem Markt. Daran ändert sich kein Bisschen, auch wenn du das fehlende Mitgefühl der Leute um dich herum kaum ertragen kannst. Das Leben weiß nichts von deinem Schmerz, deinen Albträumen, deiner Trauer, deinem Selbstmitleid.
Reiß dich endlich zusammen, Marc! Auch nach Monaten der Trauer schüttelte er immer wieder unmerklich den Kopf. So als könne er seine Tragödie immer noch nicht fassen, nicht ertragen. Für ihn war nichts mehr so als vorher. Er musste einen sehr hohen Preis für seine Vergeltung an Eva Shihani bezahlen. Einen zu hohen Preis. Pocita war der Preis.
Und jetzt kam auch noch Angst dazu. Angst, die er verspürte, seitdem er in Berlin die Neuigkeiten von Shari Amirani erfahren hatte.

Als Marc an diesem Morgen Annas Telefonnummer auf dem Display seines Handys erkannte, ließ ihn ihr Anruf kurz die Luft anhalten. Irgendwie befürchtete er, sie könnte ihn wegen Evas Tod anrufen, Fragen stellen oder Einzelheiten über die näheren Umstände des Flugzeugabsturzes in Erfahrung gebracht haben. Als er dem Saudi-Arabischen Botschafter seinerzeit die belastenden Unterlagen und Fotos über Evas Waffenschiebereien zugespielt hatte, war nicht die Stunde einer moralischen Auseinandersetzung mit den möglichen Folgen. Es ging ihm damals ausschließlich darum, sich an Eva Shihani für Pocitas Ermordung zu rächen. Alles andere war ihm egal. Es spielte keine Rolle.

Dass Anna irgendwann in Zusammenhang mit den vertraulichen FBI-Informationen gebracht werden könnte, war damals überhaupt kein Gedanke. Eva hatte Pocita umbringen lassen und deswegen hatte er Eva aus dem Weg geräumt, fertig! Auge um Auge, Zahn um Zahn. Nie im Leben wollte er Anna damit treffen oder auch nur in die Nähe einer möglichen Erbschleicherei geraten. Von Evas Testament wusste er damals nichts und es interessierte ihn auch nicht. Niemals durfte Anna erfahren, dass er ihre Mutter, seine Schwiegermutter auf dem Gewissen hatte.

Langsam drückte er die grüne Rufannahme-Taste und meldete sich mit fester Stimme:
„Hallo Anna, mit einem Anruf von dir hätte ich wirklich nicht gerechnet. Was kann ich für dich tun?“
Anna übersprang das übliche Small-Talk Geplänkel und kam sofort in eine geschäftsmäßige Phase.
„Servus Marc, hör zu, ich bitte dich heute um deine Unterstützung. Deshalb rufe ich dich an.“
„Oh, das aus deinem Mund? Erinnerst du dich. Du hast mich seinerzeit hochkantig aus deiner Villa geworfen. Du überraschst mich“, antwortete Marc unsicher.
„Du hattest es verdient, lassen wir jetzt aber die alten Streitigkeiten. Ich brauche jetzt deine Hilfe. Können wir jetzt darüber sprechen?“
„Natürlich, worum geht es?“
„Also, hör zu. Du wirst bestimmt über dein Netzwerk inzwischen erfahren haben, dass meine Mutter, also nicht Elfriede, sondern meine leibliche Mutter bei einem Flugzeugabsturz vor ca. einem halben Jahr ums Leben gekommen ist.“
„Ja, ich weiß das.“
„Eva hat mich als Ihre Alleinerbin eingesetzt.“
„… Herzlichen Glückwunsch, Anna.“
„Na ja, zuerst einmal hat mich der Tod meiner Mutter

schon getroffen, auch wenn ich sie leider nie persönlich kennenlernen durfte."
Marc schluckte schuldbewusst.
„Weißt du, Marc, Eva war bestimmt keine einfache Frau. Ich habe schon mitbekommen, dass sie dich damals aus deinem Job bei der InnoAD gedrängt hat. Das war zweifellos nicht einfach für dich. Du warst damals wegen deiner Affäre mit dieser … mit dieser Seyma aber auch nicht ganz schuldlos. Ich möchte heute gar nicht mehr darüber sprechen. Darum geht es nicht."
„Hmm, was kann ich denn für dich tun?"
„„Ich bitte dich um deine Hilfe bei der Erb-Angelegenheit. Ich komme damit einfach nicht gut zurecht und meine Experten auch nicht."
„Ja, aber was kann ich denn dazu beitragen?", antwortete Marc leicht irritiert.
„Hör zu, Marc, Evas Vermögen bewegt sich im Milliardenbereich. Die genaue Größenordnung konnten wir bisher, also in den vergangenen Monaten, immer noch nicht ermitteln. Das ist traurig genug. Und das ist genau mein Problem. Der größte Teil des Erbes sind Finanz-Anlagen und Immobilien. Das ist soweit okay. Diese Themen werden von Evas Büro in Frankfurt sehr gut verwaltet. Der andere Teil sind aber bisher wohl unklare Geschäfte, deren

Umfang und Inhalt wir noch nicht feststellen konnten. Es geht wohl auch um Waffengeschäfte und um Geldwäsche, verstehst du?“

„Waffengeschäfte?“, hakte Marc ein, obwohl er genau wusste, worum es hier ging.

„Ja, verbotene Waffengeschäfte! Außerdem wahrscheinlich um Geldwäsche, Steuerhinterziehung und wer weiß was sonst noch alles.“

„Ja und wo könnte ich dir denn dabei helfen?“

„Hör zu, Marc, ich habe kein Vertrauen zu den Leuten, die sich bisher damit beschäftigen. Eva hat diese Geschäfte wohl alle von ihrem Anwesen in der Schweiz gesteuert. Sie hat dort am Genfer See einen wunderbaren Besitz. Das Grundstück dort ist deutlich größer als meine Villa hier am Tegernsee und das will schon etwas heißen. Eva beschäftigte dort eine gewisse Mia Rabenschnabel, die so etwas wie die rechte Hand von ihr war. Eine sehr intelligente Frau. Aber über alle Aktivitäten von Eva weiß sie auch nicht Bescheid oder will nichts sagen. Wie auch immer …“

„Ja und was soll ich da …?“

„Hör einfach weiter zu, Marc. Ich habe vor einigen Monaten einen Experten eingestellt, der Licht in die Geschäfte bringen sollte und einen

Konsolidierungsvorschlag zu erarbeiten hat. Bisher hat er aber nur festgestellt, dass im Mittelpunkt der Geschäfte wohl eine von Evas Firmen dabei eine wichtige Rolle spielt. Die Firma heißt Shihani-Trade, eine Schifffahrtsgesellschaft. Seitdem erzählt er mir bei jeder Gelegenheit, dass er dringend ein IT-System braucht, um alle Informationen abzulegen. Er weiß zwar noch nicht genau, worum es inhaltlich geht, aber er weiß, dass er ein SAP-System installieren muss, der Depp! Und weiteres Personal braucht er auch, sonst kann er seinen Auftrag nicht erledigen."

„Aha ..."

„Ich denke, Marc, der Typ ist eine totale Null. Der bringt eigentlich nichts zustande. Er stellt sich selbst zwar als Best-Performer dar, kann aber nicht ansatzweise einen klaren produktiven Gedanken formulieren, ich bin einfach ratlos."

„Wirf ihn halt einfach wieder hinaus!"

„Geht nicht. Sein Beratervertrag, den ich damals zu blauäugig unterschrieben habe, spricht dagegen."

„Da hast du aber bei seiner Einstellung nicht gut aufgepasst, Anna."

„Ja, den Fehler muss ich mir selbst ankreiden. Deshalb brauche ich jetzt auch dringend eine Vertrauensperson, die mir hilft. Ich habe mich von seinen Sprüchen beeindrucken lassen. Er hat gesagt, er arbeitet schon lange mit Windows Longhorn, will alles leveragen und kam mir mit weiterem IT-chinesisch. Verstanden hab ich das alles nicht, aber ich wollte mir keine Blöße geben, hab einfach versäumt kritisch nachzufragen."

„Was hat dein Experte denn in der Vergangenheit gemacht, Anna?"

„Nun ja, er hat in den USA im IT-Bereich als Manager gearbeitet und war in Deutschland in führender Position für verschiedene Geschäftsbereiche verantwortlich. Zuletzt war er in Süddeutschland als selbständiger Unternehmensberater unterwegs."

„Beurlaube ihn halt einfach!"

„Das hilft mir aber auch nicht weiter. Ich will endlich Klarheit über mein Erbe haben. Ich brauche jemanden, der den Job erledigen kann."

„Du könntest deinen Anwalt, Moritz Heidelberger, oder euren Finanzberater von der Sparkasse, Paul Pech, bitten, hier mit anzupacken. Hast du das auch schon überlegt?"

„Darüber habe ich natürlich auch nachgedacht, Marc. Aber ehrlich gesagt, ich mag die beiden sehr. Das Profil diesen Job schnell zu erledigen haben sie aber nach meiner Einschätzung einfach nicht. Die Einzige, der ich diesen Job zutrauen würde, ist diese Mia Rabenschnabel. Aber ich kenne diese Frau zu wenig. Fachlich hat sie bestimmt einiges drauf. Ich weiß aber nicht, ob ich ihr vertrauen kann. Vielleicht hat sie aus ihrer Tätigkeit für Eva ja auch einiges zu verbergen. Nein, Marc, nachdem ich mit der Einstellung meines Experten schon so viel Pech gehabt habe, möchte ich kein weiteres Risiko eingehen, verstehst du das?“

„Ja, das verstehe ich schon. Schließlich geht es um viel Geld. Was ist denn in dieser Angelegenheit so kompliziert? Das verstehe ich noch nicht, Anna. Was willst du denn genau?“

„Hör zu, Marc, mir geht es gar nicht um noch mehr Geld. Ich will aber nicht mit eventuellen verbotenen Machenschaften in Verbindung gebracht werden. Womöglich riskiere ich auch noch eine Freiheitsstrafe, nur weil ich meine Aufsichtspflicht in meinen geschäftlichen Angelegenheiten nicht wahrgenommen habe, verstehst du?“

„Ja, das leuchtet mir schon ein.“

„Eva hat es mit der Steuergesetzgebung wohl nicht immer so genau genommen, Marc. Das hat Frau Rabenschnabel jedenfalls durchblicken lassen. Außerdem könnte sie in illegale Waffengeschäfte involviert gewesen sein. Und das ist wahrscheinlich noch längst nicht alles.“

„Was kümmert's dich, Anna. Das kann doch nicht dein Problem sein, oder?"
„Oh doch Marc. Das ist schon mein Problem. Erstens könnten möglicherweise Steuernachzahlungen in immenser Größenordnung fällig werden und wenn ich die Dinge einfach weiterlaufen lasse, droht möglicherweise deutlich mehr als nur eine Geldstrafe. Ich bin ja jetzt verantwortlich dafür. Eine gewisse Zeit würde man mir vonseiten der Behörden wohl zubilligen, um Klarheit in meine Angelegenheiten zu bringen. Aber irgendwann bin ich dafür voll verantwortlich."
„Hmm, Anna, da ist was dran!"
„Wenn ich nur daran denke, über welch relativ läppische Summe mein Tegernseer Nachbar gestolpert ist … Uli musste ins Gefängnis einfahren. Mittlerweile werde ich schon nervös. In meinem Fall geht es immerhin wahrscheinlich mehr als nur um einige hundert Millionen."
„Hmm, versteh ich Anna."
„Versteh mich nicht falsch, Marc. Mir geht es wirklich nicht um Geld. Wenn Abgaben fällig sind, dann soll der Staat das Geld auch bekommen. Ich muss nur wissen, um wie viel es eigentlich geht. Und ich möchte, dass keine kriminellen Aktionen mehr stattfinden, sofern es diese überhaupt gegeben hat. Aber am wichtigsten ist mir, und

das ist mein zweiter Punkt, dass meiner Mutter keinesfalls irgendwelche kriminellen Aktionen nachgesagt werden. Das hat sie nicht verdient und das darf auch niemals passieren. Meine Mutter war bestimmt keine einfache Frau, aber sie war zweifellos eine herausragende, unbeugsame Persönlichkeit.“

„Also, Anna, Toten soll man ja nichts Schlechtes nachsagen. Aber Eva war alles andere als ein guter Mensch, das kann ich dir …“

„Hör damit auf“, unterbrach ihn Anna nun scharf. „Ich will davon nichts hören. Dass du das jetzt denkst, nach allem, was sie dir gegenüber zu verantworten hat, verstehe ich ja. Jetzt geht es aber auch um mich und unsere Familie. Bitte bedenke auch das.“

„Anna, du verstehst nicht ansatzweise, was ich von Eva halte, aber du hast recht, darum geht es jetzt nicht“, antwortete Marc resigniert.

Schmerzliche Gedanken machten sich in ihm breit. Gedanken an Pocita. Er konnte jetzt unmöglich Anna an seinem Gefühlsleben teilhaben lassen. Sollte er jetzt wirklich dazu beitragen, dass Eva Shihani in ein Licht gerückt würde in das sie absolut nicht gehörte? Eva die Mörderin! Andererseits, war er denn selbst so viel besser? Er hatte immerhin die Informationen gezielt geliefert, die zu ihrer Ermordung durch die Saudis führten. Dieser Zusammenhang durfte niemals bekannt werden. Vielleicht war es eine glückliche Fügung, dass Anna ausgerechnet ihn um Unterstützung bat. Vielleicht konnte er so den Deckel des Schweigens über diesen Punkt halten.

„Was genau erwartest du von mir?“, presste Marc zwischen den Zähnen hervor.

„Hör zu, Marc, ich habe dir einen Vorschlag zu machen. Ich verkaufe dir Shihani-Trade und alle damit möglicherweise zusammenhängenden Firmen und Firmenanteile für einen symbolischen Betrag von einem Euro. Dafür stellst du mich von allen Forderungen der Finanzbehörden frei, bedienst sämtliche möglicherweise offenen Forderungen der Steuerbehörden und stehst gegenüber den Behörden als Verantwortlicher bereit, so als wärst du direkt der Erbe von Eva gewesen. Außerdem erhältst du das Anwesen von Eva am Genfer See mit allen Rechten und Pflichten. Das heißt auch, mit der Verantwortung für alle Angestellten usw. Was hältst du davon?“

„Ich denke, du musst schon sehr verzweifelt sein, um diesen Teil deines Erbes freizugeben, Anna.“

„Ach, Marc, ich bin eher verzweifelt, dass ich nach mehr als einem halben Jahr so gut wie nichts über die Geschäfte

von der Shihani-Trade weiß. Die Finanz-Geschäfte und Immobilien werden von den Leuten in Frankfurt gut geführt. Die Werte belaufen sich auf mehrere Milliarden. Was soll ich also mit noch mehr Geld. Es bedeutet für mich nicht viel. Mir geht es eher darum, dass die noch offene Flanke im Zusammenhang mit meinem Erbe geschlossen wird und ich wieder ruhig schlafen kann. Dein Risiko bei der Sache ist hauptsächlich der eine Euro Kaufpreis und eine Menge organisatorischer Aufwand. Deine Chance ist dagegen, wenn du gut arbeitest, eine Villa am Genfer See und ein erheblicher Vermögenswert. Also, wie ist es?"
„Hmm, kann ich mir das noch einmal überlegen?"
„Nein, ich will jetzt eine grundsätzliche Antwort. Moritz Heidelberger hat bereits einen Vertrag aufgesetzt. Aktiviere deine Anwälte und wir treffen uns in den nächsten Tagen in München zur Unterschrift. Den Vertragsentwurf sende ich dir anschließend per E-Mail.
„Okay, Anna, ich mache es. Ich will aber von Evas Erbe nichts für mich behalten, hörst du! Ich werde versuchen, die zwielichtigen Geschäfte von Eva zu konsolidieren. Wenn das geschafft ist, erhältst du alle verbliebenen Vermögenswerte wieder zurück, verstehst du, das ist wichtig für mich. Für meinen Aufwand berechne ich dir ein marktübliches Beraterhonorar und das war es dann auch.

Können wir uns darauf verständigen?"
„Okay, meinetwegen Marc, wenn du meinst!. Dir ist hoffentlich klar, dass du dadurch wahrscheinlich auf viel Geld verzichtest, ja?"
„Das weiß ich, Anna. Aber ich möchte es so!"

Kurz darauf erreichte ihn auch schon per E-Mail ein Dokument von Anna. Nach einer kurzen Bedenkzeit hatte Marc bereits seine nächsten Schritte grob überlegt. Vorsichtshalber wollte er den Vertrag juristisch prüfen lassen. Mit seiner früheren Affäre und jetzigen Freundin hatte er dazu die besten Voraussetzungen. Als er bei Seyma anrief, war die Begrüßung erwartungsgemäß nicht gerade sehr freundlich.
„Ich bring dich um, Marc. Weißt du eigentlich, wie spät es hier ist?", lallte Seyma ins Telefon.
„Morgenstund hat Gold im Mund, meine Liebe. Ich bin auch schon zeitig aus den Federn gekrochen und schon fast mit dem Frühstück fertig. Also, raus aus dem Bett. Ich brauche deine Hilfe als Juristin, Seyma."
„Aber doch nicht morgens um halb vier. Du weißt schon, dass ich hier in New York wohne, was ist denn so dringend, dass du mich um diese Zeit weckst?"
Jetzt erzählte Marc ausführlich von dem Gespräch mit

Anna. Nach und nach erwachte auch Seyma vollständig als sie diese Story hörte.
„Natürlich helfe ich dir. Was willst du jetzt tun, Marc?"
„Als erstes schicke ich dir Annas Vertrag mit der Bitte um Durchsicht und Hinweise, falls dir etwas unfair erscheint. Annas Angebot ist ja schon sehr verlockend. Von Evas Erbe möchte ich aber auf keinen Fall profitieren. Du weißt warum. Ich will nur möglichst sicher gehen, dass da keine verborgenen Fallstricke enthalten sind. Ich bin zwar ziemlich sicher, dass dem nicht so ist, aber ein juristisches Auge schadet bestimmt nicht. Und dann möchte ich dich fragen, ob du bei der Vertragsunterzeichnung in München mit dabei sein kannst."
„Hältst du das wirklich für sinnvoll? Immerhin war ich der Trennungsgrund zwischen Anna und dir."
„Da hast du recht, aber es ist inzwischen genügend Zeit vergangen und die Wogen haben sich geglättet. Von Annas Seite wird wohl Moritz Heidelberger selbst dabei sein. Und falls es noch juristische Unebenheiten geben sollte, könnest du und Moritz diese sofort vor Ort klären."
„Okay, Marc, verstehe ich. Sag mir den genauen Termin, sobald du ihn weißt, dann komme ich rüber. Was willst du als Nächstes tun?"
„Ich werde sofort mit dieser Frau Rabenschnabel am

Genfer See sprechen. Nach Annas Erzählungen scheint die Frau eine der wenigen Vernünftigen zu sein. Danach werde ich mit Olivia sprechen. Ich denke, ich brauche vielleicht kurzfristig einige ihrer Leute zur Unterstützung."

Olivia Anderson, die Vorstandsvorsitzende der InnoAD, war aber nicht erreichbar. Marc hinterließ in ihrem Sekretariat die Nachricht, dass sie sich für den Abend nichts vornehmen sollte. Er hätte Dringendes mit ihr zu besprechen.
Danach telefonierte Marc mit Shari Amirani, um sie auf dem Laufenden zu halten. Er hatte sie ohnehin öfter in letzter Zeit angerufen. Einfach so, auch ohne besonderen Grund. Er wollte mit ihr in Verbindung bleiben und spürte, ihr ging es ähnlich.

Evas Geschäfte

Moritz Heidelberger hatte es geschafft! In kaum mehr als drei Wochen konnte der Vertrag zwischen Anna und Marc für die Übertragung der als kritisch gesehenen Vermögenswerte juristisch abgewickelt werden. Dazu gehörte auch die notarielle Beglaubigung von Grundstücksübertragungen in der Schweiz. Die neue Aufgabe der Konsolidierung ehemaliger Geschäfte, Vermögenswerte und Firmen lastete jetzt wie eine schwere Bürde auf Marcs Schultern. Es war immer noch nicht abschätzbar, welches Erbe Eva, abgesehen von den bei Anna verbliebenen Finanzanlagen, hinterlassen hatte. Ein finanzielles Risiko musste Marc trotzdem nicht befürchten. Anna hatte ihm vertraglich zugesichert, einen eventuellen Minusbetrag nach objektiv bewerteter Gegenüberstellung von Vermögenswerten und Verbindlichkeiten zu übernehmen.

Marc belasteten aber weniger die finanziellen Folgen seines neu hinzugewonnenen Eigentums. Er war jetzt durch Anna in eine Situation gedrängt worden, die niemals hätte passieren dürfen. In seiner Seele rumorte es bereits jetzt, dass er in den Besitz eines Erbteils von Eva geraten war.

Aber konnte er Anna seine Hilfe verweigern? Unmöglich! Er fühlte sich auch nach all den Jahren immer noch in ihrer Schuld. Niemals durfte irgendjemand in ihrem Umfeld erfahren, dass er dafür verantwortlich war, dass Eva in der Luft zerrissen wurde. Er hatte Eva mithilfe der Saudis genauso kaltblütig umgebracht, wie Überkinger, im Auftrag von Eva, seine Pocita. Diejenigen, die darüber Bescheid wussten, würden Stillschweigen bewahren.
Nach mehreren Telefongesprächen traf Marc heute erstmals Mia Rabenschnabel in Evas ehemaliger Villa am Genfer See. Er kannte das Gelände grob vom See aus als er Eva seinerzeit durch eine Drohne übel mitspielte. Aber das musste Mia nicht wissen. Die erste Zusammenkunft mit ihr war herzlich. Die etwa vierzig jährige Frau führte die Geschäfte von Eva seit ihrem Tod weiter, so gut es ging und ließ die Dinge einfach laufen, wo es nicht mehr ging. Insofern war ihr Marc sehr willkommen. Endlich jemand, der mit anpacken wollte um Klarheit in alle Geschäfte zu bringen. Mia war Marc auch sofort sympathisch. Sie war eine gebildete Frau mit wachem Verstand. Nach einem ersten Kennenlern-Plausch bei Kaffee und selbst gebackenem Kuchen wollte Marc zunächst mehr über das Haus hier wissen. Mia schlug einen Rundgang über das Gelände vor. Geschäftliche Belange und Einzelheiten über

die Villa konnte man auch bei einem Spaziergang erörtern. Das Anwesen am Genfer See war riesig. Es lag genau dort, wo sich der See verbreiterte, zwischen Nyon und Gland. Die Zufahrt zu dem Gelände markierte eine schwere Holz-Schiebetüre, die auch für die Durchfahrt größerer Fahrzeuge geeignet war. Daneben lag eine schmale Türe als Personen-Zugang. Nach Einschätzung von Marc dürfte es sich um handgefertigte Schreinerarbeiten aus massiver Eiche handeln. Der alte Baumbestand am Rande der mit Weinreben bewachsenen Steinmauern hatte etwas Beruhigendes. Mehr als 100 Meter vom Eingangstor entfernt lag die gediegene Villa. Die Zufahrt dorthin war zu beiden Seiten des mit Granitsteinen gepflasterten Weges, mit farbenprächtigen Blumen und Stauden bepflanzt. Die Südseite bildete der Genfer See. Dort lag am Steg ein komfortables Motorboot, das Eva seinerzeit als Transportmittel für diverse Gelegenheiten nutzte. Etwa für Theatervorstellungen oder für ein gediegenes Dinner mit Freunden in einem der hervorragenden Seerestaurants, aber auch, wenn sie zum nahe gelegenen Sportflugplatz wollte, um mit ihrem Heli schnell den Flughafen in Genf zu erreichen. Auf der Südseite des Grundstückes lag auch ein geräumiges Gästehaus. Eva hatte es bauen lassen, als sie sich entschloss, ihr Büro hierher in ihre Villa zu verlagern.

Sie brauchte einige Räume für sich und ihre engsten Mitarbeiter. Die Villa selbst war in einer losen L-Form gehalten, in der mehrere Gebäude ineinander verschachtelt waren und dadurch die enorme Nutzfläche etwas kleiner erscheinen ließen. Das Gebäude umfasste zwei Ebenen mit 19 Zimmern, diversen Badezimmern, Fitnesszentrum, eine große Küche, Vorratsräume, einem geräumigen Eingangsbereich, auf den man von einer Galerie im Obergeschoss auf einen geschmackvoll eingerichteten Essbereich und auf der anderen Seite auf einen exklusiven Wohnbereich herabsehen konnte.
Nach Besichtigung der Räume in der Villa, entschied sich Marc erwartungsgemäß das ehemalige Büro von Eva zu übernehmen. Das war jetzt auch der Zeitpunkt für Marc, eine wichtige Frage zu stellen:
„Darf ich Sie fragen, Frau Rabenschnabel, wollen Sie auch künftig hier und mit mir weiter arbeiten?"
Obwohl Mia diese Frage erwartet hatte, zögerte sie eine ganze Weile mit der Antwort.
„Ich habe gerne mit Eva gearbeitet. Sie war sehr fordernd, aber ich hatte auch alle Freiheiten. Es war ihr immer egal, wie ich etwas gemacht habe. Danach hat sie nie gefragt. Ihr war wichtig, dass ich es gemacht habe, dass Aufträge präzise erledigt wurden. Mein Vorschlag und meine Bitte

wären deshalb, dass wir es einfach miteinander versuchen bis wir sicher sind, ob es mit uns klappt oder eben auch nicht."
„Hmm, ich kann Ihre Vorbehalte verstehen, Frau Rabenschnabel. Ich bin einverstanden. Darf ich Sie trotzdem fragen, was Sie tun würden, wenn es mit uns nicht klappt?"
Jetzt musste Mia schmunzeln. „Ich weiß es nicht, aber machen Sie sich darüber keine Gedanken. Durch Eva habe ich derart viele Kontakte knüpfen können, dass ich jederzeit eine verantwortungsvolle Position finden könnte. Außerdem hat mir Eva eine größere Summe hinterlassen."
Den weiteren Tag verbrachten Marc und Mia mit fachlichen Gesprächen, die ihm einen guten Überblick über die relevanten Geschäftsfelder ermöglichten. Mia nahm hier kein Blatt vor den Mund, warum auch. Sie war dafür nicht verantwortlich und wusste auch nicht alle Details.
Eine Firma, um die sich Eva im Wesentlichen selbst kümmerte, war die IMMOSHI mit Sitz in Zürich. Die Firma kümmerte sich ausschließlich um Immobiliengeschäfte. Von der Vatikanbank als Kreditgeber, kamen in unregelmäßigen Abständen größere Beträge, die von der IMMOSHI möglichst umgehend in Immobilien in Europa angelegt werden mussten. Die

Immobilienexperten kauften und verkauften Grundstücke. Dabei ging es hauptsächlich darum, günstige Flächen zu erwerben, von denen man wusste oder annahm, dass sie in absehbarer Zeit in Bauland umgewandelt würden. Zu den Flächen gehörten auch Wälder, was die Notwendigkeit mit sich brachte, auch Wildhüter, Förster und Waldarbeiter zu beschäftigen. Auch darum musste sich die IMMOSHI kümmern. In manchen Ländern war es schwierig für Ausländer, Grundbesitz zu erwerben. Kein Problem. Die IMMOSHI kümmerte sich darum. So wurden z. B. Zweigstellen mit einheimischem Personal gegründet, das als Käufer fungieren konnte. Das Geschäft brachte insgesamt einiges an Verwaltungsaufwand mit sich. Darum kümmerte sich Eva aber nicht, auch nicht Mia. Dafür war der Geschäftsführer in Zürich zuständig, der quartalsweise eine Bilanz präsentierte. Die Werte blieben offiziell vage. Grundstücks-Vermögen und Kredite der Vatikanbank hielten sich in etwa die Waage. So wurde der Eindruck erweckt, dass die IMMOSHI eine leidlich passable Firma war. Tatsächlich standen hinter der Vatikanbank als Kreditgeber die Schwarzgeld-Konten von Eva Shihani. Die Steuerlast der IMMOSHI war dadurch gleich null und Evas Besitz vermehrte sich nahezu ungebremst. Die Differenz zwischen Einkaufspreisen und den tatsächlichen Werten der

Grundstücke driftete immer weiter auseinander, je mehr Zeit verging. Eva hatte hunderte von Millionen in die IMMOSHI über die Vatikanbank gesteckt.
Eva sagte stets zu ihren IMMOSHI-Leuten: „Solange sich immer mehr Menschen um eine nicht vermehrbare Fläche Land bemühen, wird der Grundstückswert ohne weiteres Zutun steigen. Diese Binsenweisheit sollte euch antreiben, bei eurer Arbeit möglichst zügig zu handeln.“
„Die IMMOSHI ist meines Erachtens eine ziemlich gut geführte kleine Firma, wenn auch der wahre Wert der dort verwalteten Grundstücke nebulös ist“, meinte Mia. „Ich bin sicher, wenn wir sofort alle Flächen verkaufen würden, reden wir über einen satten dreistelligen Millionenbetrag. Der tatsächliche Wert dürfte weit darüber liegen. Unklar ist allerdings, wie viele Leute in ganz Europa insgesamt für die IMMOSHI arbeiten, wie viele Schmiergelder fließen usw.“
„Ja, hat das Eva nicht interessiert?“
„Nicht wirklich. Dafür hatte sie gar keine Zeit und wollte sich damit auch gar nicht belasten. Ihr Geschäftsführer wird es wissen. Aber auch das hat Eva nicht interessiert. Wichtig war ihr, dass er seinen Job erledigt hat, nicht wie er es getan hat. Sie hat genaue Zielvorgaben gemacht. Das waren in der Regel finanzielle Vorgaben, keine Personalziele oder ähnliches. Wenn die Ziele erreicht wurden, gut. Wenn

nicht, wurde der Verantwortliche ausgewechselt."
„Ja, das verstehe ich, auch wenn ich nicht unbedingt Verständnis für ihre Personalarbeit habe. Sie war wohl sehr tough in ihren Prinzipien?"
„Das kann man so sagen. Für ihre engsten Mitarbeiter hatte sie allerdings genügend Zeit aufgewendet. Bei all ihren Geschäften blieb auch nicht mehr Zeit für weitergehende Dinge."
„Gut, Frau Rabenschnabel, ich denke, die Immobiliengeschäfte können wir erst einmal so weiter laufen lassen. Da wird wohl kurzfristig nichts anbrennen. Sehen sie das auch so?"
„Ja, unser Geschäftsführer in Zürich, der Herr Beerenbecher, wird sich melden, wenn er ein Problem sieht. Das ist dann zu erwarten, wenn der finanzielle Nachschub durch die Vatikanbank ausbleibt. Wir sollten ihn aber trotzdem möglichst bald informieren, wenn wir wissen, wie es mit dem Geschäft dort weitergehen soll, damit er seine Planungen ggfs. rechtzeitig etwas zurückfahren kann."
„Sagen Sie ihm doch bitte, dass bis auf Weiteres keine Finanzmittel zu erwarten sind. Er soll dringend benötigtes Kapital zunächst aus dem Verkauf vorhandener Grundstücke generieren, ja!"
„Okay, Herr Christ. Da wären wir aber auch gleich bei der

zweiten Säule von Evas privatem Business. Das ist nämlich die Grundlage für die Immobiliengeschäfte und betrifft den unmittelbaren Geldfluss über die Vatikanbank. Das Thema ist jedoch weitaus delikater und auch nicht ganz legal. Da sie inzwischen der Besitzer von Evas Geschäften sind, darf ich bzw. muss ich alle Praktiken offen legen, von denen ich Kenntnis habe, ja?"

„Haben Sie denn das gegenüber Anna nicht adressiert?"

„Ehrlich gesagt nicht. Ihre Frau schien mir nicht stabil genug. Sie war so nervös und ich hatte den Eindruck, sie will auf Teufel komm raus alles vermeiden, was nur irgendwie gegen gesetzliche Vorgaben verstoßen könnte. Sie ist viel zu anständig, um Evas Business in den Griff zu kriegen, glauben Sie mir. Aber irgendwie müssen wir ja auch bei schwierigeren Gegebenheiten zu tragfähigen Lösungen kommen, nicht wahr?"

„Natürlich, Frau Rabenschnabel, legen Sie los", ermunterte er seine Mitarbeiterin mit wachsender Neugier, auch wenn er ahnte, über welche Geschäfte Mia gleich berichten würde. Aus den FBI-Dokumenten von Pocita und Charly Brooks wusste Marc einigermaßen Bescheid. Er hielt es aber für angebracht, darüber kein Wort gegenüber Mia zu verlieren.

„Also", begann Mia vorsichtig, „es geht darum, dass Eva

vor wenigen Jahren ein Logistik-Unternehmen gegründet hat, das ausschließlich Waren per Frachter von A nach B transportiert hat. A ist dabei ein Hafen im Golf von Mexiko. Der Standort ist Veracruz. Dort hat Eva ein kleines Büro eingerichtet, dessen einzige Aufgabe es ist, Frachtaufträge von Veracruz nach Nord-Afrika zu organisieren. Das Delikate daran ist, und jetzt halten Sie sich fest, dass es sich bei den Waren um Waffen aus den USA handelt. Dieses Teufelszeug kommt von Texas nach Veracruz und gelangt von dort in den Iran. Wie sie wissen, unterliegt der Iran einem strengen Embargo durch die USA. Dass ausgerechnet amerikanische Waffen in den Iran verschifft werden, ist nicht nur strengstens verboten, sondern eigentlich der Hammer. Noch ungeheuerlicher ist, dass das Geschäft ausgerechnet durch Vermittlung des US-Präsidenten ermöglicht wurde."

„Was, Joe Biden?"

„Nein, natürlich nicht. Durch seinen Vorgänger. Eva und Don waren alte Bekannte. Donald ging es ausschließlich darum, ein lukratives Geschäft für seine Waffenindustrie zu generieren. Politische Zusammenhänge hat er ohnehin nicht wirklich durchschaut oder wollte sie gar nicht begreifen. Die Waffenlobby dort lag ihm schon länger in den Ohren, doch eine Absatzmöglichkeit für nicht mehr ganz aktuelle

Waffen zu eröffnen. Man könnte auch sagen, die Herren wollten einfach ihre Ladenhüter loswerden. Damit könnten Arbeitsplätze in den USA gehalten werden, erklärten sie Donald. Ausschlaggebend für den Waffendeal war dann wohl auch die Perspektive, dass dadurch ausgerechnet der Iran die Arbeitsplätze in den USA finanzieren würde und außerdem die amerikanischen Waffenlager von Ladenhütern befreit werden könnten. Da ist der Donald dann endgültig angesprungen. Er wird wohl Schenkel klopfend in seinem Oval-Office gesessen und sich dann selbst applaudiert haben. Zu gerne hätte er den Deal sofort seinen Freunden bei Fox-News erzählt, aber davon konnten ihn seine Strategen gerade noch zurückhalten. Trotzdem war es natürlich politisch unmöglich, dass die USA die Waffen direkt an den Iran verkaufen oder liefern würden."

„Hmm, das verstehe ich, Frau Rabenschnabel", meinte Marc nachdenklich. "Bei der Waffenindustrie dürften wegen dieses Deals die Champagnerkorken geknallt haben."

„Auf jeden Fall. So wie es wohl immer ist, wenn irgendwo auf der Welt ein neuer Krieg angezettelt wird."

„Wie ging das Geschäft dann weiter?"

„Nun, jetzt kam Eva ins Spiel. Donald animierte sie, hier einzusteigen und die Waffen in den USA einzukaufen, den

Transport zu übernehmen und an den Iran weiterzuverkaufen. Die Konditionen dafür waren im Vorfeld zwischen den USA und dem Iran festgelegt worden. Ich meine damit, die Einkaufs- und Verkaufspreise waren vereinbart worden. Die Logistikkosten unterlagen dem Verhandlungsgeschick von Eva. Und Sie können davon ausgehen, dass Sie dabei das Maximum für sich herausgeholt hat."

„Und ist es ihr gelungen?"

„Natürlich! Sie hat drei riesige gebrauchte Frachter auf Leasing-Basis erworben, ein neues Unternehmen, die Shihani-Trade Ltd., gegründet und losging's. So einfach war das natürlich nicht, wie es gesagt ist. Aber Eva hatte exzellente Verbindungen in die Logistik-Branche. Da ging manches zügig. Unterstützt hat sie das Entgegenkommen mancher Manager durch freundliche Überweisungen auf die Privatkonten der entscheidenden Personen. Das waren aber Peanuts im Vergleich zu den Provisionen, die sie dann durch die Waffenlieferungen eingestrichen hat."

„Und wie wurde die finanzielle Abwicklung geregelt?", wollte Marc jetzt wissen.

„Die Iraner haben nach erfolgtem Empfang der Waffen. eine große Summe immer in bar bezahlt. Eva hat das Geld kurz nach der Lieferung in Teheran abgeholt. Ich selbst war einige Male auch mit dabei. Wir sind mit ihrem Learjet geflogen. In der Regel hat Eva einen Stopp in Riad eingelegt. Durch ihren verstorbenen Mann ist sie ja eine halbe Saudi-Araberin. Während das Flugzeug aufgetankt wurde, hat sie sich am Flughafen meistens mit Bekannten oder Verwandten getroffen und sich so die Wartezeit vertrieben. Es waren wohl die Schwiegermutter ihres inzwischen verstorbenen Schwagers und ihr Enkel. Genau kann ich das aber nicht sagen. Wie Sie sicher wissen, ist eine Frau in Saudi-Arabien nie ohne männliche Begleitung unterwegs. Meistens ist das ein Verwandter oder ein Vormund. Genau Bescheid weiß ich über diese Familienangelegenheiten nicht. Ich selbst war da niemals mit dabei. Dann ging's weiter in den Iran. Eva hatte eine großartige Reputation bei den iranischen Regierungsstellen. Die wussten genau, was sie ihr zu verdanken hatten."

„Hatte Eva denn noch weitere Kontakte nach Saudi-Arabien, kennen Sie vielleicht die Namen ihrer Verwandten?"

„Nein, soviel ich weiß, nicht. Ich denke, dazu hatte sie auch keine Zeit. Ihr Leben war ihre Arbeit. Vielleicht hat sie auch einmal einen Namen erwähnt, erinnern kann ich mich daran aber nicht."

„Was hat sie dann mit den wahrscheinlich großen Summen

an Bargeld hier gemacht?“

„Wie viel Geld es jeweils genau war, wusste ich nie. Aber es wird wohl eine dreistellige Millionensumme gewesen sein. Mit so viel Geld kann man hier kaum etwas anfangen. Noch dazu, wenn es Schwarzgeld ist. Aber Eva hatte auch dafür eine Lösung. Einer ihrer Freunde war ein Bischof aus Bayern mit exzellenten Verbindungen zur Vatikanbank in Rom. Eva hat ihn zusammen mit dem Geld nach Rom bringen lassen. Dort wurde das Geld, in der Regel waren es US-Dollars und iranische Rial, in Euro umgetauscht. Der Umtausch iranischer Rial ist kritisch. Die Leute in der Vatikanbank haben das aber irgendwie gemanagt. Sie sind das wohl gewohnt. Man sagt, sie haben genügend Erfahrungen in Sachen Geldwäsche für die Mafia.“

„Ehrlich, Frau Rabenschnabel?“, fragte Marc erstaunt nach.

„Ach ja, man sagt das halt so. Natürlich weiß ich nichts Näheres darüber. Jedenfalls ist die Vatikanbank eine gute Adresse für kritische Geschäfte. Der Vatikan als selbständiger Staat unterliegt ja nicht denselben strengen Regeln, die für unsere Banken gelten.“

„Soviel ich weiß, wird aber auch die Vatikanbank von unabhängigen Wirtschaftsprüfern kontrolliert“, hakte Marc jetzt nach.

„Ja, das stimmt. Zurzeit sind das Wirtschaftsprüfer aus

Deutschland. Und Sie werden nicht glauben, woher die genau kommen! Die Gesellschaft heißt InnoAD. Und was meinen Sie, wer den Aufsichtsratsvorsitz dort hatte?“
„Das weiß ich zufällig. Es war Eva. Ich habe nämlich in dieser Firma früher auch einmal gearbeitet. Das ist jetzt schon eine heiße Geschichte. Eva scheint ein wirkliches Organisationstalent gewesen zu sein. Eigentlich unglaublich. Schade, dass sie ihre Fähigkeiten für derartige Machenschaften eingesetzt hat.“
„Na na, den Großteil ihrer Gewinne haben schon ihre legalen Bankgeschäfte erwirtschaftet“, versuchte Mia Eva in ein besseres Licht zu rücken.
„Ah ja, lassen wir das jetzt. Aber zurück zu dem Waffengeschäft. Wie ging es denn weiter?“
„Nun, der Klerus hat für seine Dienste 10 Prozent erhalten. Wovon genau diese 10 Prozent berechnet wurden weiß ich nicht, aber der Herr Bischof wird hier schon einen guten Schnitt gemacht haben.“
„Ich glaube, ich kenne ihn. Ist es nicht Gregor Hörnerhirsch?“
„Ja genau, woher wissen Sie das?“, fragte Mia jetzt erstaunt.
„Er kommt aus meiner Gegend. So viele Bischöfe gibt es ja auch nicht. Und was kam dann?“

„Tja, damit ist die Story fast zu Ende. Von der Vatikanbank als Kreditgeber wurde die IMMOSHI mit Kapital versorgt, die damit Immobilien in ganz Europa zusammen gekauft hat. Dadurch hat Eva ihr Eigentum nach und nach vergrößert.
Eine heikle Sache kommt aber noch. Und die ist ziemlich dringend."
„Sie machen mich jetzt aber neugierig, Frau Rabenschnabel, erzählen Sie!"
„Tja, es ist so, dass noch in diesem Monat eine weitere Lieferung auf den Weg in den Iran geht."
„Was?", fragte Marc jetzt entsetzt. „Können wir das stoppen?"
„Dafür ist es längst zu spät. Selbst die übernächste Lieferung ist bereits in Planung."
„Wir müssen das stoppen, Frau Rabenschnabel."
„Hmm, das will gut überlegt sein, Herr Christ. Es gibt Abnahmeverträge auf der einen Seite und Lieferzusagen auf der anderen. Hier einfach aussteigen würde uns in Teufels Küche bringen, glauben Sie mir das! Damit ist nicht zu spaßen. Das würden Sie möglicherweise nicht überleben. Ich sage das jetzt auch nicht nur so dahin. Das ist wirklich eine ernste Sache"
„Was schlagen Sie denn jetzt vor, Frau Rabenschnabel?",

fragte Marc äußerst beunruhigt.
„Nun, es kommt ganz auf Ihre Einstellung in dieser Angelegenheit an. Wenn Sie viel Geld verdienen wollen, müssten Sie die Geschäfte einfach weiter führen. Jetzt allerdings mit einer neuen Sensibilität und einer gehörigen Portion Mut aufgrund der politischen Veränderung in den USA. Joe Biden ist wahrscheinlich bei weitem nicht so geldgierig wie sein Vorgänger. Ob er genauso standhaft hinter seiner Waffenlobby steht, wie sein Vorgänger bedarf erst einer Abklärung."
„Hmm?"
„Wenn Sie die bestehenden Gesetze einhalten wollen, müssten sie die Lieferanten in den USA und vor allem die Regierung im Iran davon überzeugen, dass die Geschäfte nicht weiter gehen können. Beides wird nicht einfach sein. Immerhin gibt es verbindliche Absprachen. Und hinzu kommt, dass auch im Iran personelle Veränderungen auf höchster Ebene erfolgt sind."
„Puh, Frau Rabenschnabel", pustete Marc reichlich frustriert, „da haben Sie mir aber jetzt eine gewaltige Aufgabe gestellt."
„Nicht ich, Herr Christ, nicht ich", schmunzelte Mia. „Ich bin nur der Überbringer der Nachrichten. Die Entscheidung liegt bei Ihnen. Nachdem aber elementare Interessen der

Geschäftspartner in den USA als auch im Iran betroffen sind, ist bei Ihrer Entscheidung höchste Vorsicht geboten, wenn Sie verstehen, was ich meine."

„Sie meinen, ich könnte das nicht überleben?", fragte Marc jetzt leise, sichtlich mitgenommen.

„So ist es, Herr Christ."

Marc schluckte, Schweißperlen standen ihm auf der Stirn und er flüsterte:

„Haben Sie etwas zu trinken?"

„Wodka oder Champagner?"

„Beides!"

Nachdem Mia ein Tablett mit einer Auswahl diverser Spirituosen auf den Tisch gestellt hatte, einigten sich die beiden auf keine kleine Pause von den geschäftlichen Themen. Trotzdem überschlugen sich Marcs Gedanken über mögliche Lösungen für die Misere.

„Frau Rabenschnabel", nahm er den Gesprächsfaden nach einer Weile wieder auf. „Ich denke, wir sind hier in wirklich üble kriminellen Machenschaften verstrickt."

„Ja, so ist es, ich wusste das auch immer. Mir gefiel es aber auch für Eva zu arbeiten. Sie hat immer ihre eigenen Regeln gemacht und deshalb auch immer gewonnen", antwortete Mia nachdenklich.

„Was soll ich jetzt nur tun, Frau Rabenschnabel? Mit einer

derartigen Wendung in dieser Erbangelegenheit hätte ich nun wirklich nicht gerechnet."

„Das glaube gerne", antwortete Mia einfühlsam. Was wollen Sie denn grundsätzlich tun, das ist hier die zentrale Frage?"

„Ich habe bisher immer alle meine Verträge, für die ich verantwortlich war, eingehalten", antwortete Marc nach einer kleinen Denkpause, „selbst wenn ich sie nicht selbst abgeschlossen habe. In dieser Eigenschaft tickt mein Herz wie das eines alten, ehrwürdigen Kaufmanns, verstehen Sie!"

„Natürlich", antwortete Mia, nicht wirklich überzeugt.

„Trotzdem, ich denke, ich sollte diese Waffengeschäfte irgendwie einstellen. Ebenso diese zwielichtigen Immobiliengeschäfte. Beides hängt ja eng zusammen. Wenn die Geschäfte auffliegen und ich nicht alles dafür getan habe sie zu stoppen, droht mir mit Sicherheit eine mehrjährige Gefängnisstrafe, stimmts?"

„Na ja, Herr Christ, nur nicht untertreiben, es könnte schlimmer kommen.

„Noch schlimmer, wie meinen Sie das?"

„Die Alternative zum Gefängnis ist der Tod durch die Geheimdienste der USA, des Iran oder der Araber!"

„Das beruhigt mich ungemein, ehrlich", antwortete Marc

mit leichtem Zynismus. „Wenn ich das vorher gewusst hätte, hätte ich mich wohl kaum auf diesen Erb-Deal eingelassen. Ich kann Anna nachträglich nur beglückwünschen, dass sie mir genau diesen Teil von Evas Geschäften überlassen hat.“

„Lassen Sie Anna aus dem Spiel, Herr Christ, davon hat sie definitiv nichts gewusst!“

„Na ja!“

„Nein, wirklich nicht. Lassen Sie uns jetzt nach vorne schauen. Vielleicht sollten Sie sich auch mit unseren Experten unterhalten. Die können Sie bestimmt etwas beruhigen. Eva hat immer großen Wert auf die Meinung ihres Anwaltes und ihres Steuerfachmannes gelegt.“

„Das ist eine gute Idee, Frau Rabenschnabel. Können Sie bitte mit beiden Termine arrangieren, möglichst gleich morgen?“

„Gerne, die beiden haben Büros in Genf, sollen sie gleich nach dem Frühstück kommen?“

„Ok, erledigen Sie das bitte, Frau Rabenschnabel. Für heute habe ich echt die Schnauze voll. Sorry für die derbe Ausdrucksweise, aber mir fallen gerade keine treffenderen Worte ein. Wir beide sollten den Tag jetzt auch beschließen, ja! Zeigen Sie mir dann bitte noch meine Räumlichkeiten."

„Natürlich, wenn es Ihnen recht ist, übernehmen Sie fürs Erste die Räume von Eva hier in der ersten Etage. Das würde keinen größeren Umstellungsaufwand nach sich ziehen. Natürlich können Sie in Ihrem neuen Haus alles so einrichten, wie Sie es gerne möchten. Ich wohne übrigens auch hier, wussten Sie das?

„Nein, wusste ich nicht, es ist mir aber sehr recht. Leben etwa noch weitere Leute hier?

“Im Gästehaus wohnen noch unsere Köchin mit ihrem Mann und vier Sicherheitsleute und eine Küchenhilfe.

„Brauchen wir denn künftig auch noch so viele Angestellte, Frau Rabenschnabel?“

„Nun, wir werden sehen. Ich lasse uns jetzt ein Abendessen zubereiten. Wollen wir uns gegen 19 Uhr unten in der Halle treffen? Ich möchte vorher gerne noch einige Runden im Pool drehen.“

Den Abend verbrachten die beiden dann zunächst auf einer der wunderbar mit Pflanzen versehenen Terrassen auf der Westseite des Gebäudes. Die Abendsonne und der Blick auf den ruhenden See entschädigten etwas für den anstrengen Tag. Außerdem erwies sich Mia als talentierte Barkeeperin. Sie ließ das Abendessen später ebenfalls hier draußen decken. Neben einigem Small Talk kam das

Gespräch schnell wieder zu geschäftlichen Belangen. Die abendliche Atmosphäre in der mediterran angehauchten Umgebung erzeugte zunehmend eine behagliche Stimmung. Ein Außenstehender hätte die beiden für ein ‚altes' Ehepaar halten können.

Shari

Marc wurde am nächsten Morgen durch ein leises Plätschern im Garten geweckt. Es mochte kaum später als 6:00 Uhr gewesen sein. Von seinem Balkon hatte er einen großartigen Ausblick auf den Genfer See, über dem sich malerisch Nebelschwaden bildeten. Auf dem Grundstück lag der Pool, perfekt in die Gartenlandschaft integriert. Die Gestaltung der Form war einem natürlichen Gewässer mit seinen Unebenheiten nachempfunden. Neben einigen niedrigen Flächen gab es größere Bereiche und einen üppigen Wasserfall oberhalb einer kleinen Erhebung. Mediterrane Stauden und Blumen umgaben diesen Bereich. Innerhalb dieser architektonischen Meisterleistung konnte Marc Mia im Wasser erkennen. Er schlüpfte schnell in seinen Slip, Jeans und T-Shirt, verließ sein Schlafzimmer und stieg die Wendeltreppe hinunter in den Garten.
Als Mia ihn erkannte, winkte sie im lachend zu und rief: „Das Wasser ist herrlich zu dieser Zeit. Wollen Sie nicht auch hereinkommen?“
„Nicht um diese Zeit, sorry, vielleicht ein anderes Mal.“
Daraufhin kam Mia an den Beckenrand und stieg aus dem Wasser. Ihr knapper roter Bikini klebte eng auf ihrer Haut. Erst jetzt bemerkte Marc ihre wohlproportionierte Figur.

Ihre schweren Brüste schienen das knappe Bikinioberteil fast zu sprengen. Wassertropfen spiegelten sich in der Morgensonne auf ihrer makellos braunen Haut. Marc bemerkte jetzt bewusst die Schönheit dieser Frau, die ihm gestern entgangen war. Seine Konzentration lag bisher auf den vor ihm liegenden Entscheidungen zur Konsolidierung der Shihani-Trade.

Während sich Mia die Haare mit einem Handtuch trocknete und sich dabei nach den Frühstücks-Gewohnheiten von Marc erkundigte, ging sie zu einer Liege, die etwas Abseits stand. Darauf lagen ihre kurzen Jeans und eine leichte Sommerbluse. Sie neigte sich ein wenig zur Seite und streifte ihr Bikini Oberteil ab. Marc, dem jetzt so gut wie nichts von Mias Körper verborgen blieb, beeilte sich etwas verlegen zu fragen:

„Soll ich Ihnen das Handtuch halten oder irgendwie beim Ankleiden helfen?"

„Nein, nein", lachte sie, während sie auch ihr Bikini Höschen auszog. „Ich schaffe das schon. Wenn Sie aber unbedingt möchten, können Sie Ihre Augen zukneifen!"

Als sie sich die Jeans und die Bluse übergestreift hatte, nahm sie ihr Handy und telefonierte mit Clara, der Köchin, und bat um ein Frühstück auf der Terrasse. Marc konnte sich nicht wirklich dazu überwinden, seine Augen zu schließen, während sich Mia anzog. Nur beiläufig registrierte er, dass sie auf Unterwäsche verzichtet hatte. Mia unternahm aber auch keine Anstalten, irgendetwas zu verbergen.

„Sie haben wahrscheinlich gestern Abend noch weiter über die anstehenden Aufgaben und Entscheidungen nachgedacht, richtig?“, fragte Mia dann während des Frühstücks.

„Ja, natürlich, mir fehlen aber noch einige Details, um zu einer Entscheidung zu kommen. Vielleicht sollten wir die möglichen Alternativen noch diskutieren. Ich würde gerne auch mehr über die rechtlichen und steuerlichen Risiken wissen. Evas Anwalt und ihr Steuerfachmann kommen ja nach dem Frühstück, oder? Konnten Sie das terminlich mit den beiden schon klären?“

„Natürlich, die beiden stehen auf Abruf bereit. Ich sage ihnen jetzt, sie sollen in einer Stunde hier sein, okay?“

„Sagen Sie mal, Frau Rabenschnabel, wie hat denn Eva bei anstehenden schwierigen Entscheidungen gehandelt? Wie sind denn die entsprechenden Diskussionen gelaufen?“

„Hmm“, überlegte Mia kurz, „es gab eigentlich keine Diskussionen. Eva hat im kleinen Kreis ihren Experten präzise Fragen gestellt und genauso präzise Antworten erwartet. Unterschiedliche Standpunkte hat sie gehört und dann ohne weitere Erklärungen entschieden. Dann war das jeweilige Thema erledigt. Alle Beteiligten waren dann gut beraten, mit voller Kraft Evas Entscheidungen zu unterstützten."

Das Gespräch mit Konrad Viertelpfünder, dem Rechtsanwalt, und Mario Fuchs, dem Steuerfachmann, war für Marc äußerst konstruktiv und gewährte ihm einen weiteren Einblick in Eva Shihanis Geschäftsgepflogenheiten. Eva hatte in den letzten Jahren, insbesondere in der Schweiz, wohl eine große Summe der fälligen Steuern hinterzogen. Sie war sich dessen bewusst, hat aber Marios Hinweise regelmäßig abgetan. Nach seiner Einschätzung dürfte sich die hinterzogene Summe inzwischen im höheren zweistelligen Millionenbereich bewegen.

Nach Abwägung aller Risiken zwischen den Dreien beauftragte Marc Mario Fuchs, mit den Steuerbehörden eine Vereinbarung zur Abgeltung der aufgelaufenen Steuerschuld zu treffen. Ein Termin mit Ueli Maurer, dem Finanzminister, könnte die erforderlichen Gespräche mit den nachgelagerten Behörden möglicherweise in die richtige Richtung leiten. Als Entschuldigung könnte der Firmenwechsel durch den Tod von Eva Shihani herhalten. Die Schweizer Politik könnte als Ergebnis einen

unerwarteten Millionenerfolg verbuchen und Marc würde die Last der Steuerschuld von den Schultern genommen. Als Limit gab Marc 100 Mio. Schweizer Franken vor. Darin enthalten mussten auch die Steuerschulden der IMMOSHI sein.
Viel schwieriger schien der Ausstieg aus den Waffengeschäften. Mario konnte hier keinen Beitrag leisten und Konrad Viertelpfünder kannte persönlich zwar einige Personen im Zusammenhang mit den Waffen-Deals aus der Trump-Administration. Nach Neu-Ausrichtung der amerikanischen Politik, als Folge der Abwahl von Trump, waren aber diese Kontakte jetzt nicht mehr tragfähig. Auch Mia Rabenschnabel konnte keine zündende Idee beitragen. Es blieb dabei: Die Waffenproduzenten in den USA wollten ihre Produkte loswerden, der Iran wollte, wie vereinbart, beliefert werden und die Shihani-Trade sollte dieses Geschäft, insbesondere den Transport, erledigen. Und Marc wusste, was er von den anderen Gesprächsteilnehmern verborgen hielt, dass Saudi-Arabien diesen Deal kannte. Er selbst hatte ja vor nicht allzu langer Zeit die Informationen dazu geliefert.
Was dieses Dilemma aber noch zusätzlich verschärfte war die Situation, dass dieser Deal niemals bekannt werden durfte.

Nach dem Gespräch mit Mario und Konrad saß Marc mit Mia noch lange auf der Terrasse und diskutierte über eine Herangehensweise an dieses Waffendeal-Problem. Aber auch die malerische Umgebung, die Ruhe hier, die nur durch das leise Rauschen des Wasserfalls begleitet wurde, oder das gelegentliche Klappern von Geschirr, wenn Clara für den Nachschub von duftendem Kaffee sorgte, konnte nicht für einen Geistesblitz sorgen. Schließlich ging Marc auf den Vorschlag von Mia ein, wonach auf diplomatischem Weg versucht werden sollte, die Waffenlieferungen zu beenden:
„Sie meinen also, ich sollte persönlich den beteiligen Seiten erklären, dass sie sich einen anderen Partner für die Lieferung und Abwicklung ihrer Waffengeschäfte suchen sollen, verstehe ich Sie da richtig, Frau Rabenschnabel?“
„Na ja, etwas diplomatischen sollten Sie das schon formulieren, Herr Christ. Schließlich wissen wir alle, dass die Shihani-Trade nicht ohne weiteres ersetzt werden kann. Immerhin geht es jeweils um die Vorfinanzierung einer hohen dreistelligen Millionensumme, vielleicht sogar noch mehr und dann noch um die Transportkapazitäten. Ein seriöses Unternehmen wird sich darauf, angesichts der amerikanischen Restriktionen gegen den Iran, wohl kaum einlassen.“

„Na prima! Und das soll ich den Amerikanern und der Iranern erklären, echt prima! Was soll ich denn da sagen?"
„Ja, das weiß ich doch auch nicht, Herr Christ. Sie müssen sich etwas einfallen lassen!"
„Sie wissen schon, dass ich kein Persisch spreche und wie soll ich denn einem Dolmetscher erklären was er sagen soll, wenn ich es selbst nicht einmal weiß."
„Puh … Dann fangen Sie eben mit den Amerikanern an, meinte Mia sarkastisch."
„Danke Frau Rabenschnabel, vielen Dank auch", entgegnete Marc genervt. „Heute fällt mir nichts mehr ein, aber auch schon gar nichts mehr!"
Und nach einer kleinen Pause startete er den Versuch, die Wogen wieder zu glätten:
„Wollen wir uns noch einen Drink auf der Terrasse gönnen?"
„Gerne, sehr gerne!"
In dieser Nacht schlief Marc unruhig. Vieles ging ihm durch den Kopf. Seine Gedanken fanden eigene Wege. Er dachte an Pocita, die wunderschöne Latina, mit der er ein geruhsames Leben in der Karibik beginnen wollte. Daraus wurde nichts. Eva Shihani ließ sie umbringen und er konnte es nicht verhindern, obwohl er in unmittelbarer Nähe stand. Immer wieder machte er sich deswegen bittere Vorwürfe.

Immer wieder dieselben Gedanken. Er dachte aber auch an Mia Rabenschnabel, die kluge Frau, mit wachem Verstand und Managementeigenschaften. Und außerdem war sie, das musste er sich auch eingestehen, eine Frau mit herausragenden weiblichen Attributen. Der Busen, puh… und… er dachte auch an Seyma, seine einstige große Liebe, die jetzt in New York lebte. Seyma war eine exzellente, promovierte Juristin. Sollte er vielleicht auch um ihren Rat in seiner jetzigen Situation bitten? Und dann fiel ihm Shari Amirani ein, die „versehentliche" Mörderin eines Einbrechers. Konnte man sie überhaupt Mörderin nennen? Es war doch ein Versehen … Marc blickte auf die Uhr. Es war 1:00 Uhr nachts. Er stand auf und wählte Sharis Nummer.

Sie antwortete prompt und freundlich trotz der späten Stunde:

„Guten Abend, Herr Christ, wie geht es Ihnen?"

„Guten Abend, Frau Amirani, habe ich Sie geweckt?", fragte er vorsichtig.

„Nein, gar nicht, ich habe noch Musik gehört"

„Ich hatte schon Bedenken, Sie um diese Zeit noch anzurufen."

„Sie können mich jederzeit anrufen, Herr Christ", antwortete sie mit weicher Stimme. „Was kann ich für sie tun?“

„Tja … es gibt Neuigkeiten bei mir. Sie wissen ja, dass ich von meiner Frau damit beauftragt wurde, die zwielichtigen Geschäfte von Eva Shihani in Ordnung zu bringen. Genauer gesagt, ich habe von ihr für einen symbolischen Preis die Shihani-Trade Ltd. mit den dazugehörenden Firmen übernommen.

„Ja, das weiß ich, Herr Christ. Das ist doch gut!“

„Ist es leider nicht. Ich habe jetzt an allen Ecken nur Schwierigkeiten.“

„Wobei kann ich Ihnen helfen?“, fragte Shari spontan.

„Oh, ich hatte gar nicht mit so viel Bereitschaft gerechnet. Dafür danke ich Ihnen wirklich sehr. Mein größtes Problem sind jetzt tatsächlich genau die Waffenlieferungen an den Iran.“

„Oh, da sind wir ja genau bei unserem Thema, Herr Christ. Was haben sie jetzt vor?“

„Am liebsten würde ich die Lieferungen stoppen.“

„Das ist eine weise Absicht, Herr Christ. Sie wissen, wie sehr unser Königreich eine entsprechende Entscheidung schätzen wird. Welche Probleme gibt es denn dabei?“

„Da gibt es unsägliche Probleme. Es gibt schließlich Verträge zwischen allen Beteiligten und die Shihani-Trade sitzt zwischen allen Stühlen. Von den finanziellen

Einbußen für die Shihani-Trade will ich gar nicht erst sprechen, aber die würde ich hinnehmen."
„Aber Herr Christ", antwortete Shari in überlegener Manier, „wo ist das Problem? Seit Donald Tramp weiß der Iran, was Verträge mit den USA wert sind!"
„Ja, Sie gefallen mir aber", seufzte Marc, „ich bin halt nicht der Donald. So schnell kriege ich meine Aktentasche mit den Verträgen gar nicht zu, wie die mich in selbige verfrachten und in irgendein Gefängnis stecken, wenn ich auch nur andeute, dass mit den Lieferungen etwas nicht klappen könnte."
„Ja, das verstehe ich. Hier müssen wir uns gute Argumente zurechtlegen."
„Würden Sie mir denn dabei helfen?"
„Natürlich, wie stellen Sie sich das genau vor, was soll ich tun?"
„Hmm", überlegte Marc, obwohl er schon genau wusste, was er wollte, „darf ich einfach frei heraussagen, was ich am liebsten hätte?"
„Aber natürlich, deswegen sprechen wir ja miteinander, was darf ich für Sie tun?"
„Also es ist so, dass ich hier in der Schweiz zwar eine exzellente Mitarbeiterin habe. Sie kennt die Geschäfte von Eva Shihani ziemlich gut. Aber in der Iran-Angelegenheit

beißen wir uns beide die Zähne aus.“

„Ja, ich verstehe ...“

„Also, ich hätte Sie am liebsten hier!“

„Wie meinen Sie das genau, Herr Christ?“

„Ich möchte Ihnen gerne anbieten, für mich hier vor Ort zu arbeiten, was halten Sie davon?“

„Nun, Ihr Angebot ehrt mich natürlich sehr, Herr Christ“, antwortete Shari ernst, „aber ist denn Ihr Problem mit den Waffengeschäften nicht eher eine zeitlich begrenzte Angelegenheit? Was passiert danach mit mir? Zurück in die Botschaft kann ich dann nicht mehr, ist Ihnen das klar, haben Sie daran auch gedacht?“

„Ich verstehe Ihre Bedenken, Frau Amirani. Ich kann Ihnen sagen, dass ich Sie auf Dauer beschäftigen würde. Wie sich die Geschäfte hier entwickeln, weiß ich jetzt selber noch nicht. Und welche Arbeit ich Ihnen genau übertragen würde, auch nicht. Das ist natürlich ein Risiko für Sie, das verstehe ich. Aber gemeinsam mit Ihnen, Frau Rabenschnabel und einigen wenigen Leuten könnten wir Großartiges entwickeln. Die Voraussetzungen dafür sind exzellent. Startkapital für ein neues Start-up wird kein Problem sein. Ich bin sicher, Ihnen stünde hier eine blühende Zukunft offen. Wäre diese Perspektive ausreichend für Sie? Na, was meinen Sie, wie wär‘s mit uns?"

„Bitte geben Sie mir ein wenig Zeit, Herr Christ. Ich danke Ihnen wirklich sehr für Ihr Angebot. Gerne würde ich für Sie arbeiten. Die europäische Kultur gefällt mir sehr. Ich möchte das aber gerne erst hier abklären. So ohne weiteres kehrt man seiner Heimat nun auch nicht den Rücken. Das verstehen Sie sicher?"

„Müssen Sie mit dem Herrn Botschafter darüber sprechen, kann ich helfen?

„Nein, nicht mit dem Botschafter", antwortete Shari nachdenklich in sich gekehrt. „Ich muss in Riad nachfragen. Ich melde mich, sobald ich kann."

Shari konnte jetzt nicht mehr einschlafen. War diese Gelegenheit nicht genau das, was Sie insgeheim schon so lange wollte? Sie liebte ihr Land sehr, aber sie hatte auch Gefallen an der westlichen Lebenseinstellung gewonnen. In London während ihres Studiums und aktuell auch in Berlin genoss sie die Unabhängigkeit von jeglichen Zwängen, die sie unter den jungen Leuten spürte, die Fröhlichkeit und gelegentlich auch die Partylaune in den Clubs, in die sie hineingeschnuppert hatte. Aber vor allem schätzte sie die Freiheit jedes Einzelnen.

Sie durfte jetzt keinen Fehler machen. Sie überlegte ihre Worte genau, ein letzter Blick auf die Uhr. Bereits nach

3:00 Uhr morgens in Riad. Zu früh. Besser noch zwei Stunden warten. Danach wählte sie die Nummer von Abdul Abbas Haddad, einem der mächtigen Direktoren des GIP. Inzwischen schätzte sie ihn als väterlichen Freund. Er war aber auch ihr Vorgesetzter. Gegen seinen Willen würde sie nichts tun.
Am nächsten Morgen gegen 9:00 erreichte Marc eine SMS von Shari:
„Ich komme heute. Ankunft in Genf ca. um 23:30 Uhr. Bitte holen Sie mich ab."
Freudestrahlend versuchte Marc sofort Shari anzurufen. Er erreichte nur ihren Anrufbeantworter. Danach versuchte er es in der Botschaft in Berlin. In der Zentrale erhielt er die Information, dass Frau Amirani nicht mehr in der Borschaft arbeitet. Er ließ sich in das Sekretariat des Botschafters durchstellen. Auch hier erhielt er keine andere Antwort. Einigermaßen ratlos, aber immer noch von Vorfreude erfüllt ging Marc zum Tagesgeschäft mit Mia über. Er veranlasste, dass für Shari im Hauptgebäude eine Suite hergerichtet wurde. Danach führte er die längst überfälligen Kennenlern-Gespräche mit den Mitarbeitern hier in seinem neuen Anwesen. Clara kannte er bereits, ihr Mann Genaro erledigte alle anfallenden Handwerksarbeiten und half seiner Frau bei Bedarf in der Küche. Ob wirklich vier

Sicherheitsleute für das Anwesen erforderlich waren, würde sich in Zukunft zeigen. Zunächst wollte Marc daran festhalten. Die kleine Sicherheitsgruppe koordinierte die einzige Frau in deren Kollegium, Valentina Belmondi. Mit ihr fuhr er am Abend nach Genf. Kurz vor Mitternacht traf Shari am Flughafen ein.

Ausgerechnet am nächsten Tag hatte Marc verschlafen. Shari und Mia trafen sich erstmals beim Frühstück. Marc kam einige Minuten später dazu. Er spürte sofort eine gewisse Distanz zwischen den beiden Frauen. Stutenbissigkeit im Anfangsstadium? Trotzdem, abgesehen von einer gewissen Vorsicht in der neuen Umgebung fühlte sich Shari hier wohl. Erstmals konnte sie während ihrer Arbeit auf ihre arabische Kleidung verzichten. Sie trug Jeans und einen leichten Sommerpulli.
Ein gewisses Abtasten im Verhalten zwischen den Frauen war nicht ungewöhnlich, insbesondere beim ersten Treffen. Für Mia war das zweifellos überraschend. Marc beeilte sich, die Struktur in ihrer Zusammenarbeit von Anfang an klarzustellen, um Mia den Rücken als Direktorin hier in Genf zu stärken. Hier liefen alle Fäden zusammen und so sollte es auch bleiben. Immerhin war die Rekrutierung von Shari eine Aktion, die für Mia unerwartet kam. Mia war

seine Vertreterin in allen Fragen, wenn er selbst nicht erreichbar war. Shari sollte als Kennerin der arabischen Welt mit Marc versuchen, einen Weg aus den Waffengeschäften zu finden.
Darüber hinaus ging es darum, eine tragfähige Struktur für das künftige Geschäft der Shihani-Trade zu entwickeln. Die Drei verbrachten den ganzen Tag mit konstruktiven Diskussionen zu diesem Thema. Am späten Nachmittag fiel die Entscheidung. Marc und Shari würden umgehend nach Teheran fliegen. Die iranischen Partner mussten dann dazu gebracht werden zu akzeptieren, dass die aktuell auf dem Weg befindliche Waffenlieferung die letzte sein würde. Als Grund würde das erhöhte Risiko durch die veränderte amerikanische Politik seit der Abwahl von Trump herhalten. Als weiteres Argument konnte hervorgehoben werden, dass in jüngerer Vergangenheit eine Lieferung im Hafen von Shahid Bahonar ausspioniert worden war. Darüber hinaus, auch das konnte in die Gespräche eingebracht werden, ist der Absturz von Eva Shihanis Learjet, auf dem Weg nach Teheran weiterhin ungeklärt. Welche hohe Priorität Teheran einem Gespräch mit Marc einräumte, wurde auch dadurch deutlich, dass Mia bereits relativ kurzfristig einen Termin in Teheran organisieren konnte. Marc beauftragte Mia daraufhin sicherzustellen,

dass der auf dem Weg befindliche Frachter erst zu dem Zeitpunkt im Iran eintreffen sollte, wenn er und Shari die Gespräche mit den iranischen Behörden führten. Marc versprach sich dadurch ein positives Signal auszusenden, falls sich die Gespräche verhärten würden. Viel Zeit zur Vorbereitung blieb nicht. Das war vielleicht auch besser so. Es ging ja nicht um kaufmännische oder technische Details. Die einzige Botschaft, die Marc bei den Iranern platzieren wollte, war, dass die Lieferungen gestoppt würden, fertig! Und die Hoffnung bestand darin, auf Akzeptanz bei den Iranern zu stoßen. Nach Abwägung der Für und Wider entschied Marc, keinen seiner Sicherheitsleute mit in den Iran zu nehmen. Man wollte die Partner dort nicht unnötig brüskieren. Keine gute Entscheidung, wie sich später herausstellen sollte.

Saudi-Arabien

Karima Alzahrani steuerte ihren Bentley über die Straßen östlich von Riad. Trotz ihres fortgeschrittenen Alters besaß sie inzwischen auch eine Fahrerlaubnis in Saudi-Arabien. Sie gehörte mit zu den Ersten, denen dieses Recht auch in ihrem Land zugebilligt wurde, da sie bereits eine Fahrerlaubnis in jungen Jahren im Ausland erworben hatte. Die gesellschaftlichen Vorgaben, insbesondere das unsägliche Vormundschaftssystem und die Bekleidungsvorschriften ärgerten sie schon lange und wurden zunehmend zum Ärgernis, das es abzuschütteln galt. Verhaltene Protestaktionen und Aktionen des zivilen Ungehorsams durch Frauen gegen blödsinnige Vorschriften unterstützte sie, wo immer es ging. In ihrer Familie und ihrem Umfeld hatte sie längst für eine diesbezügliche Liberalisierung gesorgt. Hier war sie der Chef. Nichts geschah hier ohne ihr Wissen und ohne ihre Zustimmung. Ihre Bewunderung galt schon lange demokratischen Strukturen. Wie beneidenswert waren doch die Menschen dort. Nicht das Geschlecht oder die Herkunft waren bestimmende Faktoren für ein selbstbestimmtes Leben, sondern Intelligenz und Durchsetzungskraft. Und davon

besaß sie und ihre enge Freundin Eva genug.
Der Tod von Eva traf sie dann wie ein Keulenschlag. Eva war für sie immer ein Quell der Inspiration gewesen und die einzige Person, mit der sie sich auf Augenhöhe austauschen konnte. Sie waren verwandt. Eva war nicht nur ihre Freundin, sondern auch ihre Schwiegertochter gewesen. Wann immer Eva in Riad zu tun hatte, trafen sie sich und führten bereichernde Gespräche über Zukunftsperspektiven.
Eva leistete Großartiges in ihrem Leben. Sie kontrollierte ein Milliardenimperium in Europa. Abgesehen von einem gehörigen Anschub durch das Erbe von Osman, ihrem Ehemann, hatte sie das alleine geschafft. Karima bewunderte Eva deswegen sehr und hätte es ihr gerne gleichgetan. Die finanziellen Grundlagen besaß die Familie Alzahrani durch den Ölreichtum zweifellos, einzig die unsäglichen Strukturen in ihrem Land verhinderten ihre diesbezügliche Selbstverwirklichung. Eva hingegen hatte es geschafft, sich weitgehend unabhängig vom Öl zu machen. Sie setzte primär auf Finanzgeschäfte und Karima betrachtete das als kluge Strategie. Die ‚ewig gestrigen' Banausen im Königshaus dagegen verstanden wohl nicht, dass Öl alleine keine tragfähige Zukunft hat. Es war längst an der Zeit, sich auch andere Standbeine zu schaffen.

Schade, dass Mohammed bin Salman das nicht erkennen wollte oder konnte und nicht auch auf schlaue Frauen in seinem Land hörte. Was könnte man nicht alles für Saudi-Arabien mit ein bisschen Innovationsbereitschaft erreichen. Ein tiefgehender Frust aufgrund der politischen Lage in ihrer Heimat hatte längst zu einer unüberbrückbaren Distanz zum herrschenden Königshaus geführt. Als dann auch noch Jamal Khashoggi derart brutal vom Feld genommen wurde, führte das zu einer noch tieferen Abneigung gegenüber den Verantwortlichen. Dabei hatte er nur durch seine Tätigkeit, bei der Washington Post, seinen Finger in die offene Flanke der heimischen Monarchie gelegt.

Und dann kam auch noch der Tod von Eva. Ein Zusammenhang mit ihrer ohnehin schon depressiven Grundstimmung war zunächst nicht erkennbar. Aber dann wurden Gerüchte hörbar, wonach vielleicht doch kein Unfall, sondern ein weiterer politischer Mord verübt worden sein könnte.

Ihre Trauer wandelte sich von Ungläubigkeit in Wut als sie erfuhr, dass Evas Absturz mit dem Flugzeug wahrscheinlich durch ein Attentat ausgelöst worden war. Ihre ganze Kraft galt nun der Aufklärung dieser Tragödie. Und wenn sich die Gerüchte bestätigten, würde sie

gnadenlos zurückschlagen. Das war sie Eva schuldig.
Karima hatte einen ihrer Urenkel darauf angesetzt, weitere Informationen über den Flugzeugabsturz in Erfahrung zu bringen. Erste Erkenntnisse hatte sie durch Suleyman, einen weitläufigen Verwandten zugetragen bekommen, der direkt im Königshaus beschäftigt war. Eine grundsätzlich zuverlässige Quelle. Vielleicht handelte es sich nur um ein Gerücht. Aber jetzt wollte es Karima genau wissen.
Heute zur Mittagszeit war sie in einer Teestube am Stadtrand von Riad mit Suleyman verabredet. Er hatte weitere Neuigkeiten, von denen er glaubte, sie könnten für Karima interessant sein. Als sie eintraf, hatte er bereits an einem kleinen Tisch in einer der hinteren Ecken im Lokal Platz genommen. Sofort als er sie sah, ging er auf Karima zu, umarmte sie ehrfürchtig. Sie küsste ihn auf die Wange.
Suleyman führte sie an seinen Tisch und nach einem obligatorischen Small Talk kam Karima zur Sache:
„Nun Suleyman, du hast interessante Neuigkeiten für mich? Erzähl!“
„Du wolltest ja alles wissen, was vielleicht im Zusammenhang mit dem …, dem Unfall von Eva stehen könnte. Möglicherweise habe ich da etwas.“
„Sprich weiter Suleyman, sprich!“, forderte Karima mit erwachender Neugier in der Stimme,

„Es ist so, meine liebe Großmutter, das Innenministerium ist zurzeit etwas verunsichert, vielleicht auch beunruhigt über einen Frachter, der seit geraumer Zeit mitten im Arabischen Meer regungslos vor Anker liegt. Ein Defekt scheint aber nicht vorzuliegen. Jedenfalls haben wir keinen entsprechenden Funkspruch aufgefangen."

„Was ist denn daran so aufregend?", fragte Karima enttäuscht.

„Nun ja, das alleine wäre vielleicht noch nicht so interessant. Bemerkenswert ist aber schon, dass ein Frachtschiff mitten im Meer tagelang ankert. Immerhin bedeutet Zeit meistens auch Geld. Gerade in Zeiten knapper Ressourcen sind Lieferanten grundsätzlich sehr bemüht ihre Waren auch zügig an den Mann zu bringen. Aber was mich nachdenklich macht: Der Frachter kommt aus Veracruz in Mexiko …"

„Das reicht mir immer noch nicht, Suleyman!"

„Das Frachtschiff wird der Shihani-Trade zugerechnet, Karima."

„Jetzt wird's interessant, Suleyman. Erzähl weiter! Wisst ihr etwas über die Ladung?"

„Leider nein, Karima. Es gibt wohl einige Bilder unserer Aufklärungsflugzeuge aber so nahe komme ich an den Vorgang nicht heran, ohne Aufmerksamkeit zu erregen.

Wie ich höre, sollen ca. 10.000 Container auf dem Schiff transportiert werden."
„Hmm, du meinst, es könnten Waffen sein?"
„Könnte schon sein, Karima. Aber wir wissen es noch nicht. Es gibt aber noch etwas Interessantes, nämlich den Zielhafen des Frachters. Es soll ein Hafen hier in Saudi-Arabien sein. Aber unsere Leute erwarten gar keine Lieferung. Nirgendwo in Saudi-Arabien wird der Frachter erwartet. Ist das nicht interessant?"
„Ja, Suleyman. Das macht mich jetzt auch nachdenklich. Sind jetzt irgendwelche Aktionen durch das Ministerium geplant, weißt du da etwas?"
„Ich weiß nur, dass sich jetzt das Büro von Ahmed darum kümmert."
„Ahmed al-Raisi?", fragte Karima lauernd.
„Genau, wenn jetzt der Geheimdienst aktiv wird, kann man davon ausgehen, dass es sich bei dem Frachter wohl nicht um einen Routinevorgang handelt."

Teheran

Der Iran ist ein sicheres Reiseland! Shari wollte bei der Reiseplanung trotzdem kein Risiko eingehen und begann deswegen sofort mit der Ausarbeitung einer Checkliste über zu beachtende Details. Saudi-Arabien und der Iran waren alles andere als gute Freunde und Shari war eine gebürtige Saudi. Auch wenn aktuell eine zarte Annäherung beider Staaten zu beobachten war, so sollten grundsätzliche Sicherheitsvorkehrungen nicht vernachlässigt werden.
Mia erachtete die Akribie, mit der Shari dabei zu Werke ging, für übertrieben. Sie selbst war ja einige Male mit Eva nach Teheran geflogen und hatte niemals irgendein Problem dabei gehabt. Shari packte ihren Rucksack als würde sie einen Pfadfinder Trip in unwegsames Gelände unternehmen wollen. Selbst eine feste Schnur, Regencape, Baseball-Käppi, Kabelbinder, Taschenmesser und weitere Utensilien besorgte sie sich. Auch wenn Evas hochrangige Stellung dazu beigetragen haben mochte, die jeweiligen Aufenthalte so angenehm wie möglich zu gestalten, für übertriebene Skepsis gab es auch jetzt eigentlich keinen Anlass.
Für den Flug von Genf nach Teheran orderte Mia eine

private Chartermaschine, um die Reise so angenehm wie möglich zu gestalten.
Als die Maschine dann in der Woche darauf am Dienstagnachmittag zum Landeanflug auf den Flughafen Imam Khomeini in Teheran ansetzte, machte sich besonders bei Marc ein beklemmendes Gefühl bemerkbar. Dafür gab es genügend Gründe. Immerhin lag vor ihm die Aufgabe, am nächsten Tag hochrangigen iranischen Politikern zu erklären, dass sie in Zukunft nicht mehr mit Waffenlieferungen rechnen konnten. Zweifellos ein Rückschlag für den Iran, um im Machtstreben in der arabischen Welt eine Vormachtstellung zu erlangen.
Die Einreiseformalitäten verliefen ausgesprochen unspektakulär. Shari und Marc wurden von Regierungsbeamten erwartet. Lediglich nach ihren Namen fragte man, weder Gepäck wurde geprüft noch Ausweise mussten vorgelegt werden. Über einen kleinen Diplomatenausgang gelangten sie zu einem Fahrzeug und wurden zu ihrem Hotel gebracht. Die beiden Piloten und die Stewardess blieben einstweilen noch beim Flugzeug und veranlassten die obligatorischen Wartungsarbeiten. Für den Abend verabredete man sich zu einem gemeinsamen Essen im Novotel mit der Crew.
Das Gespräch mit den Regierungsvertretern war auf 11:00

Uhr am nächsten Vormittag festgelegt.
Gregor und Kastor, die beiden Piloten sowie Monica, die Stewardess, waren eine willkommene Bereicherung beim Abendessen. Sie sorgten mit ihrer freundlichen und witzigen Art für eine gelöste Atmosphäre. Marc und Shari war die Anspannung im Hinblick auf den nächsten Tag deutlich anzumerken. Die leicht erotische Stimmung, die Marc noch beim Abendessen mit Shari in Berlin verspürt hatte, war gänzlich verflogen. Schon bald verabschiedeten sich Marc und Shari auf ihre Zimmer. Für Shari war der Abend aber noch nicht vorbei. Sie wollte noch telefonieren. Sie nahm ihr Satellitentelefon, verließ das Hotel und wählte eine Nummer in Riad.
Am nächsten Morgen wurden Marc und Shari ins iranische Außenministerium in Teheran gebracht. Vor dem Betreten des Konferenzraumes wurden alle Teilnehmer gebeten, ihre Mobiltelefone für die Dauer der Sitzung in einen Korb zu legen, um die Vertraulichkeit der Gespräche sicherzustellen. Die Begrüßung mit den Behördenvertretern war korrekt und höflich. Der iranische Gesprächsführer, Arya Mohammadi, stellte zunächst sich, seine Gesprächsteilnehmer und ihre Funktion vor. Marc ging danach kurz auf Eva Shihanis Tod ein und erklärte, dass er von Anna Christ um die Fortführung aller Geschäfte der

Shihani-Trade gebeten worden war und damit als Nachfolger von Eva Shihani hier die Verhandlungen führen würde. Shari war die einzige Frau im Raum. Marc erklärte, dass er sie als seine Assistentin mit der Protokollführung beauftragt hatte. Shari hatte eine elegante, ortsübliche Kleidung gewählt und trug ein Kopftuch um die iranischen Gesprächsteilnehmer möglichst nicht durch Äußerlichkeiten zu brüskieren.

Offiziell bedauerte Marc den Tod von Eva mit einfühlsamen Worten. In seinem Innersten sah es jedoch ganz anders aus. Die Iraner durften niemals erfahren, dass er für Evas Tod verantwortlich war. Niemand durfte das jemals erfahren. Es wussten ohnehin schon genügend Personen Bescheid. Auf seine engsten Freundinnen konnte er sich diesbezüglich verlassen. Auf Shari ebenso? Ja, auch ihr vertraute er. Was war aber mit den Saudi-Arabischen Behörden? Wer wusste dort Bescheid? Und waren dort alle Informationen wirklich in sicheren Händen?

Marc musste sich konzentrieren. Jetzt war keine Zeit für Gedanken dieser Art. Die Gespräche wurden überwiegend in englischer Sprache geführt.

Marc ging mit wenigen, weitgehend nichtssagenden Power-Point Folien auf das Unternehmen Shihani-Trade ein. Dieser Teil würde die Iraner ohnehin kaum interessieren.

Aber es gehörte sich, als Newcomer in der Runde, seine Vorstellungen zu präsentieren und die Beamten hörten ihm höflich zu. Danach griff er die politische Lage nach der Abwahl von Donald Trump auf. Jetzt begannen die Leute im Raum bildlich die Ohren zu spitzen. Besonders als Marc deutlich machte, wie rigoros sich dadurch die Möglichkeit der Lieferung von Waffen geändert hat. Ein Verstoß gegen die amerikanischen Sanktionen könnte massive Folgen für alle Beteiligten nach sich ziehen.
Marc machte mit einigen Beispielen eindringlich deutlich, wie in der Vergangenheit derartige entdeckte Verstöße sanktioniert wurden bis hin zum wirtschaftlichen Ruin beteiligter Unternehmen.
„Was wollen Sie uns damit sagen, Herr Christ? Bei uns hat sich nichts verändert. Wir stehen zu unseren Vereinbarungen und wir verlassen uns darauf, dass auch Sie unsere Verträge respektieren. Sie haben uns ja gerade erklärt, dass Sie die Rechtsnachfolge von Eva Shihani übernommen haben, nicht wahr! Lassen wir uns doch von Joe Biden nicht verrückt machen. Der Mann ist alt und wer weiß, wer nach ihm kommt. Vielleicht ist es ja auch noch einmal Trump. Befreien wir uns doch von dem Vorurteil, wonach Amerika den Nabel der Welt darstellt und machen Platz für die Erkenntnis, dass unsere Sicherheit allein in

unseren Händen liegt, dass unsere Verteidigung unsere eigenen Anstrengungen erfordert. Also was wollen Sie uns sagen, Herr Christ, wir verstehen es nicht. Die Sanktionen gab es doch auch bereits, als wir unsere Vereinbarungen eingegangen sind. Nehmen Sie sich ein Beispiel an Eva Shihani. Die hat sich doch noch nie um irgendwelche Vorschriften gekümmert. Sie war immer eine absolut verlässliche Partnerin. Wir können uns doch nicht ständig von den Launen einzelner Amerikaner abhängig machen, oder?"

„Doch Herr Mohammadi, wir können die amerikanischen Befindlichkeiten nicht einfach ignorieren. Auch wenn uns allen das nicht gefällt. Glauben Sie mir, wir haben gerne mit Ihnen zusammen gearbeitet und würden das auch gerne in Zukunft fortführen. Aber jetzt sind wir erst einmal gezwungen, die weltweiten Kräfteverhältnisse zu respektieren. Es werden auch wieder andere Zeiten kommen. Vielleicht ja auch schon mit der nächsten Wahl in Amerika, wie Sie ja angedeutet haben."

„Machen Sie uns nicht ärgerlich, Herr Christ. Wenn Sie jetzt Ihre Verpflichtungen nicht einhalten, kann das auch ernsthafte Konsequenzen nach sich ziehen. Ein wirtschaftliches Fiasko wäre dann vielleicht noch das kleinere Problem für Sie. Verstehen Sie uns nicht falsch,

wir wollen keinen Druck ausüben. Wir wollen doch nur, dass wir unsere Vereinbarungen alle einhalten. Nicht mehr und nicht weniger. Können Sie das verstehen?“
„Natürlich verstehe ich das, Herr Mohammadi. Aber die Welt hat sich verändert. Ich bitte Sie, auch das zu verstehen. Ich habe aber auch eine positive Nachricht für Sie.“
Jetzt spitzten die Iraner die Ohren noch mehr. „Bitte sprechen Sie, Herr Christ!“
„Es ist so, meine Herren, dass einer unserer Frachter zu Ihnen unterwegs ist. Ihre Leute sind darauf grob vorbereitet, auch wenn wir bisher keinen konkreten Termin nennen konnten. Wir haben für Sie mehr als 10.000 Container an Bord. Jetzt darf ich Sie zu meiner Freude bitten, Ihre Logistik entsprechend zu aktivieren, um die Entladung zügig zu ermöglichen. Das Schiff wird in den nächsten 24 bis 48 Stunden bei Ihnen eintreffen.“
„Das ist ja schon einmal eine gute Nachricht. Wir sehen, dass Sie auf einem guten Weg sind, Herr Christ.“
Jetzt musste sich Marc ein Schmunzeln verkneifen und antwortete auf Mohammadis Versuch, die Kontinuität weiterer Lieferungen erneut zu thematisieren:
„Wir haben alles versucht, um Sie zufriedenzustellen und hoffen, dass Sie diese Lieferung als Zeichen unserer

Kooperationsbereitschaft verstehen. Leider ändert es nichts daran, dass wir dann erst einmal eine Pause einlegen müssen und die weiteren politischen Entwicklungen beobachten werden."
Mohammadi schlug nun eine Gesprächspause vor und lud die Runde zu einem Mittagessen ins Casino des Ministeriums ein. Die Gesprächsteilnehmer konnten jetzt auch ihre Mobiltelefone wieder in Empfang nehmen. Es wurden typische persische Spezialitäten gereicht wie Morghe Zaferani oder auch Zereshk polo ba morgh. Marc hätte sich zu dem Geflügel am liebsten einen kühlen Weißwein oder ein Bier gewünscht. Das ging hier in einem muslimischen Land natürlich überhaupt nicht. Es wurde Tee angeboten oder auch Kebab koobideh & Doogh, ein saurer Joghurt Drink. Shari, die am Tisch neben Marc saß, übersetzte ihm, was er auf seinen Teller bekam. Sie hörte aber auch aufmerksam den einheimischen Tischnachbarn zu, die sich nicht darüber im Klaren waren, dass Shari deren Unterhaltungen recht gut verstand.
Mohammadi erhob sich nach einer Weile von seinem Platz und hielt eine kurze Rede, bei der er sich für die hervorragende Zusammenarbeit in der Vergangenheit bedankte. Anschließend überreichte er Marc einen Samowar-Teekessel als Willkommens-Geschenk. In diesem

Moment war Marc heilfroh, dass Shari im Rahmen der Reiseplanung wertvolle Kalligrafie-Füller als Gastgeschenke besorgt hatte, die nun Marc jedem der iranischen Beamten überreichen konnte.
Diese Geste kam fantastisch an. Die Tischgespräche wurden entspannter. Das ernste Sachthema der Verhandlungen über die Waffenlieferungen trat in den Hintergrund.
Plötzlich kam Hektik in die Runde. Einer der Casino-Bediensteten kam eilig in den Raum und flüsterte Mohammadi etwas ins Ohr, der daraufhin von seinem Stuhl aufsprang und aus dem Raum eilte. Kurz darauf wurden drei weitere der iranischen Beamten aus dem Raum geholt. Nach etwa 15 Minuten betrat Mohammadi den Speiseraum wieder mit zornesrotem Gesicht und ging direkt auf Marc zu.
„Aus unserer Lieferung wird nichts, Herr Christ. Ich habe soeben die Nachricht erhalten, dass Ihr Frachter gesunken ist. Wir bemühen uns gerade, die näheren Umstände herauszufinden. Wir unterbrechen unsere Gespräche bis auf Weiteres. Bitte gehen Sie zurück in Ihr Hotel, bis wir weitere Informationen haben.
Die Nachricht traf Marc wie ein Keulenschlag. Auch Shari war sichtlich bestürzt. Im Hotel zogen sie sich in Marcs

Zimmer zurück und versuchten die Information einzuordnen. Nach einigen erfolglosen Versuchen erreichte Marc endlich Mia über sein Handy.
„Wir haben soeben eine schlimme Nachricht von unseren Gesprächspartnern hier erhalten, Mia. Während wir beim Mittagessen saßen, sagten sie, unser Frachter sei gesunken. Hast du dazu irgendwelche Informationen?"
„Ja, ich habe soeben mit Carlos telefoniert. Er hat gerade angerufen. Du weißt, unser Mann in Vera Cruz. Er hat von seinem Kapitän ein aufgeregtes Gespräch aus dem Arabischen Meer erhalten. Während sich die Mannschaft auf Deck die Sonne auf den Bauch scheinen ließ, wurden sie angegriffen."
„Was heißt angegriffen, Mia? Was ist da genau passiert", wollte Marc jetzt aufgeregt wissen.
„Carlos sagte, es gab keine Vorwarnung, nichts! Der Frachter sei plötzlich von ein oder zwei Torpedos getroffen worden und danach ziemlich schnell gesunken. Da war nichts mehr zu retten gewesen."
„Ja, um Gottes willen! Was ist mit der Mannschaft?"
„Carlos sagte, die Leute konnten sich auf zwei Rettungsboote retten. Bis auf einige kleinere Verletzungen geht es allen gut. Dadurch, dass die Mannschaft gerade einmal zwanzig Leute umfasste, ist die Rettungsaktion

wohl ohne allzu große Hektik vonstattengegangen."
„Puh Mia, Gott sei Dank! Gibt es denn irgendwelche Verdachtsmomente? Ich meine, wer oder was kann das gewesen sein?"
„Nein, überhaupt nicht. Piraten werden es nicht gewesen sein. Dazu ist der Tatort viel zu weit vom Festland entfernt und außerdem passt der Hergang überhaupt nicht zu deren Vorgehensweise."
„So sehe ich das auch, Mia. Piraten erpressen Geld, aber jagen kein Schiff ohne Vorwarnung in die Luft."
„Ich kann mir nur vorstellen, dass hier entweder eine Verwechslung, eine fatale Fehleinschätzung oder eine gezielte Operation der USA oder von Saudi-Arabien dahinter stecken, wie siehst du das Marc?"
„Das hört sich schon sehr wie eine militärische Aktion an. An Zufall oder Verwechslung glaube ich nicht, jedenfalls fällt es mir schwer daran zu glauben. Ich bin einigermaßen ratlos, Mia. Was bedeutet der Verlust für uns eigentlich finanziell?"
„Genau kann ich dir das noch nicht sagen. Die Fracht ist jedenfalls nicht versichert. Wie solle sie auch. Es ging ja um illegal transportierte Waffen. Das Schiff selbst ist zwar schon versichert, aber die Summe kannst du bei dem Gesamtschaden auch vergessen. Der Verlust für die

Shihani-Trade wird wohl eine Milliardensumme sein, vielleicht auch knapp darunter."

„Umpff!"

„Ja, genau. Und ich sehe auch keine Möglichkeit, irgendeinen Verursacher zur Rechenschaft zu ziehen. Selbst wenn wir wüssten, wer uns das angetan hat, würden wir wohl auf dem Verlust sitzen bleiben. Wir könnten ja wohl kaum gegen den Übeltäter klagen. Leider kann ich dir keine bessere Perspektive in Aussicht stellen, Marc. Bei unserer Art von Geschäften kannst du das Risiko einfach nicht absichern."

„Das hatte ich schon befürchtet. Ich bin ja neugierig, wie das jetzt hier weitergehen wird. Ehrlich gesagt, fühlen wir uns jetzt nicht gerade wohl in unserer Haut."

„Wo seid ihr denn jetzt, Marc?"

„Wir wurden in unser Hotel zurückgebracht und sollen abwarten bis wir angerufen werden."

„Das gefällt mir nicht, Marc. Das gefällt mir gar nicht. Ich rate euch, möglichst rasch dort zu verschwinden, hörst du! Macht euch aus dem Staub. Wenn die erfahren, dass Shari eine Saudi-Araberin ist, könnte das zusätzlich Öl ins Feuer gießen. Da ist es dann auch egal, dass sie mit der Sache nichts zu tun hat. Also, haut ab!"

„Mir fällt da noch etwas ein, Mia. Wir sollten unser Büro in

Veracruz sofort auflösen. Zum Glück haben wir die Geschäftsunterlagen dort nicht digital abgelegt. Diese Vorgabe von Eva war jetzt, im Nachhinein gesehen, ziemlich weitblickend. Lass alle Unterlagen sofort abholen und nach Genf bringen. Die Frachtunterlagen könnten uns in Teufels Küche bringen, wenn sie von den Behörden beschlagnahmt würden. Shari hat beim Mittagessen einige Gesprächsfetzen ihrer Tischnachbarn mit bekommen. Sie meint, die beiden hätten über Plutonium und Uran im Zusammenhang mit unserer Lieferung gesprochen. Wenn da wirklich etwas dran ist, müssen wir alle Unterlagen schnellstens in unseren Besitz kriegen. Ich möchte jedenfalls nicht als Helfer des Iran bei der Entwicklung von Nuklearwaffen in die Geschichte eingehen."

„Ja, du hast recht, Marc. Ich überlege gerade, wen ich nach Mexiko schicken könnte, hast du eine Idee?"

„Ich würde Konrad Viertelpfünder losschicken. Als Anwalt verfügt er über die erforderliche Vertrauenswürdigkeit und lässt sich notfalls auch nichts gefallen. Er sollte das aber nicht allein machen. Schick doch diesen Experten mit, den Anna eingestellt hat."

„Diesen Klausius Staub? Ach nein, Marc. Der kriegt doch nichts auf die Reihe."

„Er kann ja wenigstens als Aktenträger Konrad

unterstützen. Das wird er wohl noch schaffen."
„Na gut, wenn du meinst."
Shari hatte soeben auch ein Telefongespräch in der anderen Ecke des Raumes beendet. Marc hatte inhaltlich davon nichts mitbekommen. Das kurze Gespräch wurde in arabischer Sprache geführt. Sie wirkte jetzt besorgt und ziemlich blass.
„Hast du irgendwelche Informationen für uns erhalten, Shari?"
„Nein, nichts, was wir nicht schon wussten. Ich habe mit zu Hause telefoniert, mit Riad. Sie raten uns dringend zur Abreise."
„Mia hat uns auch dazu geraten. Ich denke, wir hauen ab. Lass uns packen."
„Nein, Marc, wir sollten uns nicht mit der Packerei aufhalten. Pack das Nötigste in deine Umhängetasche. Ich hole meinen Rucksack und los geht's. Wir rufen dann aus dem Taxi unsere Crew auf dem Flughafen an, damit sie die Maschine klarmachen."
In weniger als fünf Minuten verließen die beiden ihre Zimmer. Shari überbrückte die kurze Wartezeit vor dem Lift mit einem Anruf in der Rezeption und bat darum, ein Taxi zu bestellen. Als sie das Hotel verließen, wartete das Taxi bereits. Kurz darauf telefonierte Marc bereits mit

Kastor und bat darum, sofort die Startvorbereitungen zu treffen.
Aber auch Mohammadi telefonierte zur selben Zeit:
„Ich möchte Sie bitten uns zu helfen, Esmaeil. Wir verhandeln hier im Ministerium mit unseren Partnern aus der Schweiz. Der Verhandlungsführer, der Nachfolger unserer hochverehrten Eva Shihani, ist ein gewisser …, warten Sie kurz …“, Mohammadi suchte nach der Visitenkarte in seinen Unterlagen, „ja, hier hab ich's, es ist ein gewisser Marc Christ. Ich möchte Sie fragen, ob Sie in Ihren Unterlagen Informationen über ihn haben. Er hat erst vor kurzem die Geschäfte von Eva Shihani übernommen."
„Was ist denn an ihm so interessant, Mohammadi, dass Sie mich deswegen ansprechen?“, hinterfragte gelangweilt Esmaeil Khatib, der Chef des iranischen Geheimdienstes, Mohammadis Beweggründe.“
„Nun, es ist bisher nur ein ungutes Gefühl. Christ hat uns heute Mittag eine weitere Lieferung angekündigt. Sie wissen schon, es geht um unsere nationale Verteidigung, aber besonders auch um den Nachschub an Material für unsere nukleare Aufrüstung. Wir benötigen dafür dringend genügend nukleares Spaltmaterial. Ich glaube, dieser Christ hat überhaupt keine Ahnung, was sich auf seinem Frachter befindet.“

„Ja, was ist es denn, Mohammadi?"
„Jetzt", antwortete Mohammadi aufgeregt, „jetzt erwarten wir eine größere Menge an Plutonium sowie Uran-235. Wir müssen jetzt zügig vorwärtskommen, um die Anreicherung von Uran voranzutreiben, um spaltbare Isotope für die Herbeiführung einer nuklearen Kettenreaktion zu gewinnen. Sonst kommen wir mit unserem Programm nicht schnell genug vorwärts."
„Ist es denn so schlimm, wenn ihr etwas mehr Zeit braucht? Jetzt sind jahrelang keine wesentlichen Fortschritte erzielt worden, dann warten wir eben noch etwas, oder?"
„Esmaeil, aus dir spricht der Teufel, natürlich ist viel geschehen! Von heute auf morgen geht das natürlich nicht. Aber Trump hat uns durch seine Kündigung des Atomabkommens ermöglicht, weitgehend unbeobachtet vom Westen, unseren Plan weiter voranzubringen. Nachdem aber jetzt die Gespräche zur Erneuerung unseres Atomabkommens wieder angelaufen sind, drängt die Zeit."
„Wieso denn das?"
„Na, das liegt doch auf der Hand, wenn ein neues Abkommen getroffen wird, werden wir akzeptieren müssen, dass wieder Kontrollen hier im Land vorgenommen werden. Wir können die Verhandlungen nicht ewig hinauszögern. Präsident Raisi tut ohnehin schon

sein Bestes und lässt sich Zeit bei den Verhandlungen mit dem Westen. Es geht jetzt darum, die Verhandlungen zu verschleppen, um Zeit zu gewinnen und gleichzeitig mit unserem Atomprogramm voranzukommen."

„Also, ich weiß ja nicht, Mohammadi, ob du die Dinge da richtig einordnest …"

„Aber mein lieber Esmaeil, verstehst du denn die Zeichen der Zeit nicht! Die Welt wird von den Mächtigen regiert. Und dazu gehören wir zurzeit leider nicht. Wenn wir erst einmal die Bombe haben, nimmt sie uns keiner mehr weg. Als erstes blasen wir dann die Israelis in den Orbit …"

„Wenn du dich da mal nicht täuscht …"

„Ach woher … dann werden wir sehen wer unsere wirklichen Freunde sind. Die Saudis gehören nicht dazu und die Amerikaner schon gleich gar nicht."

„Und die willst du dann auch gleich ausradieren? Und was ist mit Europa, Russland, China?"

„Ach Esmaeil, die Zögerer und Zauderer in Europa kriegen doch so schnell nichts auf die Reihe. Bis die sich intern abstimmen vergeht schon einmal ein Monat, wenn's schnell geht. Und Russland … Putin gibt es dann nicht mehr. Maximal wird der dann Steine klopfen in Sibirien, zusammen mit Nawalny."

„Haha, mit Nawalny, das möchte ich sehen, Mohammadi,

die kommen bestimmt blendend miteinander aus!", meinte Esmaeil zynisch.
„Na, jedenfalls wird das russische Volk erst einmal genug damit zu tun haben, genügend Geld für den Wiederaufbau der Ukraine aufzutreiben. Nein, von denen geht keine Gefahr mehr aus. Und die Chinesen, ja, da müssen wir mal sehen. Ich möchte mir hier auch einmal die schönen Dinge des Lebens leisten können, verstehst du! Und das geht nur, wenn du genügend Power in der Hinterhand hast. Sonst wirst du gar nicht erst ernst genommen."
„Aber Mohammadi, was willst du denn noch. Du hast eine bildhübsche Frau, zwei noch reizendere Assistentinnen die dir jeden Wunsch von den Augen ablesen, ein eigenes Pferd …"
„Hör doch auf mit dem Pferd, Esmaeil, ich möchte auch einmal ein komfortables Auto haben und nicht mit meinem gebrauchten Peugeot , na ja … Einen Bentley, Bugatti, Audi oder wenigstens einen Mercedes möchte ich haben. Wir haben lange genug diese Sanktionen der Amerikaner ertragen müssen…"
„Also ehrlich, Mohammadi, uns geht es doch gut. Lassen wir es doch besser dabei."
„Nein, mein Lieber, wir brauchen die Bombe. Und zwar möglichst schnell. Wenn die Vertrags-Verhandlungen aber

zu einem Ergebnis führen, bevor wir hier am Ziel sind, wird es schwierig für uns. Dann stehen wir wieder im Schaufenster der Welt."

„Ja, das habe ich jetzt verstanden, Mohammadi. Aber ich habe noch nicht verstanden, was das alles mit diesem Christ zu tun hat?"

„Kurz nachdem er uns seine Lieferung zugesagt hat, ist sein Frachter im Arabischen Meer gesunken. Das kann doch kein Zufall sein, oder? Jetzt möchten wir schon wissen, ob hinter ihm mehr steckt als nur ein harmloser Geschäftsmann, verstehst du, Esmaeil? Wenn er politisch gesteuert wird, werden wir ihn wohl beseitigen müssen, ja? Und noch etwas, er hatte seine Assistentin bei sich, Shari Amirani. Die sieht blendend aus, scheint aber harmlos zu sein. So eine Assistentin könnte ich mir auch gut …, aber lassen wir das jetzt. Frag trotzdem deine Leute, ob sie einen nennenswerten Hintergrund hat. Wir werden die beiden hier so lange festsetzen. Gib mir möglichst bald Bescheid, ja!"

„Hast du denn eine Möglichkeit gefunden, auf ihren Mobiltelefonen Pegasus zu installieren, Mohammadi? Das würde es uns erlauben, zumindest zu wissen, wo sich die beiden aufhalten.

„Ja, natürlich, wir haben vor der Sitzung alle Mobiltelefone eingesammelt. Dann hatten unsere Experten genügend Zeit für die Installation. Ich hoffe aber, wir werden nicht auf diese Spionage-Software zurückgreifen müssen."

„Schaden kann es jedenfalls nicht, Mohammadi."

„Na ja, hoffen wir das. Es ist schon frustrierend, dass wir ausgerechnet auf eine Software aus Israel zurückgreifen müssen.

Flucht zum Kaspischen Meer

„Puh, das wäre so weit geschafft“, meinte Marc aufgeregt, als auch schon Kastor zurückrief.
„Wir kriegen keine Starterlaubnis, Marc. Auch keine Begründung. Was sollen wir tun?“
„Hmm“, sinnierte Marc nachdenklich. „Macht einfach erst einmal nichts. Folgt den Anweisungen der Verwaltung. Die Behörden hier sind jetzt nicht gut auf uns zu sprechen, weil wir eine ursprünglich zugesagte Ware nicht liefern können. Das hat aber nichts mit euch zu tun. Sobald ihr eine Starterlaubnis bekommt, fliegt nach Hause. Wir werden inzwischen versuchen, auf eigene Faust hier wegzukommen. Hals und Beinbruch für euch, Kastor. Grüß mir die beiden Anderen!“
„Danke, für euch auch alles Gute. Wenn wir noch etwas für euch tun können, lasst es uns wissen.“
„Mit dem Rückflug wird es erst einmal nichts“, berichtete Marc kurz Shari über das Gespräch. „Jetzt ist guter Rat teuer. Hast du eine Idee?“
„Wir fahren erst einmal nach Mehrabad, zum Inlandsflughafen. Das dürfte vielleicht eine Stunde dauern, vielleicht auch etwas länger. Dort sehen wir weiter. Etwas abseits davon befindet sich ein Sportflughafen, soviel ich

weiß. Dort versuchen wir eine kleine Maschine zu chartern. Vielleicht ein Spotflugzeug. Das sollte relativ unauffällig sein und bis die Bürokraten auch Mehrabad für uns dicht gemacht haben, sind wir hoffentlich längst weg.

„Okay, Shari, lass uns das versuchen. Jetzt bin ich wirklich froh, dass ich dich dabei habe. Ich wüsste nicht, was ich jetzt alleine hier tun würde. Ich weiß nur, dass ich hier nicht im Gefängnis landen möchte."

Hmm, das Gefängnis wäre vielleicht das kleinere Übel, falls sie uns schnappen sollten, Marc. Also, lass uns vorsichtig sein."

„Vielleicht ist alles nur ein Versehen, Shari", versuchte Marc ein wenig Hoffnung aufzubauen. „Wir haben ja immerhin nichts angestellt."

„Vergiss das Marc. Wir haben all ihre Hoffnungen auf Waffen zerstört, die sie dringend brauchen, um in dieser Region ihr Gesicht als bedeutender Machtfaktor nicht ganz zu verlieren. Bei der Lieferung waren auch wertvolle Teile für ihr Atomprogramm. Das trifft sie besonders hart. Es ist schon der zweite Rückschlag nach Eva's Tod. Und sollten sie irgendwie spitz kriegen, wie dein Beitrag an Eva's Ende ausgesehen hat … und dass Saudi-Arabien da ordentlich mit gemischt hat … nein, darüber möchte ich gar nicht nachdenken. Abgesehen davon werden sie wohl bald herausbekommen, dass ich eine Saudi bin. Und das wird dann ihre Gehirnwindungen zum grübeln bringen. Nein, sie dürfen uns niemals fassen, Marc."

Sharis Erklärungen begruben nun endgültig Marcs letzte Hoffnung, dass die ganze Misere nur auf einem Missverständnis beruhen könnte. Für den Rest der Fahrt zum Flugplatz hatte es ihm gehörig die Sprache verschlagen.

In Mehrabad schien ihnen das Glück hold zu sein. Shari wurde schnell mit Rahid, einem alten Sportflugzeugpiloten, einig für einen Flug. Sie erzählte, dass sie ihrem Mann, einem Ausländer, zur Hochzeit einen Flug in einem Sportflugzeug versprochen hat und dieses Versprechen jetzt spontan einlösen möchte. Als Rahid erwähnte, dass er einen Flug nach Tschalus unternehmen wolle, um seine Schwester zu besuchen, meinte sie: „Prima, genau dort hin wollten wir auch!"

Tatsächlich wären die beiden lieber nach Westen geflogen, um Europa nicht ganz aus den Augen zu verlieren. Die Reise nach Tschalus würde sie weiter nach Asien führen, nahe ans Kaspische Meer. Der Flug selbst würde dann eher der Kategorie Abenteuerausflug zuzuordnen sein, vermuteten Shari und Marc beim Anblick der alten einmotorigen Cessna 172 Skyhawk als die Maschine aus der Wellblechhalle geschoben wurde. Immerhin erledigte Rahid die nötigen Formalitäten in der Luftaufsichtsbaracke seines Sportflugvereins. Als Stadtteil-Gemeinderat kannte er die Bediensteten seit langem. Irgendwelche Rückfragen oder Erklärungen waren nicht nötig. Die tägliche Routine wurde hier pragmatisch abgespult. Nach Namen oder gar Adresse wurde erst gar nicht gefragt. Vermutlich wollte sich Rahid die 300,- US-Dollar Einnahmen für den Flug möglichst nicht als Einkommen anrechnen lassen und vermied deshalb wohl auch zu erwähnen, dass er Fluggäste mit dabei haben würde.

Der Flug versprach, was der Anblick des Fliegers erwarten ließ. Die rechte Türe ließ sich nicht korrekt schließen, die Ledersitze wiesen einige Risse auf, unter denen die hellbraune Schaumgummipolsterung hervor lugte. Als dann nach einigen Versuchen der betagte Motor endlich ansprang, atmete Marc zunächst erleichtert auf. Träge erhob sich die alte Cessna vom Boden, schien aber kaum an Höhe zu gewinnen. Trotzdem schaffte es Rahid genügend Auftrieb unter die Tragflächen zu bekommen, um die flachen Häuser hinter dem Ende der Startbahn letztendlich doch mühelos zu überwinden. Während Shari den Flug nahezu unbeeindruckt über sich ergehen ließ, krallte sich Marc des Öfteren mit beiden Händen an seinem Sitz fest.

Eine Kommunikation unter den Passagieren und Rahid konnte während des Fluges nicht stattfinden. Dazu war es einfach zu laut.
Nach etwa einer knappen Stunde setzte der betagte Flieger bereits zum Landeanflug auf den Flugplatz Noshahr, östlich von Tschalus an. Die Stadt lag in unmittelbarer Nähe des Kaspischen Meeres. Nach der Landung spielte Shari vor Rahid noch perfekt die erst kürzlich angetraute Ehefrau von Marc, um bei evtl. späteren Nachfragen durch die Behörden möglichst einem Verdacht auf Unregelmäßigkeiten keine Nahrung zu bieten. Sie bezahlten Rahid und verabschiedeten sich schnell. Als die beiden den Flachbau des Flughafengebäudes erreichten, meinte Marc:
„Was machen wir jetzt, Shari? Kennst du dich hier aus?"
„Nein, aber ich weiß, wo wir sind. Ich denke, wir sollten hier nicht bleiben. Lass uns zum Strand gehen und dort beraten, wie es weiter geht. Das ist nicht weit von hier. Die Leute werden uns für Touristen halten. Wir nehmen am besten ein Taxi und lassen uns vor ein Hotel in die Nähe des Strandes bringen. Das dürfte ziemlich unauffällig sein."
Wenig später erreichten sie das Persia Hotel Apartment, bezahlten das Taxi und gingen direkt weiter zum Strand.
Auf einer Bank berieten sie die nächsten Schritte.
„Glaubst du denn, Mohammadi ist unsere Abwesenheit

überhaupt schon aufgefallen und wenn, was will er uns denn schon vorwerfen?“

„Ach, Marc“, atmete Shari mitleidig tief durch, „verabschieden wir uns doch von unserer Naivität. Natürlich wird er inzwischen wissen, dass wir geflüchtet sind. Wir sind hier nicht in der Schweiz oder in Deutschland. Wenn sie uns finden, werden sie uns erst höflich mitnehmen und dann ein wenig unhöflicher befragen. Und sie werden wahrscheinlich herausfinden, was du mit Eva Shihanis Tod zu tun hast. Und wenn sie erst einmal wissen, dass du dadurch die Ursache für die Unterbrechung ihrer Waffenlieferungen bist, die sie so dringend benötigen, dann möchte ich gar nicht erst darüber nachdenken, was sie mit dir machen werden.“

„Hmm, glaubst du denn sie suchen bereits nach uns?“

„Ja, das glaube ich, Marc. Auf jeden Fall sollten wir vorsichtig sein und so schnell wie möglich raus aus diesem Land.“

Auch Marc war jetzt anzusehen wie unwohl er sich fühlte. Hier in einem fremden Land, in einer fremden Kultur und mit Sharis Gewissheit, dass die Polizei bereits nach ihnen suchte. Er stierte hinaus auf das tiefblaue Meer und atmete schwer. Schweißperlen standen ihm auf der Stirn und die Ursache war nicht alleine die Sommersonne. Marc hatte

Angst. Seine Wohlfühl-Oase in München und in Genf hatte er längst verlassen und sah sich plötzlich in einer bedrohlichen Realität gefangen. Wie konnte es nur so weit kommen. Hätte er nicht einfach Annas Bitte ablehnen können? Was wäre schon dabei gewesen! Riskierte er jetzt möglicherweise seine Freiheit oder noch mehr, nur um als Gentleman dazustehen? War es das wirklich wert?

„Shari, ich bin wirklich ratlos. Was sollen wir nur tun? Wie kommen wir nur weg von hier und vor allem, wohin?"

„Tja", überlegte Shari, „einen Flug sollten wir nicht noch einmal riskieren. Wir könnten versuchen entweder nach Turkmenistan zu kommen oder nach Aserbaidschan. Beides dürfte etwa 400 bis 500 Kilometer entfernt sein. Ich denke, Aserbaidschan ist die bessere Alternative Wir könnten dort leichter nach Europa zurückkommen, glaube ich."

„Mir soll's recht sein. Wie kommen wir dort hin? Ich meine, können wir die Eisenbahn nehmen oder einen Bus?"

„Wie viel Geld hast du dabei, Marc? Bargeld meine ich."

„Etwa 1.300 US-Dollar."

„Das ist gut. Bis Aserbaidschan sollte das reichen. Wir fahren mit dem Taxi und wechseln öfter das Fahrzeug. Wenn alles gut geht, versuchen wir es von Aserbaidschan mit dem Flugzeug zurück nach Genf."

„Sind wir denn in Aserbaidschan sicher vor den Iranern?"

„Das weiß ich auch nicht, Marc. Wir sollten dort möglichst schnell mit unserer Botschaft Kontakt aufnehmen. Dort würden wir erfahren, ob nach uns gesucht wird und dann sehen wir weiter. Lass uns jetzt aber noch etwas zu essen und zu trinken einkaufen und dann nichts wie weg."

Inzwischen erhielt Arya Mohammadi einen beunruhigenden Anruf von Esmaeil Khatib:
„Hören Sie zu, Arya, die beiden sind möglicherweise doch nicht so harmlos, wie ich zunächst dachte. Die Frau von Marc Christ ist die Tochter von Eva Shihani. Jetzt könnte man annehmen, er sei durch seine verwandtschaftliche Prägung schon auf der richtigen Spur, wie seinerzeit Eva. Dafür gibt es aber keine Anzeichen. Er hat keinerlei politische Ambitionen, aber er besuchte vor etwa einem Jahr die Saudi-Arabische Botschaft in Berlin. Was er dort wollte, wissen wir noch nicht. Wenn ihr ihn eingefangen habt, fragt ihn mal danach. Noch interessanter ist aber diese Shari Amirani. Das Interessante ist, dass sie wie aus dem Nichts plötzlich in Berlin erschienen ist. Wo sie vorher war, wissen wir nicht. Dazu gibt es keine Informationen. Das ist schon ungewöhnlich. Sie ist aber definitiv eine Saudi-Araberin. Das hätte eigentlich ausreichen sollen, dass ihr sie nicht gerade mit in eure Gespräche nehmt, in denen es

um Waffenlieferungen geht und noch dazu um Uran und Plutonium."
„Darüber haben wir aber nicht gesprochen, Esmaeil. Uran und Plutonium waren kein Thema. Trotzdem haben Sie recht. Wir hätten genauer abklären müssen, welchen Hintergrund unsere Geschäftspartner haben."
„Ja, das hättet ihr! Vielleicht haben die beiden sich aber auch nur in der Botschaft in Berlin kennengelernt und etwas miteinander angefangen. Das ist auch nicht von der Hand zu weisen und wäre die angenehmste Lösung, nicht wahr! Es ist aber schon ungewöhnlich, dass diese beiden in einer derart diffizilen Thematik gerade zusammen bei euch auftauchen. Also irgendetwas stimmt damit nicht. Das sagt mir meine Erfahrung, Arya."
Mohammadi war jetzt noch beunruhigter als ohnehin schon. „Ich danke Ihnen für Ihre Informationen, Esmaeil", stammelte er niedergeschlagen. „Bitte informieren Sie mich, sobald es weitere Neuigkeiten dazu gibt."

Shari und Marc gingen zunächst zurück zum Persia Hotel und nahmen dort eins der vor dem Haupteingang wartenden Taxis. Shari bat den Fahrer entlang der Strandpromenade eine Route in Richtung Norden zu nehmen. In Abbas Abad Beach, unweit von Tschalus, erklärte sie dem Taxifahrer, dass sie noch einige Lebensmittel für ihre Tour einkaufen wollten. Er solle doch an einem der Läden anhalten. Kurz darauf betrat sie mit Marc eine Art Feinkostladen mit integrierter Teestube. Shari hatte ihren Rucksack bei sich, um die Lebensmittel zu verstauen. In dem Lokal waren zu dieser Tageszeit lediglich zwei Tische besetzt, mit insgesamt fünf älteren Männern, die sich angeregt unterhielten. Anstelle orientalischer Musik lief im Hintergrund der kleine Schwarz/ Weiß Fernseher. Shari registrierte das Gerät nur deshalb, weil es in ihrem Blickfeld stand als sie bei dem Ladenbesitzer ihre Bestellung aufgab und auf die Wasserflaschen und die belegten Brote wartete, die der Ladenbesitzer zubereitete. Mehr zufällig registrierte sie die Nachrichten im Fernsehen als ein Bild von Rahid, ihrem Piloten, eingeblendet wurde. In einem kurzen Videoclip konnte man sehen, wie Rahid von mehreren Beamten in Gewahrsam genommen wurde. Der arme Kerl wirkte völlig verstört als er rüde in ein Fahrzeug verfrachtet wurde. Anschließend wurde ein Bild von Shari und Marc ausgestrahlt, das offensichtlich in der Hotellobby in Teheran aufgenommen worden war. Die Qualität des Bildes war nicht besonders gut. Trotzdem waren die beiden eindeutig zu erkennen. Weder der Ladenbesitzer noch die Gäste registrierten die Reportage.

Erst als im Verlauf des Berichtes der Ortsname Tschalus erwähnt wurde, blickten die Männer auf. Zu diesem Zeitpunkt war das Bild von Shari und Marc aber schon nicht mehr zu sehen.
Shari hatte aber registriert, dass nach ihr und Marc rund um Tschalus mit großem Aufwand gesucht wurde, weil sie der Spionage verdächtigt wurden. Shari stand jetzt der Schweiß auf der Stirn. Angespannt beobachtete sie die Gäste in dem Lokal und den Ladenbesitzer, der soeben die bestellten Brote und das Wasser freundlich auf den Tresen stellte. Keiner hatte offensichtlich die Nachrichten verfolgt. Marc blickte erschrocken, weil er sein- und Sharis Bild ebenfalls erkannt hatte. Zwar konnte er den Text nicht verstehen, aber er konnte sich denken, was vor sich ging. Während Shari die Waren in ihrem Rucksack verstaute, bezahlte Marc die Summe, die ihm Shari zugeflüstert hatte. Zwei weitere Männer mittleren Alters betraten nun das Lokal. Der etwas ältere der beiden trug eine braune alte Stoffhose, ein kariertes überwiegend grünes Hemd und darüber eine weite dunkle Jacke. Der jüngere Mann war ähnlich gekleidet, trug eine blaue Jeans und ein helles Hemd. Während Marc noch unbedarft das Wechselgeld wegsteckte, registrierte Shari sofort, dass hier ein Problem drohte. Einer der Männer sprach Marc in persischer

Sprache an. Marc reagierte zunächst nicht. Der Fremde sprach ihn erneut an, dieses Mal schärfer und stieß ihn leicht mit der Faust an den Arm. Marc sah auf und versuchte deutlich zu machen, dass er die Sprache nicht verstand. Jetzt griffen die beiden energisch zu und packten Marc an beiden Armen und versuchten ihn aus dem Lokal zu drängen. Marc stemmte sich dagegen. Die Gäste in dem Lokal waren aufgesprungen und gestikulierten wild mit den Armen und redeten laut auf die Eindringlinge ein, die jedoch unbeeindruckt weiter versuchten Marc aus dem Lokal zu zerren. Marc versuchte die beiden abzuschütteln und schrie mit ängstlicher Stimme;

„Shari, was ist hier los, bitte hilf mir!“

Inzwischen war Shari bereits aktiv geworden. Blitzschnell hatte sie die Situation erfasst und aus ihrem Rucksack einige Kabelbinder gezogen und einen davon um den Hals des älteren Angreifers geschlungen. Für Shari war klar: Es handelte sich hier um zwei Zivil-Polizisten, die auf der Suche nach ihr und Marc waren. Mit voller Kraft zog sie die Schlinge zu. Der Gepeinigte japste nach Luft, ließ Marc los und griff mit beiden Händen an den Kabelbinder und versuchte sich loszureißen. Es gelang ihm nicht. Sein Kollege ließ Marc nun ebenfalls los und schaute entsetzt seinem notleidenden Partner bewegungsunfähig zu.

Inzwischen hatte Shari bereits den nächsten Kabelbinder um den Hals des erstarrten zweiten Beamten geschlungen und ebenfalls zugezogen. Auch dieser schnappte nach Luft und versuchte sich zu wehren. Er konnte die Plastikschlinge um seinen Hals nicht lockern, packte Shari bei den Schultern und versuchte sie zu Boden zu reißen. Sie hatte sich jedoch geschickt aus seiner Umklammerung gewunden und ihm mit einem gezielten Faustschlag die Nase zertrümmert. Blut spritzte aus seinem Gesicht. Er versuchte jedoch weiter japsend Shari zu fassen.
„Marc“, schrie Shari jetzt, „hilf doch mit, halt ihn fest!“
Inzwischen war der erste Polizist in die Knie gegangen und zerrte verzweifelt, mit hochrotem Kopf an der Schlinge. Seinen Mund hatte er jetzt entsetzt weit aufgerissen. Als er versuchte einen tiefen Atemzug zu nehmen und sich dadurch die Verspannung in seinem Hals ein wenig lockerte, zog Shari die Schlinge noch einmal kräftig nach. Der so Gepeinigte sank röchelnd zu Boden. Shari versetzte ihm mit ihrem Fuß einen kapitalen Schlag gegen den Kopf, der ihn endgültig außer Gefecht setzte. Marc saß hyperventilierend auf dem Boden und versuchte seine Atmung wieder in den Griff zu kriegen. Inzwischen hatte Shari auch bei dem zweiten Beamten die Schlinge brutal nachgezogen, der sich jetzt weinend und am Boden liegend

krümmte wie ein an Land gezogener Fisch. Mit den Händen versuchte er sich immer noch vergeblich von dem Kabelbinder zu befreien. Es gelang ihm nicht. Seine Augen traten weit aus ihren Höhlen, sein Gesicht spiegelte Todesangst wider. Mit den Füßen strampelte er instinktiv um sich. In wenigen Augenblicken würde ihn das Leben verlassen haben. Seinen Kollegen schien dieses Schicksal bereits ereilt zu haben.

Die fünf Gäste des Lokals hatten bereits laut schreiend das Weite gesucht. Der Ladenbesitzer war hinter seinem Tresen abgetaucht. Shari hatte als Erste ihre Fassung zurück:

„Komm schnell“, rief sie Marc zu, „wir müssen weg hier, schnell!“

„Wir können doch nicht …“, röchelte Marc entsetzt auf die beiden Polizisten deutend, „wir …“

„Ja willst du sie denn mitnehmen“, fauchte Shari jetzt energisch. „Komm schon, weg hier!“ Dabei zog sie Marc am Ärmel aus dem Laden.

Das Taxi hatte glücklicherweise vor dem Laden gewartet. Der Fahrer hatte mitbekommen, dass sich in dem Geschäft ein Zwischenfall ereignet haben musste und fragte Shari:

„Was war denn in dem Laden los, die Gäste sind ja aus dem Laden gestürzt als hätten sie plötzlich eine Giftschlange entdeckt.“

„Ach, es war nichts weiter“, versuchte Shari zu beruhigen. „Zwei renitente Kunden wollten sich wichtigmachen und haben ein wenig über die Stränge geschlagen.“

In Beyan Posteh, einem Küstenstädtchen, wies Shari den Chauffeur an anzuhalten, bedankte sich und bezahlte ihn für die Fahrt. Nachdem sie den Wagen verlassen hatten, klärte sie Marc auf:

„Wir sind soeben an einer Tankstelle vorbeigekommen. Nach dem Zwischenfall in Abbas Abad Beach werden sie uns wohl noch intensiver suchen. Eine Reise mit öffentlichen Verkehrsmitteln oder auch dem Taxi ist nicht die beste Option. Vielleicht können wir an der Tankstelle ein Fahrzeug leihen oder gar kaufen. Wir sollten es versuchen, einverstanden?“

„Natürlich“, antwortete Marc immer noch zutiefst besorgt. „Ohne dich wüsste ich ohnehin nicht, was ich tun sollte. Für mich ist das alles hier wie ein Alptraum. Ich bin völlig ratlos. Zu allem Überfluss sind wir jetzt auch noch … ja, wir sind jetzt auch noch Mörder“, flüsterte Marc jetzt mit zusammen gepressten Lippen. „Wie soll das alles nur enden …!“

„Jetzt reiß dich zusammen“ knurrte Shari energisch. „Wir haben uns nur gewehrt. Wenn sie uns erwischen, ist es letztlich unerheblich, was vorher passiert ist. Also, lass uns kühlen Kopf bewahren, damit wir hier so schnell wie möglich rauskommen, ja!“

„Ist ja gut, du hast ja recht. Ich weiß gar nicht, wie du so schnell über diesen Vorfall hinweg kommen kannst. Mir gelingt das jedenfalls nicht so leicht!“

„Hmm, du meinst jetzt wahrscheinlich, ich hätte ein Gemüt wie ein Comodo Varan. So ist das aber nicht. Wir müssen jetzt nur höllisch auf der Hut sein. Das ist alles. Mit der Vergangenheit beschäftigen wir uns irgendwann später. Jetzt schauen wir nur nach vorn, okay!“

„Ja, ist okay, Shari“, antwortete Marc tonlos. „Also, was machen wir konkret?“

Wenig später betraten die beiden die Tankstelle. In dem Geschäftsraum war niemand anwesend. In der daneben liegenden Werkstatt arbeitete ein dickbäuchiger Mann mit ölverschmiertem Gesicht an einem alten Auto. Zunächst wirkte Ali ein wenig mürrisch. Wahrscheinlich war er nicht gerade erfreut darüber, dass ihn jemand bei seiner Arbeit störte und wahrscheinlich doch nur ein paar Liter Benzin tanken wollte. Als er jedoch die Chance witterte, möglicherweise eines seiner alten Fahrzeuge verkaufen zu können, taute er auf. Auf seinem Hof standen mehrere ältere Gebrauchtwagen herum. Marc hatte gehofft, Ali

einen alten Samaro, Tara oder Peugeot abkaufen zu können. Shari tat als Verhandlungsführerin ihr Bestes, aber Ali blieb stur. Als Marc dann Gefallen an einer pinkfarbenen Vespa fand, schien ein Geschäftsabschluss kurz vor der Vollendung. Aber auch daraus wurde nichts, als Shari erwähnte, dass Frauen im Iran das Fahren auf einem Motorrad untersagt sei. Schließlich verließen die beiden die Tankstelle als glückliche Besitzer eines Kamaz-5325, geschätztes Baujahr 1976 oder 1977. So genau war das nicht mehr nachvollziehbar.
„Ich wollte schon immer mal einen Lastwagen haben", versuchte Marc den Deal verbal aufzuwerten.
„Ja, aber musste es ausgerechnet dieser altertümliche Koloss aus Russland sein", nölte Shari griesgrämig.
„Besser schlecht gefahren als gut gelaufen", traf Marc den Nagel auf den Kopf und beendete damit die Diskussion, die jetzt ohnehin nicht mehr weiter führte.
„Als Ehepaar auf Hochzeitsreise wird die Argumentation jetzt aber schwierig", versuchte Shari das letzte Wort zu behalten.
Als Zugabe hatten die beiden noch zwei Kanister mit Diesel erhalten, die sie auf der Ladefläche verstauten und fuhren los.
„Wollen wir jetzt mit diesem Ungetüm bis zur Grenze nach

Astara fahren?“, fragte Shari mürrisch.

„Verbesserungsvorschläge sind jederzeit gerne willkommen, Shari. Aber bis auf Weiteres werden wir uns wohl damit zufriedengeben müssen. Sollen wir jetzt weiter auf dieser Küstenstraße bleiben?“

Shari zückte ihr Smartphone und orientierte sich per Google Earth. „Hmm, nein, bei nächster Gelegenheit sollten wir weg von dieser Hauptstraße. Lass uns bei Lahidschan oder Rasht weiter ins Landesinnere und dort über kleinere Straßen versuchen nach Norden zu kommen. Ich denke, dort werden sie uns weniger leicht finden können und wenn doch, ist es in den Wäldern wohl leichter unterzutauchen, okay?“

„Ja, natürlich, gute Idee. Wo werden wir eigentlich die Nacht verbringen? Es beginnt schon zu dämmern.“

„Vielleicht finden wir noch bei Rasht eine Unterkunft bevor wir ins Landesinnere abbiegen“, antwortete Shari während sie in dem eingebauten Radio des alten Kamaz nach einem Nachrichtensender suchte.

„Notfalls könnten wir ja auch …“. „Pscht …!“, unterbrach ihn Shari und deutete mit dem Zeigefinger auf das Radio.

Veracruz/ Mexiko

Als die Charter Maschine auf dem Aeropuerto Internacional de Veracruz landete war es bereits am späten Nachmittag. Mia Rabenschnabel hatte gerade noch zwei Füge nach Houston/ USA buchen können. Die kurzfristige Weiterreise nach Veracruz gestaltete sich dann schon schwieriger. Zuerst mussten Klausius und Konrad mit einer Linienmaschine nach Mexiko City fliegen und für den Zielflughafen orderte Mia dann ein Charterflugzeug nach Veracruz. Die Luft hier war drückend schwül zu dieser Jahreszeit. Einer der häufigen Tornados wurde in den nächsten Tagen erwartet. Als die beiden die Propellermaschine auf dem Rollfeld verließen, fühlten sie sich, als hätte ihnen jemand eine Dampfkeule übergebraten. Konrad konnte sich später im Hotel wenigstens umziehen. Klausius war das nicht vergönnt. Als er auf dem Flughafen in Mexiko City auf Konrad wartete, der sich nach dem Gate für ihr Charterflugzeug erkundigte, hatte er sich kurz auf ein Gespräch mit einem Mexikaner eingelassen. Ein Gespräch war es eigentlich nicht. Klausius verstand kein Wort, so sehr er sich auch konzentrierte. Die Redewendung ‚das kommt mir spanisch vor' hatte danach gleich eine tiefere Bedeutung für ihn, als er sein Gepäck vermisste. Der neue Samsonite Rollenkoffer war weg. Klausius besaß jetzt gerade noch das, was er am Leib trug. Das war nicht mehr viel. Sein Jackett, das er über seinen Koffer gehängt hatte, war auch weg. Auch sein Rückflugticket, das sich in der Innentasche befand. Das war aber noch nicht alles. Er musste jetzt auch noch den Spott von Konrad Viertelpfünder ertragen.

„Du bist auch wirklich zu blöd. Nicht einmal drei Minuten kommst du alleine zurecht. Ich fasse es nicht, dass jemand wie du überhaupt von der Shihani-Trade einen Auftrag bekommt. Das hast du auch nur der gütigen Anna Christ zu verdanken. Eva hätte dir längst den Arsch aufgerissen, aber bis zur Wurzel hätte sie das …, das sag ich dir, du Blödmann. Glaub jetzt bloß nicht, dass wir losziehen und dich neu einkleiden. Dafür haben wir keine Zeit …“

Man kann nicht sagen, dass Konrad und Klausius Freunde gewesen wären und es sah nicht so aus, als würden sie es jemals sein. Allerdings warfen derartige Ansprachen Klausius gewöhnlich nicht aus der Bahn. Er schüttelte sich ein, zwei Mal und dann war er wieder der Alte.

Konrad und Klausius kannten sich kaum. Umso erstaunlicher war, wie sich alleine bei dem Flug nach Mexiko eine derart tiefe Abneigung von Konrad gegenüber Klausius entwickeln konnte. Konrad hatte ziemlich schnell erkannt, welch psychopathischer Angeber Klausius doch war. Anna Christ musste mit Blindheit geschlagen gewesen sein, oder gerade einen anderen Tiefpunkt erlitten haben, als sie diesen Klausius Staub für fähig hielt, Licht in die Geschäfte der Shihani-Trade zu bringen. Während des gesamten Fluges laberte er ständig auf Konrad ein. Und aufgrund der limitierten Bewegungsfreiheit in dem Flieger gab es für Konrad kein Entrinnen. Der Unmut in Konrad wuchs unaufhörlich. Dafür würde er diesen Nichtsnutz schon noch büßen lassen, aber wie? Niemand könne ihm das Wasser reichen, erklärte Klausius immer wieder, er sei schlichtweg ein Bestperformer und die IT-Funktionen von SAP seien ja eigentlich auf seine Initiative hin entstanden und nicht viel anders war es mit Windows-Longhorn, versuchte er Konrad in den leuchtendsten Farben zu überzeugen. Konrads Wutausbruch, nachdem sich Klausius das Gepäck stehlen gelassen hatte, war ein erster zaghafter Hinweis darauf, was Klausius von Konrad noch erwarten könnte, wenn sich doch nur eine Gelegenheit böte. Und die Gelegenheit würde kommen!

Flucht durch den Kaukasus

Der Nachrichtensender berichtete über einen Terrorakt durch zwei Ausländer, die in der Nähe von Tschalus zwei Beamte übel zugerichtet haben. Einer der beiden Beamten schwebte kurzzeitig sogar in akuter Lebensgefahr. Nur durch das beherzte Eingreifen eines Ladenbesitzers konnte das Leben der beiden gerettet werden. Die Beamten befinden sich im Krankenhaus und sind noch nicht ansprechbar. Die Bevölkerung wird gebeten, bei der Suche nach den niederträchtigen Subjekten mitzuhelfen. Es handelt sich um eine Frau und einen Mann mittleren Alters, wie der Ladenbesitzer zu Protokoll gab. Der Mann trägt eine helle Sommerhose, die Frau eine blaue Jeans und ein buntes Kopftuch.

„Aus unserer gemeinsamen Nacht in Rasht wird nichts, mein Lieber“, schmunzelte Shari erstaunlich gelassen.

„Schade!“, meinte Marc daraufhin ironisch.

„Es gibt aber auch eine gute Nachricht!“, führte Shari fort. „Wir sind keine Mörder, hörst du! Die beiden Polizisten haben überlebt. Der Ladenbesitzer hat wohl schnell genug reagiert und die Kabelbinder zerschnitten, puh, was sagst du dazu?“

„Na prima“, war auch Marc erleichtert. „Ich meine

natürlich, dass die beiden überlebt haben. Und den Rest holen wir irgendwann vielleicht nach wenn wir das hier überstanden haben“, ergänzte Marc Sharis Anspielung. Unmittelbar vor Rasht konnte Marc mit seinem Smartphone kurzzeitig auf das Internet zugreifen. Rasht schien deutlich größer zu sein, als er es erwartet hatte.
„Hör zu, Shari, meist du, wir können uns in der Stadt noch ein paar Lebensmittel besorgen? Der Ort scheint groß genug zu sein, sodass wir in der Anonymität dort untertauchen können. Wahrscheinlich gibt es auch einen größeren Basar. Und wenn wir später in die Berge kommen, wäre auch warme Kleidung angebracht, was meinst du dazu?“
„Ja, du hast recht. Ich werde versuchen, herauszufinden, wo es einen größeren Basar gibt. Schalte inzwischen dein Handy wieder aus. Nicht, dass sie uns darüber noch orten.“
Währenddessen schaltete Shari ihr Telefon wieder ein, konnte schnell einen Basar über eine City-Map ausfindig machen und Marc entsprechend dahin steuern. Bei der Neshat-Street, kurz vor dem großen Kreisverkehr, forderte Shari Marc auf, bei nächster Gelegenheit anzuhalten. Eine Parkgelegenheit für ihren Lastwagen fanden sie in der Emam-Straße, im Zentrum von Rasht in unmittelbarer Nähe des ‚großen Marktes‘.

„Die Stadt ist viel größer als ich es erwartet hätte", meinte Marc zu Shari. „Wusstest du das?"
„Nein, ich bin auch überrascht, auch über die vielen schönen Gebäude. Die Nähe zum Meer ist auch bemerkenswert. Hier kann man es aushalten, würde ich sagen."
„Wäre es nicht eine gute Idee, von hier zu versuchen, mit dem Flugzeug wegzukommen?"
„Nein, Marc, das ist keine gute Idee. Glaube mir, die würden uns schon schnappen, wenn wir versuchen ein Ticket zu kaufen. Das würde niemals klappen."
Im Basar versorgten sich Marc und Shari mit Lebensmitteln, gebrauchter warmer Kleidung und mit einigen Camping-Artikeln. Auch eine warme, große Decke konnten sie erwerben. Zu gerne hätten sie auch hier in einem gemütlichen Hotel übernachtet. Es schien aber einfach zu riskant in ihrer Situation. Unmittelbar nach ihren Besorgungen verließen sie Rasht wieder.
Einige Kilometer nach dem Ortsende bog Marc südwestlich ab in Richtung Masuleh. Die Straße wurde schmaler und schon bald unbefestigt. In einem Waldstück entschieden die beiden, die Straße zu verlassen und im Führerhaus des Lastwagens die Nacht zu verbringen. Die Kühle der nahenden Nacht signalisierte, dass sie bereits deutlich an

Höhe gewonnen hatten. Erste Vorläufer des Elburs-Gebirges hatten sie wohl bereits erreicht. Das Führerhaus des Kamaz war nicht gerade sehr geräumig, aber hinter den Sitzen befand sich immerhin eine schmale Liegefläche. Auf der machte es sich Shari bequem und döste bald darauf ein. Marc versuchte zuerst auf seinem Sitz zu schlafen, nach einer Weile versuchte er sich quer über beide Sitze zu legen, aber auch das war keine Option für die ganze Nacht. Dazu waren die Sitze zu weit auseinander angebracht. Zunächst lugte Marc sehnsüchtig zu Shari und nach einer Weile kletterte er dann hinüber zu ihr. Shari rückte ein wenig zur Seite, schlang einen Arm um Marc und schlief weiter.

Am nächsten Morgen wurde Marc als erster durch Vogelgezwitscher geweckt. Kurz darauf erwachte auch Shari. Viel Zeit für ein Frühstück investierten die beiden nicht. Die Sandwiches von Vortag wurden während der Fahrt gegessen. Die Gegend wurde immer karger, die Straße eintöniger. Im Grunde fuhr man hier wie auf einem Präsentierteller. In den frühen Morgenstunden erreichten sie dann Masuleh, ein kleines Dorf, das terrassenförmig in einen steilen Abhang hinein gebaut war. Der Anblick war malerisch schön. Aber das war es nicht, weshalb die beiden hierherkamen. Ein Vorankommen hier war beschwerlich.

Straßen gab es in dem Ort kaum. Dazu war das Gelände einfach zu steil. Wenige Serpentinen und einfach nur Stufen, mehr gab es nicht. Das war wohl auch der Grund, warum hier niemand anzutreffen war. Als dann Shari doch eine ältere Frau in einiger Entfernung bemerkte, sagte sie schnell zu Marc:

„Ich werde versuchen, die Lage zu erkunden. Bleib hier und warte auf mich."

Marc konnte sehen, wie Shari einige Zeit, vielleicht 15 Minuten mit der Frau sprach. Danach kam sie langsam zurück. Ihre Körpersprache verhieß dabei nichts Gutes.

„Du siehst ja nicht gerade glücklich aus", eröffnete Marc sofort neugierig einen Dialog.

„Bin ich auch nicht. Ich habe ihr erzählt, dass wir Touristen sind und eine Abenteuerreise unternehmen wollen. Als ich sie gefragt habe, wie wir denn weiter nach Norden in Richtung Armenien, Georgien oder Aserbaidschan kommen meinte sie, da wären wir gerade auf dem richtigen Weg, wenn wir auf der Suche nach einem Abenteuer sind. Die Gegend wird aber immer eintöniger und langweiliger, die Straße immer schlechter."

„Hmm, und was ist jetzt deine Schlussfolgerung?"

„So wie wir es geplant haben, wird das nichts. Wir kommen hier nicht weiter. Wir brechen ab."

„Was heißt wir brechen ab? Hier können wir ja nicht bleiben, oder?“

„Nein, natürlich nicht, Marc. Wir fahren zurück nach Rasht und versuchen dort erst einmal unterzutauchen. Ich rufe zu Hause an und hole mir dort einen Ratschlag.“

„Wäre das vielleicht nicht auch schon etwas eher eine gute Idee gewesen?“, meinte jetzt Marc irritiert.

„Ja, vielleicht. Lass uns jetzt erst mal weg von hier.“

Shari setzte sich jetzt ans Steuer und fuhr zurück auf dem Weg nach Rasht. Gerade als sie ihr Satellitentelefon aktivieren wollte, sahen sie hinter einer Biegung eine provisorische Straßensperre. Zwei Polizisten standen neben ihrem Fahrzeug und unterhielten sich. Das Fahrzeug stand leicht quer in die Straße hinein und signalisierte dadurch die Sperre. Shari zischte zu Marc:

„Behalte jetzt die Nerven und halte den Mund. Ich rede.“

Sie kurbelte ihre Seitenscheibe herunter, während einer der Beamten auf den Lastwagen zukam. Als er neben der Fahrertür stand, fragte er:

„Waldarbeiter?“

„Ja, Waldarbeiten“, antwortete Shari geistesgegenwärtig.

Der Beamte winkte sie weiter und ging zurück zu seinem Kollegen.

„Puh, das war knapp“, meinte Shari und erklärte Marc den

kurzen Dialog.

„Was hättest du gemacht, wenn er uns erkannt hätte?“, fragte Marc.

„Ich hätte die beiden zusammen mit ihrem Auto die Böschung hinunter geschubst und dann nichts wie weg. Schade, dass wir keine Waffe haben. Wir hätten gestern in der Bar den beiden Polizisten ihre Pistolen wegnehmen sollen, nachdem wir sie halb erwürgt hatten. Dann würde ich mich jetzt sicherer fühlen.“

„Hättest du denn notfalls auf die beiden geschossen?“, fragte Marc ungläubig.

„Natürlich hätte ich das. Es ist jetzt nicht die Zeit für moralische Zurückhaltung. Glaubst du, die hätten sich Gedanken um uns gemacht, wenn sie uns erwischt hätten? Wohl kaum!“

„Hmm, Shari, manchmal hast du ein Gemüt wie ein Fleischer-Hund, das macht mir schon Angst.“

Inzwischen war Sulei, der Polizist bei der Straßensperre, zurück zu seinem Kollegen gegangen und begann die zuvor unterbrochene Unterhaltung mit Abdullah fortzuführen. Sie diskutierten das Fernsehprogramm vom Vorabend, sprachen über gutes Essen und natürlich über Frauen. Ein Small Talk ohne Tiefgang eben. Beiden schien ihr Auftrag, nach Terroristen Ausschau zu halten, als völlig überflüssig.

Wer verirrt sich denn schon in diese verlassene Gegend? Außerdem, wie sahen die beiden denn eigentlich aus? Wie Ausländer, ein Mann und eine Frau eben, na prima. Unsere Chefs wissen manchmal wohl selber nicht, was sie wollen. Na uns soll's auch egal sein. Dann stehen wir uns eben hier draußen die Beine in den Bauch. Dann fiel Abdullah doch noch eine intelligente Frage ein:
„Sag mal Sulei, wohin wollten die beiden in dem Lastwagen eigentlich?"
„Ach, das waren nur Waldarbeiter."
„Waren das nicht eine Frau und ein Mann?"
„Warum fragst du mich das jetzt, Abdullah?"
„Na ja, das fiel mir jetzt gerade ein. Eine Frau als Waldarbeiter ist schon ungewöhnlich."
„Ja, das stimmt schon, vielleicht ist das in fremden Ländern anders."
„Wie meinst du das? Waren die beiden denn nicht aus Masuleh?"
„Das weiß ich nicht. Sie hat nicht viel gesagt, von hier war sie aber nicht, glaube ich."
„Arbeitsgeräte für ihre Waldarbeit hatten sie auch nicht bei sich, oder?"
„Hmm, gesehen habe ich jedenfalls nichts."
Jetzt entstand zwischen Sulei und Abdullah eine längere

Gesprächspause, ehe sich Sulei wieder zu Wort meldete: „Glaubst du, wir hätten den Vorfall sofort melden müssen?“, fragte er kleinlaut.

„Ich denke, wir hätten die beiden sofort verhaften sollen“, meinte Abdullah.

„Ja, jetzt wo du es sagst“, pflichtete ihm Sulei bei. „Jetzt dürfte es aber schon fast etwas spät für eine Meldung sein, oder?“

„Warum?“

„Der Chef könnte uns fragen, was wir in der letzten halben Stunde gemacht haben.“

„Da hast du auch wieder recht“, knurrte Abdullah kleinlaut. „Was sollen wir denn jetzt machen?“

“Lass uns das in Ruhe überlegen. Wir könnten ja melden, die Zwei sind gerade bei uns vorbeigebraust …“

„Und wenn sie dann bei Rasht geschnappt werden sagen wir, sie sind eben mit ihrem Lastwagen dort hingeflogen, weil sie es sonst nicht so schnell bis dorthin geschafft hätten“, meinte Abdullah daraufhin süffisant, „nein, so geht’s nicht.“

Nach einiger Diskussion einigten sich die beiden darauf, telefonisch Meldung nach Rasht zu machen und die zeitliche Komponente möglichst zu vernachlässigen.

Marc und Shari waren inzwischen schon wenige Kilometer vor Rasht. Andere Fahrzeuge waren nicht unterwegs. Das erleichterte ein zügiges Vorankommen. Die Straße hier war leicht bergig und von Bäumen umgeben. Shari hatte soeben zu Hause angerufen, um sich einen Ratschlag einzuholen, wie sie mit der aktuellen Situation umgehen sollte. Marc wunderte sich, warum sie das nicht schon längst getan hatte. Im Verlauf des Gespräches war Shari immer ruhiger und nachdenklicher geworden. Den Inhalt des Gespräches konnte Marc nicht verstehen, weil es in arabischer Sprache geführt wurde. Nach dem Ende des Telefonates atmete Shari tief durch, fasste sich dann ein Herz und wandte sich mit schuldbewusster Stimme leise an Marc:

„Hör zu Marc, ich muss dir etwas sagen, ich war in der Vergangenheit nicht ganz …"

Shari wurde jetzt von einem dumpfen Geräusch unterbrochen. Schnell wurde klar, dass es sich um das Dröhnen der Motoren eines Helikopters über ihnen handelte.

„Schnell nach links in den Waldweg", rief Marc Shari zu, die immer noch am Steuer des Kamaz saß. Das Motorengeräusch des Helikopters wurde aber nicht leiser, obwohl der Lastwagen durch die Bäume von oben wohl nicht gesehen werden konnte. Shari beschleunigte das Fahrzeug, soweit es der unebene Waldboden gerade noch zuließ. Dann wurde es vor ihnen heller. Shari legte eine Vollbremsung hin, bevor sie die kleine Lichtung, die vor ihnen lag, erreichten.

„Was machen wir jetzt“, schrie Marc ängstlich. „Schnell raus hier!“

„Nein, warte Marc, behalte die Nerven. Die Lichtung ist flach genug für sie zum Landen. Wir warten hier auf sie“, redete Shari beruhigend auf Marc ein.

„Das ist jetzt nicht dein Ernst“, schrie Marc entsetzt. „Wenn sie uns fassen, wird das nicht lustig für uns. Wir müssen weg, schnell!“

„Jetzt beruhige dich doch. Wo willst du denn zu Fuß hin! Mit ihrem Helikopter sind sie hier im Vorteil. Die Gegend bietet doch nicht genügend Möglichkeiten, um uns zu verstecken.“

„Ja glaubst du denn, mit unserem Kamaz sind wir unauffälliger als zu Fuß. Das glaubst du ja wohl selber nicht!“, brüllte Marc.

„Ruhig jetzt, befahl Shari mit scharfer Stimme. Sie setzten zur Landung an.“

Der Helikopter senkte sich langsam auf den Boden der Lichtung herunter. Keine 100 Meter von ihnen entfernt landete er. Noch bevor der Rotor zum Stillstand kam, sprangen zwei bewaffnete Polizisten aus dem Hubschrauber, ein dritter folgte unmittelbar danach. Aus ihrer Bodensicht konnten sie nun den Kamaz in dem Waldweg am Rande der Lichtung sehen. Sie rannten sofort auf den Lastwagen zu. Die ersten beiden voraus, der Dritte hinterher.

Marc schrie jetzt entsetzt auf.

„Ruhig jetzt“, knurrte Shari. „Duck dich, damit sie dich nicht sehen können.“ Sie selbst kauerte sich tief in ihren Sitz, sodass sie gerade noch durch die untere Kante der Windschutzscheibe die entgegenkommenden Beamten beobachten konnte.

Als die Polizisten gerade noch weniger als zehn Meter von dem Kamaz entfernt waren, gab Shari Gas. Der Motor heulte auf, der LKW setzte sich in Gang. Nach einer Schrecksekunde versuchten die Drei irgendwie zu entkommen. Dem Dritten gelang das zunächst. Er feuerte eine kurze Salve aus seiner Maschinenpistole auf den Kamaz. Glas splitterte, die Seitenscheibe bröselte in den Innenraum auf die Schulter von Marc. Der Schütze hatte inzwischen bereits den Rückzug angetreten, kehrt gemacht und damit begonnen, wieder zum Helikopter zurückzulaufen. Der erste Polizist konnte gerade noch ausweichen und strauchelte seitlich am Kotflügel des Kamaz vorbei. Geistesgegenwärtig stieß Shari die Fahrertüre mit Wucht auf und knockte so den heran taumelnden Angreifer aus. Blut spritze, Knochen splitterten. Für den armen Wicht wäre jetzt ohnehin jede Hilfe zu spät gekommen. Den zweiten Beamten erwischte Shari voll. Mit ausgebreiteten Armen prallte er mit dem Gesicht auf die Motorhaube, wurde einige Meter mitgetragen und schlitterte dann rechts herunter auf den Boden. Im Kamaz war es kaum zu spüren, als ihn die Reifen überrollten. Der dritte Polizist hatte inzwischen seine Maschinenpistole weggeworfen und rannte auf den Helikopter weiter zu. Als er den lauter werdenden Motor des LKW bedrohlich hörte und das Unheil hinter ihm auf sich zukommen spürte, versuchte er einen Haken zu schlagen. Sein Manöver kam zu spät. Der Kamaz überrollte ihn nahezu gleichzeitig.

Shari stoppte jetzt das Fahrzeug und atmete über das Lenkrad gebeugt tief durch. Marc zitterte wie Espenlaub, immer noch in den Fußraum gekauert.

„Es ist vorbei, Marc, du kannst jetzt wieder hochkommen."

Vorsichtig schüttelte sich Marc die Glasscherben vom Rücken und kehrte langsam auf seinen Sitz zurück.

„Hast du sie alle umgebracht?", fragte er vorsichtig.

„Ich weiß es nicht. Ich glaube aber schon. Jedenfalls werden sie uns nichts mehr anhaben können."
„Puh. Shari, das war knapp." Langsam beruhigte sich Marc wieder und Farbe kam in sein blasses Gesicht zurück. „Ich habe ja in den letzten Jahren schon einiges erlebt. Aber das übersteigt meine schlimmsten Erfahrungen. Was sollen wir denn jetzt machen?"
„Wir nehmen uns jetzt erst einmal zwei Pistolen von den Polizisten und dann hauen wir hier ab, so schnell es geht. Wenn wir Glück haben, sind wir längst in Rasht untergetaucht, bis sie in ihrer Einsatz-Zentrale bemerken, dass sich ihr Kommando nicht zurückgemeldet hat."
Shari fuhr langsam zurück zum Waldweg, stoppte bei dem ersten reglos am Boden liegenden Beamten und forderte Marc auf nach einer Pistole zu suchen und sie an sich zu nehmen. Immer noch leicht panisch, konnte Marc dieser Aufforderung nicht nachkommen. Also erledigte Shari dies und nahm zwei Pistolen. Sie überlegte dabei, auch die Maschinenpistolen mitzunehmen, entschied sich dann aber dagegen. Diese Waffen wären zu auffällig gewesen, um sie mitzuführen.
„Hast du die Drei noch einmal untersucht, als du die Waffen mitgenommen hast?", fragte Marc nach einer Weile.

„Nein, habe ich nicht. Aber wir können sicher sein, dass sie uns nichts mehr antun werden, ganz bestimmt nicht.“
Nach wenigen Minuten hatten sie die Straße nach Rasht wieder erreicht und beeilten sich in die Stadt zu kommen. Kurz darauf erreichten sie Fouman, eine kleinere Stadt etwa 25 Kilometer vor Rasht. An einem kleinen Park in der Nähe des Imam Khomeini Boulevard hielt Shari an und parkte den Lastwagen ein.
„Was hast du vor, warum parkst du hier?“, fragte Marc irritiert.
„Es ist nur so ein Gefühl, ich denke, wir nehmen jetzt besser ein Taxi nach Rasht. Den Kamaz lassen wir hier. Ich meine, hier ist es einigermaßen unauffällig. Mit der zerschossenen Scheibe, den Blutresten der Polizisten auf der Motorhaube und den Einschusslöchern auf der Frontseite sollten wir vielleicht besser nicht gerade durch Rasht fahren.“
Bei der Islamic Azad Universität, einige Häuserblöcke entfernt, konnten sie ein Taxi nach Rasht nehmen. Während der Fahrt beruhigte sich Marc weiter und gewann seine alte Contenance wieder einigermaßen zurück. Erst jetzt fiel ihm auf, wie zielsicher Shari dem Taxifahrer Anweisung geben konnte wohin er fahren sollte. Vor einem Gebäude neben dem Kentucky House im Ansari Boulevard hielt der Fahrer

an. Shari bezahlte, beide stiegen aus und schlenderten zum Mallat Park, der unmittelbar gegenüber lag und setzten sich dort auf eine Bank.

„Ich wundere mich, wie zielsicher du uns genau hier hergeführt hast, Shari. Hängt das irgendwie mit deinem Anruf zu Hause zusammen, bevor die Helikopter Besatzung auf uns aufmerksam wurde?“

„Ja, das tut es“, antwortete Shari zögerlich. Ich wollte dir das vorhin schon erklären, kurz bevor wir vor dem Helikopter fliehen mussten. Ich muss dir gestehen, ich war in der Vergangenheit nicht ganz ehrlich zu dir. Jetzt will ich dir aber die Wahrheit sagen. Lass mich kurz noch ein Telefonat führen. Das ist jetzt wichtig.

Karimas Auftrag

„Hör zu, Rayen, soeben habe ich neue Informationen zu unserem Projekt erhalten. Du warst in Berlin schon auf dem richtigen Weg. Dieser Marc Christ scheint wirklich der Verursacher von Evas Tod zu sein."

„Oh, ich dachte mir das auch. Wie kommst du jetzt zu dieser Auffassung, Großmutter?"

„Nun ja, die Indizien häufen sich. Du hast ja damals herausgefunden, dass wohl Marc Christ zum fraglichen Zeitpunkt der einzige Nicht-Regierungsvertreter war, der einen Termin bei Bin Salmans Botschafter in Berlin hatte. Kurz darauf stand Eva Shihani in Riad in der Kritik. Das weiß ich von Suleyman. Dann stellt sich auch noch heraus, dass diese Anna Christ das gesamte Vermögen von Eva erbt. Erst vor kurzem hat dann Marc Christ die Verantwortung für die Shihani-Trade übernommen und führt seitdem die vertraulichen Geschäfte von Eva weiter. Er verdient damit bestimmt ein riesiges Vermögen. Du weißt, Rayen, mir geht es nicht um das viele Geld. Das soll er meinetwegen haben. Mir geht es auch nicht darum, Saudi-Arabien oder gar Mohammed Bin Salman zu verteidigen, das nun wirklich nicht. Aber dass dieser Marc Eva in den Tod geschickt hat, geht überhaupt nicht. Es ist jetzt Zeit, dass wir ihn dafür zur Verantwortung ziehen. Und du wirst der Vollstrecker sein, Rayen, du wirst es tun!"

„Reichen denn die Indizien dafür wirklich aus, Karima? Harte Beweise sind es ja nicht."

„Glaub mir, Rayen, er ist es, er hat Eva auf dem Gewissen. Ich weiß auch, dass er jetzt wieder Waffen aus den USA zum Iran transportieren ließ. Also, er führt genau das nahtlos fort, was Eva begonnen hat. Das kann kein Zufall sein. Inzwischen wohnt er auch in Evas Villa am Genfer See. Das ist schon sehr makaber, Rayen. Er hat Eva eiskalt aus dem Weg geräumt, um sich die Taschen vollzumachen. Wie ich höre, hat er jetzt sogar eine Beamtin von der Saudi-Arabischen Botschaft aus Berlin abgeworben. Die Frau ist jetzt ebenfalls an den Genfer See gezogen. Nein, Rayen, an Zufälle glaube ich nicht mehr."

„Weißt du mehr über diese Frau?"

„Sie scheint ein ziemlich unbeschriebenes Blatt zu sein. Aber sie hat irgendetwas mit dem Fall Khashoggi zu tun, wie man hört. In Riad hat man sie aber komplett aus dem damaligen Vorgang heraus gehalten. Ihr Name hat jedenfalls keine Rolle gespielt."

„Dieser Marc Christ wird sie aber wohl kaum zu sich geholt haben, wenn sie über keine besonderen Fähigkeiten verfügt, oder?"

„Na ja, Rayen, von ihr gibt es keine Bilder, wir konnten jedenfalls bisher keines von ihr finden. Sie soll aber besonders gut aussehen und wer weiß, was sie sonst noch alles drauf hat, wenn du verstehst, was ich meine!“

„Aber Oma, das wird wohl kaum der Grund gewesen sein. Wie heißt sie denn?!

„Amirani!“

„Amirani?“, fragte jetzt Rayen entsetzt. „Shari Amirani? Ich kenne sie“, stammelte er. „Das war die Assistentin des Botschafters in Berlin, über die ich Marc Christs Termin beim Botschafter herausgefunden habe. In ihrer Wohnung ist auch Omar spurlos verschwunden, nachdem er mir eine Nachricht mit dem Botschafts-Termin geschickt hatte, oh Allah, diese Furie! Inzwischen glaube ich, sie hat ihn umgebracht und irgendwie verschwinden lassen. Ich bin immer noch fassungslos deswegen.“

„Das ist schon interessant, Rayen. Mein Bild von den beiden wird immer klarer. Beide sind abgrundtief böse Menschen.“

„Was soll ich tun, Großmutter, was erwartest du von mir?“

„Bring ihn um, Rayen! Und sie gleich mit! Sag ihm, Evas Schwiegermutter lässt grüßen. Und noch etwas, Rayen, achte darauf, dass möglichst keine Unbeteiligten in Mitleidenschaft gezogen werden. Wir sind keine Gangster so wie die beiden. Wir lassen uns nur nicht gefallen, dass Eva umgebracht wurde und der Schuldige ungeschoren davon kommt."

Sharis Beichte

Shari telefonierte. Sie hatte soeben ihr Handy wieder eingeschaltet. Marc fühlte sich unwohl in seiner Haut. Er konnte nicht verstehen, was Shari sagte, sie sprach Arabisch. Nach ihrer Körpersprache und ihrem Tonfall zu urteilen, schien das Gespräch aber ihren Erwartungen zu entsprechen. Nach Beendigung ihres Telefonats sah Marc sie erwartungsvoll an und wollte mit einer gewissen Anspannung in seiner Stimme wissen:
„Und, ist alles so weit in Ordnung?"
Shari zögerte kurz und antwortete dann: „Ja, es passt alles. Wir werden in etwa einer Stunde hier abgeholt."
„Abgeholt? Von wem? Was hast du vor, Shari?"
Sharis Lippen umspielte jetzt ein Lächeln, mit einer seltsamen Mischung aus Anspannung, und Traurigkeit.
„Ich weiß, ich bin dir längst eine Erklärung schuldig, Marc. Ich habe soeben mit meinem Onkel in Riad telefoniert und ihm unsere Situation geschildert. Er wird uns helfen. Jetzt habe ich genügend Zeit, um dir alles zu erklären. Es ist eine längere Geschichte. Vielleicht wirst du mich danach verwünschen, hassen oder mich am liebsten nie wieder sehen wollen. Deshalb möchte ich dir vorweg sagen, dass ich viel für dich empfinde …, dir niemals weh tun wollte

und immer darauf geachtet habe, dass dir nichts passiert. Natürlich hätte ich es nicht so weit kommen lassen dürfen, dass du hier fest sitzt und vielleicht sogar mit dem Schlimmsten rechnen musst. Das wollte ich nicht, ich hoffe, du kannst mir das glauben. Ich verspreche dir, ich hole dich hier raus!"

„Du machst mir jetzt richtig Angst, Shari, weißt du das?", erwiderte Marc ratlos, ließ die Schultern hängen.

„Ja natürlich. Das verstehe ich", sagte Shari und legte eine Hand beruhigend auf Marcs Knie. „Lass mich jetzt in der Zeit etwas zurückgehen, dann wird manches klarer werden."

Shari holte tief Luft und begann zögerlich mit ihrer Geschichte:

„Also … ich konnte in London studieren und bin dort das erste Mal mit eurer westlichen Lebenseinstellung und Kultur in Berührung gekommen. Das war zunächst ein Schock für mich, das muss ich eingestehen. In meiner Heimat ist es nicht üblich, ja nicht einmal möglich als Mädchen alleine auszugehen. Du kannst bei uns nicht machen, was du willst, bist immer fremdbestimmt. Im Westen ist das ganz anders. Da war ich auf einmal selbst für mich verantwortlich. An dieser Stelle sollte ich auch erwähnen, dass ich nur deshalb ein Auslandsstudium

absolvieren durfte, weil mein Onkel eine hochrangige Position in unserer Regierung bekleidet. Er ist mein Vormund, aber auch ein väterlicher Freund. Nach meinem Studium ermöglichte mir Abdul auch eine Ausbildung und Anstellung bei der Regierung.
In Saudi-Arabien fühlte ich mich inzwischen aber längst nicht mehr richtig wohl. Ich war ja das freizügige Leben in England gewöhnt und konnte mich nur schwer wieder in unsere Kultur zu Hause einordnen. Bei einigen kürzeren Auslandsaufenthalten konnte ich dann meine sprachlichen Kenntnisse verbessern. Das hat mir bei meinem beruflichen Weg sehr geholfen. Irgendwann bekam ich dann von meinem Onkel die Gelegenheit, mir eine Anstellung in der Botschaft in Istanbul auszusuchen. Tatsächlich arbeitete ich aber weiter hauptsächlich für meinen Onkel in Riad. Mit dem Botschafter in Istanbul hatte mein Onkel eine entsprechende Vereinbarung getroffen und alles war bis dahin perfekt.
Doch dann überschlugen sich die Ereignisse für mich. Unglücklicherweise wollte ein in den USA lebender Systemkritiker der Saudi-Arabischen Regierung ausgerechnet in der Botschaft in Istanbul persönliche Unterlagen für seine bevorstehende Hochzeit abholen. Der Mann war Jamal Khashoggi, vielleicht hast du von seiner

Geschichte damals gehört. Die Story ging ja seinerzeit um die Welt."

„Meinst du den Journalisten, der damals in Istanbul umgebracht wurde?"

„Genau den, Marc. Ich wusste von dieser Absicht aber nichts. Ich sollte lediglich eine Internetverbindung nach Riad aufbauen, damit von dort das Gespräch mit Jamal verfolgt werden konnte. Außerdem sollte ich in einem Protokoll das Gespräch dokumentieren, nichts Ungewöhnliches also. Damals kamen mehr als zehn Beamte aus Saudi-Arabien, die das Gespräch mit Jamal führen sollten. Das hat mich gewundert, aber ich habe mir dabei noch nichts Böses gedacht. Von einem Büro beobachtete ich dann die Unterredung am Bildschirm, um meinem Auftrag der Protokollführung gerecht zu werden. Was dann aber geschah, war fürchterlich. Sie haben Jamal gepackt, gewürgt und einfach umgebracht. Ich konnte kaum glauben, was ich sah. Mir wurde derart schlecht, dass ich die Aktion gar nicht bis zum Ende verfolgen konnte. Ich bin zum Fenster gerannt und habe mir die Seele aus dem Leib gekotzt. Ich war völlig erledigt."

„Das kann ich mir vorstellen", hauchte Marc tonlos. „Was habt ihr dann mit dem armen Kerl gemacht?"

„Die Presse war inzwischen aufmerksam geworden. Was

wir nicht wussten war, dass Jamals künftige Ehefrau vor der Botschaft wartete. Sie ist selber Journalistin und hat ihre Kollegen auf den Vorgang aufmerksam gemacht. Am nächsten Tag standen bereits ein Dutzend Reporter vor dem Konsulat und wollten Klarheit haben."

„Ja, ich erinnere mich jetzt an die Berichte, Shari. Aber noch einmal, was ist mit Jamal passiert?"

„Aus der Botschaft konnten wir die Leiche jetzt nicht mehr heraus bringen. Das wäre zu riskant gewesen. Die Leute aus Riad waren sofort wieder zurück nach Saudi-Arabien geflogen, also auch keine Hilfe. Jetzt standen wir alleine da. Der Druck durch die Presse wurde immer größer. Dann hat sich auch noch der türkische Präsident Erdogan eingeschaltet. Er forderte Zutritt zur Botschaft, mit der Begründung, dass ein Verbrechen auf türkischem Boden verübt worden sein könnte und deshalb eine Untersuchung durch die türkische Polizei notwendig sei."

„Was habt ihr denn mit Khashoggi gemacht, Shari, sag schon?", drängte Marc.

„Er wurde in der Botschaft zerstückelt und verbrannt!"

„Puh, also doch!"

„Ja, so war das. Erst nach mehreren Tagen hat dann der Botschafter der türkischen Polizei Zutritt zur Botschaft gewährt. Die haben dann alles akribisch untersucht und sind

dabei auch auf meinen Namen gestoßen. Stichfeste Beweise haben sie aber nicht finden können. Letztlich hat dann unser Kronprinz den Vorgang beendet."
„Wie hat er das denn gemacht? Erdogan wird ja nicht einfach klein beigegeben haben, oder?"
„Nun, Mohammed Bin Salman hat eingeräumt, dass Jamal Khashoggi in der Botschaft zu Tode kam."
„Ja und dann? Man konnte ja wohl kaum einfach wieder zur Tagesordnung übergehen?"
„Doch Marc, konnte man schon. Bin Salman hat versprochen, die Schuldigen zu finden, vor Gericht zu stellen und hart zu bestrafen."
„Und, ist das wenigstens passiert?"
„Ja schon. Du solltest aber auch wissen, dass nach unserem Recht ein verurteilter Täter wieder freikommen kann, wenn die Angehörigen des Opfers dem Täter verzeihen."
„Das wird aber wohl kaum passieren, oder?"
„Na ja, das kommt darauf an, wer die Angehörigen darum bittet. Aber dazu weiß ich nichts. Es war auch nicht meine Sache, darüber nachzudenken."
„Ja war denn dann die Sache für Saudi-Arabien einfach wieder erledigt? Das kann doch wohl nicht sein."
„Hmm, endgültig erledigt noch nicht. Einige geplante Staatsbesuche in Saudi-Arabien wurden medienwirksam

abgesagt, aber ein wirklich großer öffentlicher Aufschrei blieb eigentlich aus."

„Wie ging es denn mit dir weiter, Shari? Du sagtest, die türkische Polizei sei auf deinen Namen gestoßen."

„Ja, richtig! Sie haben alle Personalunterlagen in der Botschaft akribisch analysiert und festgestellt, dass ich vor noch nicht allzu langer Zeit aus Saudi-Arabien nach Istanbul kam. Das hat wohl ausgereicht, um mich in den Kreis möglicher Zeugen oder gar Verdächtiger einzureihen. Der Botschafter hat dann die Nerven verloren weil er wohl befürchtete, dass ich einem harten Verhör durch die türkische Polizei möglicherweise nicht standhalten könnte. Außerdem wollte er, mit Rücksicht auf meinen Onkel, mich keinesfalls der türkischen Polizei aussetzen."

„Und was hast du dann gemacht?"

„Nach dem Vorfall mit Khashoggi brauchte ich erst einmal einige Tage Urlaub. Mein ohnehin schon zwiespältiges Verhältnis zur Politik in meiner Heimat wurde weiter belastet. Einerseits liebe ich meine Heimat; meine Familie ist dort und ich bin in Saudi-Arabien aufgewachsen. Das verbindet natürlich. Andererseits kannte ich durch meine Auslandsaufenthalte inzwischen auch die Welt außerhalb Saudi-Arabiens, verstehst du? Zurück nach Riad wollte ich damals jedenfalls nicht. Die Entscheidung wurde mir aber auch dieses Mal abgenommen. Der Botschafter und mein Onkel entschieden, dass ich außer Landes gebracht werde. Und so bin ich in Berlin in der Botschaft gelandet und habe mich dadurch den türkischen Behörden entzogen"

„Von dort hast du mich dann angerufen wegen der Sache mit Eva Shihani?"

„Richtig, aber das war erst viel später. Bei deinem ersten Besuch in Berlin haben wir uns kurz gesehen. Ich war damals im Sekretariat des damaligen Botschafters beschäftigt."

„Jetzt drängt sich mir aber schon die Frage auf, Shari, was war eigentlich deine frühere Tätigkeit in Berlin und Istanbul genau? So wie du in den letzten Tagen hier agiert hast, entspricht das wohl kaum den Aufgaben einer Sekretärin? Entweder du bist ein Naturtalent oder es steckt mehr dahinter, stimmt's?

„Hmm, du hast das schon richtig erkannt, Marc. Ich hatte dir erzählt, dass ich bei der Regierung angestellt war. Das stimmt auch. Allerdings ist meine Stelle nicht im Außenministerium, wie du wahrscheinlich gedacht hast."

„Ja genau, das dachte ich."

„Ich bin Mitarbeiterin des Saudi-Arabischen Geheimdienstes, Marc."

Diese Neuigkeit verschlug Marc jetzt erst einmal die

Sprache und ließ seine Gesichtszüge kurzzeitig entgleisen. Nach einigen Sekunden fand er seine Sprache wieder:
„Mit vielem hätte ich jetzt gerechnet, aber damit nicht. Ich habe dich doch bei mir in der Schweiz eingestellt. Wir hatten doch große Dinge mit der Shihani-Trade vor, Shari. Das kann doch nicht alles ein Fake gewesen sein, oder?“
Hmm Marc, natürlich bin ich gerne zur Shihani-Trade in die Schweiz gekommen. Das war eine wirklich große Wertschätzung mir gegenüber von dir. Ich habe dein Angebot aber auch mit meinem Onkel besprochen. Ich weiß nicht, was ich getan hätte, wenn er es verboten hätte. Wie ich vorhin schon sagte, Marc, ich bin aus mehreren Gründen auf Distanz zu Saudi-Arabien. Der Umgang mit Jamal spielt da eine Rolle, aber auch eure relative Freiheit im Westen. Trotzdem bin ich aber immer noch meiner Familie in Saudi-Arabien verbunden. Ich weiß ehrlich gesagt nicht genau, was ich will. Das ist aber mein Problem, das ich bald lösen muss, das weiß ich.“
„Jetzt weiß ich aber immer noch nicht, wie wir in diese Situation hier im Iran geschlittert sind, Shari. Hast du damit auch etwas zu tun?“
„Puh, Marc. Es fällt mir jetzt nicht leicht, die Situation hier plausibel zu erklären. Aber ich weiß, es ist jetzt an der Zeit, dir gegenüber reinen Tisch zu machen.“

„Erzähl!“

„Es ist so, dass ich von meinem Onkel, Abdul ist einer der Direktoren des Geheimdienstes, den Auftrag hatte dafür zu sorgen, dass die Shihani-Trade keine Waffen mehr an den Iran liefert. Natürlich haben wir verfolgt, dass deine Frau Anna mit der Verantwortung, für die Shihani-Trade völlig überfordert war. Als du dann dort das Ruder übernommen hast, war das für uns natürlich die Chance unserem Ziel näherzukommen. Ich wusste ja, dass du den Waffendeal mit dem Iran auch stoppen wolltest. Insofern sah das für mich zunächst wie ein Selbstläufer aus. Dass bereits ein Frachter mit weiteren Waffen unterwegs war, wusste ich anfangs nicht. Ich hoffe, du kannst mir das glauben.“

„Hmm?!“

„Als wir dann in Teheran im Hotel ankamen, habe ich Abdul darüber informiert, dass wir zur Unterstützung unserer Verhandlungsposition den Frachter während unserer Gespräche mit dem iranischen Außenministerium ankommen lassen wollten.“

„Das ist ja dann wohl gründlich in die Hose gegangen, Shari!“

„Ja, ich wusste das aber damals nicht und wollte es auch nicht. Ich dachte, wenn diese eine Lieferung noch entladen ist, dann ist der Waffendeal beendet und wir kommen mit

der Shihani-Trade heil aus der Sache heraus."
„Daraus wurde aber nichts, wie wir wissen."
„Ja, Abdul hatte andere Pläne. Er hat kurzerhand zwei U-Boote ins Arabische Meer beordert und den Frachter versenkt. Teile der Fracht waren wohl geeignet, das iranische Atomprogramm weiter voranzubringen. Seit Donald Trump den Vertrag mit dem Iran einseitig gebrochen hat, sehen sich die Iraner legitimiert, ihr Programm mit Macht fortzuführen. Jede Störung kommt ihnen deshalb absolut ungelegen. Sie unternehmen bereits erste Versuche, Raketen ins All zu bringen. Das ist aber erst der Anfang. Wenn sie weitere Fortschritte machen, wird das für viele in der Region ungemütlich. Zuerst für Israel, aber auch Saudi-Arabien ist nicht allzu weit weg. Verstehst du jetzt, warum die Iraner so sauer auf uns waren, nachdem der Frachter gesunken war und sie auf die Lieferung verzichten mussten. Wahrscheinlich wussten sie sehr bald, dass ich nicht nur deine Assistentin, sondern auch eine Saudi bin"
„Puh, wenn sie uns doch noch erwischen, machen sie uns den Garaus, Shari."
„So sehe ich das auch. Aber mach dir keine zu großen Gedanken deswegen. Ich bringe dich hier raus, das verspreche ich dir!"

„Hmm, wie willst du denn das Versprechen einhalten? Willst du noch ein paar Leute umbringen?“

„Wenn es sein muss Marc, dann werde ich das!“

„Bist du so etwas wie der weibliche James Bond?“

„Nein, natürlich nicht. Dazu habe ich viel zu viel Schiss, wenn’s brenzlig wird.“

„Na ja, bisher konntest du das gut verbergen.“

„Ist das ein Kompliment?“, Shari musste schmunzeln.

„Nun ja, angesichts der verheerenden Folgen für die hiesigen Polizisten würde ich so weit nicht gehen, aber ohne deine Fähigkeiten hätten sie uns längst geschnappt. Woher kannst du das alles eigentlich?“

„Ich habe gut aufgepasst bei meiner Ausbildung. Damals habe ich noch innerlich geflucht, weil ich dachte, ich müsste künftig doch nur einfache Aufgaben wie Beobachtungen oder Protokollführungen usw. erledigen. Jetzt bin ich froh, dass ich auch mit Waffen umgehen kann.“

„Ja, ich auch“, atmete Marc erleichtert auf.

„Ich hab dir jetzt alles gesagt, was mir wichtig erscheint, Marc. Ich möchte dich bitten, alles, was meine Tätigkeit für den Geheimdienst betrifft, für dich zu behalten, wenn wir hier wieder herauskommen. Normalerweise wäre es nicht nötig gewesen. in dieser Ausführlichkeit über meine

Tätigkeiten in der Vergangenheit zu erzählen. Aber ich denke, ich war es dir schuldig. Du bist ein aufrichtiger Mensch und ich vertraue dir … Hast du jetzt noch Fragen an mich?“

„Ich muss das alles jetzt erst einmal verdauen, Shari. Wenn wir Pech haben, hängen sie uns hier auf und ich kann nicht einmal sagen, was ich anders hätte machen sollen. Das ist nicht gerade eine beruhigende Perspektive.“

„Sie werden uns nicht kriegen, Marc!“

„Wie geht es konkret weiter?“

„In ein paar Minuten ist es so weit. Wir werden hier abgeholt und in eine Wohnung gebracht. Dort können wir uns etwas erholen, etwas essen und frisch machen. Dann warten wir auf weitere Instruktionen. Entweder noch heute oder morgen werden wir dann zum Flughafen hier in Rasht gebracht.“

Untergetaucht

Der junge Mann trug eine verwaschene blaue Jeans, ein T-Shirt und darüber eine zerknautschte Lederjacke. Er setzte sich auf eine freie Parkbank im Mallat Park und beobachtete unauffällig seine Umgebung. In der Nähe spielten zwei kleine Mädchen im Sand, während sich ihre Mütter angeregt unterhielten. Gleich daneben saßen zwei ältere Männer konzentriert über einem Backgammon-Brett, etwas weiter entfernt saß ein Paar auf einer Bank und unterhielten sich. Sie mochte 30, vielleicht 35 Jahre alt sein, er bestimmt zehn bis 20 Jahre älter, mit dunklen Haaren, die bereits einige graue Strähnen aufwiesen. Die Frau war ausgesprochen hübsch, mit sportlicher Figur. Sie trug ein Kopftuch, das ihre Haare aber nur unzureichend verbarg. Das störte hier aber kaum. Auch andere Frauen waren ähnlich gekleidet. Neben der Frau lag ein Rucksack auf der Bank, zu dem Mann gehörte eine braune Ledertasche, die er auf den Boden gestellt hatte.

Das könnten sie sein. Adil zog sein Handy aus der Tasche und tippte eine Nummer ein, die er von einem Zettel ablas. Sharis Handy summte. Sie drückte die grüne Annahmetaste und meldete sich:

„Hallo."

„Sind sie Shari?“
„Ja.“
„Wie ist ihr Nachname?“
„Amirani.“
„Gut, ich bin Adil“, sagte er zufrieden. „Wir sind hier verabredet. Ich sitze euch gegenüber, etwas rechts. Schau nicht zu auffällig zu mir herüber. Ich habe eine braune Lederjacke an. Ich werde jetzt aufstehen, den Park verlassen und auf der Straße zu meinem Auto gehen. Es ist ein weißer Peugeot. Folgt mir mit etwas Abstand und steigt zu mir in das Auto. Hast du alles verstanden?“
„Ja.“
Wenig später verließen die Drei in Adils Auto die Innenstadt von Rasht in Richtung Norden. Auf dem Ansari Boulevard herrschte zu dieser Tageszeit reger Verkehr. Auf dem Valiasr Square, einem belebten Kreisverkehr, touchierte Adil fast einen dunklen Personenwagen, der ungestüm in den Kreisel einfuhr. Markierte Fahrspuren gab es hier nicht. Die Fahrzeuge hasteten zumeist in Fünferreihen nebeneinander ihrem jeweiligen Ziel entgegen. Adil fluchte irgendetwas in persischer Sprache. Eine Kollision war das Letzte, was er jetzt gebrauchen konnte. Er musste den Kreisverkehr drei Mal umrunden, bis er eine Lücke zum Ausscheren fand und weiter der

Hauptstraße nach Norden folgen konnte. Allmählich wurde der Verkehr ruhiger. Dann tauchte vor ihnen der Sardar Jangal Rasht International Airport auf. Adil folgte weiter der Straße, die inzwischen in die 49er Autobahn übergegangen war und jetzt in einem leichten Bogen an dem Flughafen in östlicher Richtung vorbeiführte.
Jetzt unterbrach Adil die bisher angespannte Stille:
„Wir haben es jetzt gleich geschafft. In ein paar Minuten sind wir am Ziel. Bis jetzt ist alles planmäßig gelaufen."
„Was sind konkret die weiteren Pläne?", wollte Shari jetzt wissen.
„Wir bringen euch nördlich von Rasht in einer angemieteten Wohnung unter. Dort könnt ihr euch erst einmal etwas ausruhen, frisch machen und etwas essen. Später kommt Aisha und wird euch für die weitere Reise zurechtmachen."
„Was heißt denn zurecht machen, Adil? Was habt ihr vor?"
„Wir bringen euch mit dem Flugzeug außer Landes. Die Einzelheiten kenne ich nicht. Es ist für heute Abend oder spätestens Morgen geplant. Lange könnt ihr hier nicht bleiben, sie suchen bereits nach euch."
„Wie meinst du das?", fragte Shari erschrocken nach. „Ich meine, woher weißt du, dass sie nach uns suchen?"
„Heute gegen Mittag kam bereits eine Meldung in den

Nachrichten, dass bei Masuleh drei Polizisten übel zugerichtet gefunden wurden. Keiner von ihnen hat überlebt. Tatverdächtig sind zwei Ausländer. Im Fernsehen wurde dabei ein Foto von euch beiden eingeblendet, das glücklicherweise nicht sehr gut war. Trotzdem ist Eile geboten. Wahrscheinlich wird die Suche nach euch, gerade in dieser Gegend, in den nächsten Tagen noch deutlich intensiviert."

„Ist denn dann eine Flucht ausgerechnet mit dem Flugzeug eine gute Idee, was meinst du, Adil?"

„Hmm, schwer zu sagen. Die Alternative wäre entweder, mit einem Boot wegzukommen. Das Kaspische Meer liegt nur wenige Minuten von hier entfernt. Eine andere Möglichkeit könnte sein, mit dem Auto den Iran zu verlassen. Alle drei Möglichkeiten sind nicht ohne Risiken."

„Und wer hat sich für das Flugzeug entschieden?"

„Das war Abdul Abbas Haddad selbst. Ich dachte, du wüsstest das."

„Nein, wusste ich nicht. Aber es ist für uns in Ordnung."

Shari erklärte Marc in kurzen Worten den Dialog mit Adil. Inzwischen schien Marc wieder Hoffnung gefasst zu haben, dass es einen Ausweg aus dieser Hölle geben könnte. Die totale Fremdbestimmung, hauptsächlich aufgrund seiner

fehlenden Sprachkenntnisse, nervte ihn gewaltig. Nie wieder würde er in diesen Teil der Welt zurückkehren, falls er überhaupt aus diesem Abenteuer mit dem Leben davon kommen würde. Dessen war er sich sicher.
Kurz darauf verließ Adil die 49er und bog in eine Seitenstraße ein. Langsam fuhr er die Straße entlang. Der Verkehr war mäßig. Es war hier keine typische Wohngegend. Die Nähe zum Flughafen schien eine Reihe von Restaurants, Hotels und Freizeiteinrichtungen hervorgebracht zu haben. Die damit verbundene relative Anonymität kam gerade recht, um unerwünschte Kontakte zu vermeiden. Vor einem mehrstöckigen Gebäude parkte Adil ein. Im Erdgeschoss des Wohnblocks waren durchgängig verschiedene Geschäfte aneinander gereiht, darüber Wohnungen.
„Hör zu, Shari", sagte er, „ich werde jetzt aussteigen und voran in das Haus gehen. Folgt mir mit etwas Abstand. Ich warte vor dem Lift. Wir fahren dann gemeinsam in die 4. Etage. Dort ist die Wohnung."
Kurze Zeit später standen sie vor der Wohnungstüre. Adil läutete und wartete etwa eine halbe Minute. Nichts rührte sich. Erneut läutete er. Danach wartete er eine weitere Minute und nachdem es immer noch still in der Wohnung geblieben war, öffnete er mit einem Schlüssel die Türe.

Marc war nicht entgangen, dass Shari die ganze Zeit ihre rechte Hand in ihrem Rucksack gesteckt hielt. Ihm war sofort klar, dass sie mit ihrer Faust den Griff einer Pistole umklammerte, die sie morgens den Polizeibeamten weggenommen hatte. Eine Vorsichtsmaßnahme für alle Fälle.

Nachdem sie die Wohnung betreten hatten, zog Adil eine Pistole aus seiner Jacke und überprüfte sorgfältig jeden Raum. Danach gab er Entwarnung:

„Hier ist alles in Ordnung. Ich besorge euch jetzt etwas zu essen aus einem der Läden im Erdgeschoss. Ich bin gleich wieder hier."

Die Wohnung bestand aus zwei Räumen, einer davon war ein Schlafzimmer mit einem großen Doppelbett, Schrank, zwei Holzstühle und einem kleinen Tisch. Das Bett war mit Matratzen belegt, Kissen gab es keine. Lediglich zwei Wolldecken. Das Mobiliar war durchgängig in Weiß gehalten. Der zweite Raum war analog und ebenfalls spartanisch eingerichtet. Er war als Aufenthalts- oder Wohnzimmer gedacht. Anstelle des Bettes stand hier eine altmodische Couch. Auf dem Tisch stand ein kleines Fernsehgerät. Eine kleine Küche und ein relativ großes Badezimmer komplettierten die Wohnung. Das Badezimmer war vergleichsweise gut ausgestattet. Shari

stellte ihren Rucksack neben das Bett und ließ sich darauf mit einem tiefen Seufzer fallen. Marc setzte sich auf einen der Stühle und beobachtete durch das Fenster die Straße.
„Ich könnte jetzt auf der Stelle einschlafen", meinte Shari. „Bist du nicht auch müde?"
„Schon, aber ich glaube, ich kann nicht schlafen. Ich bin noch viel zu sehr in Gedanken an die letzten Tage gefangen."
„Ja, mir geht das schon auch alles sehr nahe", meinte Shari nachdenklich. „Ich hoffe sehr, dass wir schon bald wieder bessere Tage haben. Ich bin neugierig, was diese Aisha uns zum weiteren Vorgehen sagen kann."
In der Türe wurde der Schlüssel gedreht und Adil kam mit warmem Essen und Getränken zurück.
„So, ihr zwei", sagte er an Shari gewandt, „ich hoffe es ist etwas für euch dabei. Lasst es euch schmecken. Ich werde jetzt kurz mit Aisha sprechen und mich nach den weiteren Plänen erkundigen. Falls ihr es noch nicht gemacht habt, schaltet jetzt eure Telefone aus. Ich möchte vermeiden, dass ihr geortet werden könnt."
„Haben wir längst erledigt", beruhigte ihn Shari.
Kurz darauf hatte er Aisha am Telefon, während Marc und Shari zu essen begannen. Glücklicherweise hatte Adil auch Pappteller und Besteck mitgebracht. Das Gespräch mit

Aisha dauerte einige Minuten. Shari konnte nicht alles verstehen, aber nach Adils Tonfall zu urteilen gewann sie den Eindruck, dass die Umsetzung des Fluchtplans bereits angelaufen war. Adil fasste das Gespräch anschließend kurz zusammen:
„Ihr werdet spätestens morgen das Land verlassen. Heute klappt es vielleicht nicht mehr. Falls ihr erst morgen fliegt, werde ich schon etwa gegen fünf Uhr hier bei euch sein und Aisha mitbringen. Sie wird Kleidung dabei haben und euch etwas aufhübschen, damit ihr auch gut ausseht, wenn es losgeht. Wenn es heute noch klappen sollte, komme ich ebenfalls mit Aisha. Das wird aber frühestens in zwei bis drei Stunden der Fall sein, ab jetzt gerechnet. Wenn ich in drei Stunden nicht wieder bei euch bin, starten wir morgen. Ihr habt also noch genügend Zeit, euch etwas auszuruhen. Lasst eure Telefone ausgeschaltet und bleibt hier in der Wohnung. Habt ihr das alles verstanden?“
„Akustisch habe ich das schon verstanden, Adil. Aber was meinst du mit aufhübschen? Was soll Aisha da machen? Sind wir nicht schon hübsch genug?“
„Also, du auf jeden Fall, Shari. An dir kann man nichts verbessern“, versuchte er es schmunzelnd mit einem Kompliment. „Aisha wird euch etwas schminken, die Haare machen usw., damit ihr nicht auffallt. Und noch etwas: Ihr

könnt kein Gepäck mitnehmen, sondern nur das, was ihr unauffällig am Körper tragen könnt, hört ihr, auf keinen Fall Waffen. Euer Gepäck lasst hier in der Wohnung. Wir werden alles verbrennen, wenn ihr weg seid. Übrigens: In dem Schrank im Wohnraum ist Freizeitkleidung. Lasst auch die bei euren Sachen, falls ihr sie heute noch benutzt."
„Okay …, Adil. Du hast mich jetzt richtig neugierig gemacht …"
„Die Details besprechen wir dann unmittelbar vor eurer Abreise. Es wird alles gut gehen. Ich schreibe dir auf einem Zettel noch meine Telefonnummer auf, falls etwas Unvorhergesehenes passiert sollte und du mich erreichen willst. Aber nur für den Notfall."
Anschließend verabschiedete sich Adil und ließ die beiden alleine, die sich weiter ihrem Essen widmeten. Shari übersetzte währenddessen das Gespräch mit Adil für Marc.
„Heißt das", resümierte Marc, „wir müssen uns ab jetzt bereithalten?"
„Nicht ganz. In den nächsten zwei bis drei Stunden passiert definitiv nichts, wenn wir bis dahin nichts gehört haben, geht es morgen gegen fünf Uhr los, so hat er das gemeint."
„Okay Shari, dann sollten wir besser beginnen uns zurechtzumachen. Ich möchte gerne noch duschen."
„Ich auch!"

„Wer zuerst?“
„Hmm, wie wär’s mit beide gleichzeitig“, schmunzelte Shari vielsagend.
„Ich dachte schon, du würdest nie auf diese Idee kommen“, grinste Marc zurück.
Shari ging als erste ins Badezimmer. Marc folgte ihr kurz danach. Shari hatte bereits ihre Jeans abgelegt. Sie stand mit dem Rücken zur Türe und war gerade dabei, ihr Unterhemd auszuziehen. Sie hielt in ihrer Bewegung kurz inne, drehte sich dann langsam halb zu Marc um. Kurz schien sie nachzudenken, ob sie sich weiter ausziehen konnte. Ihr zurückhaltender aber erregter Blick signalisierte, dass sie sich längst entschieden hatte. Aufreizend langsam hob sie beide Arme, über den Kopf, griff ihr Hemd an beiden Seiten und zog es über ihren Kopf. Inzwischen hatte sie sich komplett umgedreht und blickte Marc tief in die Augen. Nach einer Pause der Regungslosigkeit flüsterte sie:
„Hilfst du mir mit dem BH?“
Wortlos trat Marc einen Schritt näher, umfasste Shari mit beiden Armen und öffnete gekonnt den Verschluss ihres BHs.
Sie zog den Büstenhalter langsam von ihren Brüsten, ihre Wangen erröteten leicht und ihr Augenaufschlag deutete

darauf hin, dass sie immer noch über die Angemessenheit ihrer Aktion nachdachte. Wie in Zeitlupe warf sie ihren schwarzen BH langsam beiseite, ohne ihre Augen von Marcs Gesicht abzuwenden. Ihre bronzefarbene, weiche Haut ließ Marcs Puls höher schlagen. Der Anblick ihrer schweren Brüste beschleunigte seine Atmung sofort. Shari hakte jetzt ihre beiden Daumen in den Bund ihres knappen Höschens ein und zog es aufreizend langsam nach unten, bis es zu Boden fiel.

Marc war jetzt überwältigt von Sharis makelloser Figur. Bewegungsunfähig hing sein Blick an ihrer samtweichen Haut, ihren pechschwarzen kurzgeschorenen Härchen und ihrem träge wippenden Busen. Shari half jetzt Marc wortlos sich seiner Kleidung zu entledigen. Danach stiegen sie gemeinsam in die Duschkabine.

Als das kühle Wasser auf ihre Haut traf, kam das der reinsten Wohltat gleich. Zu lange hatten sie darauf verzichten müssen. Shari stand mit gestreckten Armen direkt unter dem ausladenden Duschkopf. Marc direkt hinter ihr. Er strich aus der Tube reichlich Duschgel in seine rechte Handfläche und begann damit, ihre Haut langsam einzuschäumen. Seine Hände glitten zart von hinten über ihre Brüste. Ihre Nippel richteten sich sofort auf, sie atmete tief ein und lächelte zufrieden. Seine Hände massierten über ihren Hals, Rücken, Bauch und immer wieder, wie zufällig, über ihre Brüste. Seine rechte Hand arbeitete sich aber langsam immer tiefer nach unten vor. Erst zögerte er kurz, schäumte dann aber ihre Härchen mit kreisenden Bewegungen ein. Seine Hand drang weiter nach unten vor. Shari spreizte, kaum merklich, ein wenig ihre Beine. Als dann Marc versuchte, mit einem Finger in sie einzudringen und weiter zu stimulieren, stoppte ihn Shari zart mit ihrer Hand und weicher Stimme:

„Ich denke, jetzt ist noch nicht die Zeit dafür, Marc. Gedulden wir uns noch, bis wir dieses unselige Land verlassen haben. Es wird noch viele Gelegenheiten geben."

Marc stoppte sofort enttäuscht:

„Schade! Wahrscheinlich hast du aber recht."

Sie trockneten einander ab. Shari holte aus dem Schrank die bereitgelegte Freizeitkleidung, die lediglich aus je einer grauen Jogginghose und einem gleichfarbigen Baumwollpulli bestand. Ihre bisherige Kleidung zogen sie nicht wieder an, sondern legten sie für die Entsorgung bereit. Hoffentlich würde Aisha auch an Unterwäsche denken.

Danach ging's ins Bett. Shari schaltete noch das Fernsehgerät ein; vielleicht würden Details zur Fahndung nach ihnen verkündet. Eine Decke musste als Kissen herhalten, die andere reichte für beide als Zudecke. Aus fernsehen wurde nichts mehr, Müdigkeit überkam sie. Eng aneinander gekuschelt fielen sie in einen unruhigen Schlaf. Wach wurden sie erst wieder als in der Türe der Schlüssel gedreht wurde. Shari reagierte als erste. Blitzschnell zog sie aus ihrem Rucksack eine Pistole. Es war bereits 5:30 Uhr am nächsten Morgen. Adil betrat vorsichtig die Wohnung, gefolgt von einer adretten dunkelhaarigen, etwa 50 Jahre alten Frau.

„Guten Morgen ihr beiden“, grüßte Adil knapp. „Ich habe euch Aisha mitgebracht und außerdem ein kleines Frühstück für uns alle und für euch Kleidung.“

Beim Frühstück machte sich Shari und Marc mit Aisha bekannt. Sie erläuterte dabei die nächsten Schritte, Shari übersetzte für Marc.

„Ich hatte ausreichend Informationen über euch von meinem Verbindungsmann in Teheran und auch euer Fahndungsfoto hat mir etwas geholfen“, begann Aisha. Bei dir, Marc, werden wir etwas mehr eingreifen müssen. Bei dir, Shari, werde ich nur die Haare etwas voller herausarbeiten, die Farbe passt und den Rest erledigen wir mit dezenter Schminke.“

„Was heißt ‚mehr eingreifen‘?“, wollte Marc sofort wissen.

„Ich muss dir die Haare schneiden und grau einfärben“,

erklärte Aisha. „Aber keine Sorge, die wachsen wieder.“

Und dann erklärte sie den Plan.

Der Plan

Abdul Abbas Haddad, Direktor des GIP in Saudi-Arabien, beendete soeben seine Konferenz in Delhi mit seinen indischen Kollegen, die eine engere Kooperation der Geheimdienste beider Staaten weiter vertiefen sollte. Eigentlich wollte er mit seinen engsten Mitarbeitern den Abend gemütlich ausklingen lassen, als ihn ein Anruf von Fatma erreichte. An ihren neuen Namen hatte er sich immer noch nicht richtig gewöhnt, obwohl die Änderung ihrer Identität schon Jahre zurücklag. Das tat jetzt aber nichts zur Sache. Shari hatte ernste Probleme. Jetzt war er gefordert. Die Angelegenheit duldete keinen Aufschub. Normalerweise hätte er einen seiner Mitarbeiter damit beauftragt. Aber nicht in diesem Fall, nicht, wenn es um Shari ging. Als ihr Vormund musste ihm jetzt etwas einfallen. Aus dem gemütlichen Abend wurde eine Krisensitzung mit seinen Vertrauten. Nach einer Stunde ließ er Daniel Swoboda rufen. Sein Chefpilot stieß 15 Minuten später zu der Runde und Abdul erläuterte seinen Plan:

„Hören Sie zu, Daniel, wir haben eine dringende Mission zu erledigen. Eine unserer Agentinnen sitzt im Iran fest. Wir müssen sie umgehend dort herausholen. Genauer gesagt, Sie werden sie dort herausbringen."

„Okaaay, Abdul Abbas Haddad", antwortete Daniel erwartungsvoll. „Haben Sie schon konkrete Anweisungen für mich?"

„Sie werden gegen Mitternacht von hier mit Kurs auf Rasht in den Iran aufbrechen. Nehmen Sie Ihre Leute mit. Djamila hat eine gewisse Ähnlichkeit mit meiner Nichte, das kommt uns entgegen. Wir müssen außerdem einen Deutschen mitnehmen, der Shari begleitet. Von seinem Alter und seiner Statur entspricht er etwa Ihrem Co-Piloten. In Rasht tauschen wir Djamila und Melik gegen Shari und den Deutschen aus. Das werden die Iraner aber gar nicht bemerken. Das ist wichtig, wir wollen ja keine diplomatischen Verwicklungen provozieren, ja!"

„Ja, das verstehe ich. Wie soll das genau funktionieren?"

„Wenn Sie in Rasht gelandet sind, wird ihr Co-Pilot zusammen mit Djamila und Cosima unter einem Vorwand von Bord gehen. In der Abfertigungshalle werden die Drei auf Shari, den Deutschen und eine weitere unserer Agentinnen treffen. In den Toiletten wird dann der Austausch erfolgen. Djamila und Melik bleiben dann in Rasht während Shari und der Deutsche mit Cosima zurück an Bord gehen und von Ihnen nach Aserbaidschan gebracht werden."

„Und was passiert mit Djamila und Melik? Gibt es nicht Ärger, wenn sie entdeckt werden?“
„Keine Sorge, Daniel. Sie werden nicht entdeckt. Und wenn doch, sie haben ja nichts verbrochen. Sie sollen ihre falschen Pässe mitnehmen und in Rasht alternative Identitäten verwenden. Mit Shari und dem Deutschen können sie dann auch nicht so leicht in Verbindung gebracht werden. Einer unserer Leute wird sie mit dem Auto nach Baku bringen. Dort werden sie wieder mit dir und Cosima zusammen treffen.“
In der nächsten Stunde besprach die kleine Runde weitere Details des Plans. Noch während dessen telefonierte Daniel mit Melik und beauftragte ihn, die Maschine startklar machen zu lassen und die beiden Kolleginnen auf den bevorstehenden Flug vorzubereiten.

Etwa um 7:45 erreichte den Tower des Flughafens in Rasht ein dringender Notruf. Eine indische Turboprop Beechcraft KingAir B200, kommend aus Delhi, bat um außerordentliche Landeerlaubnis wegen eines medizinischen Notfalls. Djamila Mahmud, eine der Stewardessen, hatte erhebliche Kreislaufprobleme, bekam keine Luft mehr und war am Ersticken. Der Lotse wollte die Maschine aber am liebsten abweisen. Einen Stress außerhalb der Reihe konnte er nicht gebrauchen, und schon gar nicht frühmorgens.

„Habt ihr denn keinen Arzt an Bord“, unternahm er einen zaghaften Versuch sich die Turboprop vom Leib zu halten.

„Nein, natürlich nicht. Sonst würde ich ja nicht um Landeerlaubnis bitten. Wir haben keinen Arzt an Bord.“

„Nach Baku sind es nur noch 400 Km, dort wäre vermutlich die medizinische Versorgung noch … noch umfassender“, versuchte es Ahmed erneut.

„Hören Sie zu, Mann, ich komme jetzt runter. Unsere Kollegin stirbt sonst. Geben Sie die Landebahn frei!“

Ahmed gab sich geschlagen. „Okay, ich schicke einen Krankenwagen aufs Rollfeld.“

Das passte nun gar nicht in Daniels Plan. „Nein, Ahmed, das ist nicht nötig. Macht euch keine Umstände. Ich werde Djamila selbst, zusammen mit Cosima, einer weiteren Stewardess, in euer Flughafengebäude bringen.“

„Nein, wir bringen den Arzt zu euch. Ich schicke einen Krankenwagen aufs Rollfeld!“

Gegen 8:00 erreichten die Flüchtlinge in Adils Peugeot den Flughafenbereich von Rasht. Als Adil, rechts von der 49 kommend, in das Gelände einbog, beschleunigte der Puls bei allen vier um einige Schläge. Vorbei ging's an der kleinen Go-Cart-Bahn zum hinteren, größeren Parkplatz. Die relativ wenigen Fahrzeuge waren ein Indiz dafür, dass noch relativ wenig los war. Adil wäre etwas mehr Betrieb deutlich angenehmer gewesen. Je mehr Leute, desto größer die Anonymität. Von seinen Überlegungen erzählte er jetzt nichts, um den ohnehin vorhandenen Stress nicht weiter anzuheizen.
„Wir haben noch etwas Zeit. Eure Maschine ist aber schon im Anflug. Es sieht alles gut aus", versuchte Adil zu beruhigen. Sobald die Maschine gelandet ist, erhalte ich einen Anruf. Dann geht ihr langsam los. Aisha begleitet euch zu dem Gebäude mit der Glasfront, vor dem die Taxis warten. Ich halte mich hier im Auto bereit für den Fall, dass es Schwierigkeiten geben sollte. Aber keine Angst, das wird nicht passieren."
„Im Gebäude gehen wir langsam auf die Nordseite zu", führte nun Aisha die Erklärung fort. „Das ist gegenüber von dem Eingang. Dort sind auch die Toiletten. Hier halten wir uns dann so lange auf, bis wir unsere Leute sehen. Es ist ein Flugkapitän oder genauer gesagt, der Mann trägt eine

Kapitänsuniform. Begleitet wird er von zwei Stewardessen. Eine davon wird einen kranken Eindruck machen. Das ist deine Zielperson, Shari. Sie wird zur Toilette gehen und du folgst ihr. In einer Kabine werdet ihr dann eure Kleider tauschen. Marc, der Kapitän ist deine Zielperson. Er ist nicht der wahre Kapitän. Ihr werdet eure Kleider ebenfalls in einer Kabine tauschen. Achtet darauf, dass eure Kleider exakt sitzen, keine Hektik, ihr habt genügend Zeit. Die zweite Stewardess und ich werden ebenfalls in den Waschraum gehen und euch gegebenenfalls helfen. Wenn andere Leute in der Toilette sind, wartet, bis ihr euch unauffällig umziehen könnt."

„Und was machen wir, wenn wir umgezogen wieder aus der Toilette kommen?", fragte Shari aufgeregt.

„Der vermeintliche Kapitän und die Stewardess, die ja eure Kleidung anhaben, und ich, werden dann das Gebäude wieder verlassen und auf den Parkplatz zu Adil gehen. Du und Marc werden mit der zweiten Stewardess den medizinischen Bereich aufsuchen. Du erklärst dort, dass es dir schon wieder besser geht. Wahrscheinlich waren deine Kreislaufbeschwerden auf deine Schwangerschaft zurückzuführen. Du kannst auch etwas anderes erzählen, egal. "

„Und was ist, wenn sie dort Marc in persischer Sprache

ansprechen, habt ihr daran gedacht?
„Ja natürlich Shari. Marc wird als Kapitän Melik Moradi, geborener Australier auftreten. Das sollte kein Problem sein. Außerdem wird die zweite Stewardess einspringen, wenn Fragen gestellt werden. Deine Identität haben wir als Ägypterin aus Kairo vorgesehen, Shari. Eure Ausweise befinden sich jeweils in der rechten Außentasche eurer Airline-Uniformen. Wir erwarten aber nicht, dass ihr kontrolliert werdet. Die Security Leute meinen, dass ihr ja gerade erst durch den Personal-Zugang gekommen seid. Sie werden sich grob an euer Aussehen und besonders an eure Kleidung erinnern."

„Eure Maschine ist gelandet", erklärte Adil. Es gibt eine kleine Planänderung. Unsere Leute werden von einem Krankenwagen direkt bei der Maschine abgeholt. Sie werden dann wohl die kranke Stewardess, Djamila, unmittelbar in ihrer Krankenstation behandeln wollen. Es kann also etwas dauern, bis unsere Leute bei den Toiletten auftauchen. Haltet euch dort so lange unauffällig auf, bis sie kommen. Nach der Behandlung wäre es wichtig, dass du den Arzt nicht noch einmal triffst, Shari. Er würde dich wahrscheinlich schon von Djamila unterscheiden können. Wenn sich eine Begegnung aus irgendeinem Grund doch

nicht vermeiden lässt, versuche dein Gesicht so gut es geht unter einem Kopftuch zu verbergen. Daran haben wir jetzt aber nicht gedacht, Mist! In der Wartehalle befinden sich mehrere Shops. Versucht dort noch ein Kopftuch oder Hijab zu kaufen. Also, los geht's. Viel Glück.
Die Turboprop Maschine wurde nach der Landung auf einen kleinen Platz in der Nähe des Flughafengebäudes geleitet. Kurz darauf erschien bereits ein Krankenwagen und hielt neben der Maschine. Inzwischen war Cosima bereits damit beschäftigt, die kleine Gangway herunterzulassen. Zwei Sanitäter aus dem Krankenwagen entluden eine Trage und gingen auf das Flugzeug zu. Cosima stand bereits auf der obersten Stufe, gefolgt von Djamila und Malik, Djamila kletterte langsam rückwärts und gebückt die wenigen Stufen herunter und hielt sich mit der linken Hand an der Leine fest, die als Treppengeländer diente. Malik stützte sie rechts, während ihr rechter Arm seinen Hals umschlang. Sie sah wirklich sehr leidend aus. Obwohl Cosima den Sanitätern bedeutete, dass die Liege nicht notwendig sei, für die wenigen Schritte bis zum Wagen, ließen die beiden nicht locker. Also legte sich Djamila gehorsam auf die Liege und wurde in das Fahrzeug verfrachtet. Daniel Swoboda konnte aus dem Cockpit-Fenster sehen, dass Cosima noch eine Weile auf die

Sanitäter einredete. Dann stieg sie zusammen mit Malik ebenfalls in das Auto, das sofort mit Blaulicht in Richtung der Sanitätszentrale im Flughafengebäude fuhr.
Während die Sanitäter den Krankentransport in gewohnter Routine abwickelten, waren die Nerven der Flugzeugbesatzung zum Zerreißen gespannt. Djamila stöhnte mehrmals laut, die Sanitäter meinten, es sei der Schmerz, Malik und Cosima wussten, es war neben der schauspielerischen Leistung wohl auch die Nervenanspannung. Im Gebäude wurden die Drei sofort zu einem Behandlungszimmer gebracht. Malik musste davor warten, während Cosima Djamila begleiten konnte. Sie gab sich gegenüber dem Sanitätspersonal als Dolmetscherin aus, falls das notwendig werden würde. Nach wenigen Augenblicken erschien dann auch der behandelnde Arzt, Dr. Haydari. Er war etwa 50 Jahre alt, relativ klein, mit ansehnlichem Bauch ausgestattet. Sehr gesprächig war er nicht. Auf seine Fragen bezüglich der konkreten Beschwerden antwortete Cosima für Djamila:
„Sie hat Atembeschwerden und fürchterliche Magenschmerzen. Wir dachten schon, sie würde ersticken. Jetzt scheint es ihr wieder etwas besser zu gehen. Wir wollten aber kein Risiko eingehen. Nicht auszudenken, wenn sie gestorben wäre. Wie hätten wir das ihrem

Verlobten erklären sollen. Er wartet doch sehnsüchtig auf sie in Baku. Jetzt wo es endlich mit der Schwangerschaft geklappt hat, wie sie uns erzählt hat …"

„Ach, sie ist schwanger", hakte Dr. Haydari nach.

„Ja, ist das nicht eine wundervolle Nachricht!"

„Ja, natürlich", bekräftigte der Doktor und verabreichte Djamila einen kleinen Becher mit einer rosafarbenen kreislaufördernden Flüssigkeit, wie er sagte. Außerdem hilft sie gegen Magenbeschwerden und schmeckt richtig lecker. Djamila schluckte den zähflüssigen Saft, der schmeckte, wie er aussah, nämlich wie ein süßer Kaugummi.

Djamila schniefte und japste einige Male während der anschließenden Untersuchung, besonders immer dann, wenn Dr. Haydari auf eine Körperregion drückte und wissen wollte, ob es weh tat. Danach verkündete er sein Ergebnis:

„Also ich kann nichts finden. Sie sind kerngesund, vielleicht etwas kurzatmig. Das ist aber naheliegend, nach der Attacke, die ihr Körper verkraften musste. Ihr Puls ist auch deutlich erhöht, aber auch das ist nicht ungewöhnlich angesichts der Umstände.

„Mit geht es jetzt auch schon sehr viel besser", erklärte Djamila Cosima, die für den Arzt übersetzte. „Sie sind

wirklich ein sehr bemerkenswert guter Arzt. Ihr Saft hat Wunder gewirkt. Sie haben genau die richtige Diagnose gestellt. Wir sind Ihnen zutiefst dankbar, Herr Doktor."
Dr. Haydari fühlte sich geschmeichelt, aber auch erleichtert, dass er Djamila so schnell wieder heilen konnte, obwohl er eigentlich gar nicht wusste, wie er das gemacht hatte. Das Medikament, Pepto-Bismol, sollte eigentlich gegen Magenprobleme und Durchfall helfen, offensichtlich hatte es wohl ein größeres Wirkungsspektrum. Er hatte vor Jahren einige Fläschchen von einem amerikanischen Kollegen erhalten, der es schon entsorgen wollte, weil das Verfallsdatum längst überschritten war.
Mit einem kurzen Small Talk beendete er dann die Behandlung. Wohin sie denn jetzt weiter fliegen wollten, nach Baku, aha, eine schöne Stadt, ja. Dahin würde er auch gerne einmal kommen, meinte er. Cosima erklärte, dass sie noch kurz in den Abfertigungsbereich wollten, um noch ein oder zwei Souvenirs zu besorgen, jetzt wo sie schon einmal hier wären.
Danach verließen Djamila und Cosima den Sanitätsbereich. Djamila ging deutlich aufrechter als sie gekommen war. Cosima hakte sie noch etwas unter, um einer Wunderheilung nicht zusätzlich Nahrung zu bieten.
Draußen trafen sie auf Malik. Ein kurzer Blickaustausch

genügte, um zu signalisieren, dass alles so weit in Ordnung war.
Aisha erkannte sie sofort an ihren Uniformen, als sie in den Bereich der Toiletten erreichten. Die durch Aisha erreichte Ähnlichkeit zwischen Djamila und Shari sowie zwischen Malik und Marc aufgrund ihrer kosmetischen Eingriffe, sollte ausreichend sein, um auf keine Schwierigkeiten zu stoßen. Der Kleiderwechsel auf der Damentoilette lief schnell und unkompliziert. Auch Malik und Marc zogen sich dort um. Aisha und Cosima standen Schmiere, um gegebenenfalls für Ablenkung zu sorgen. Kurz darauf verließen Shari, Marc und Cosima den Toiletten-Bereich in Richtung Sanitätsbereich, um über denselben Ausgang wieder auf das Rollfeld zu gelangen, über den Cosima mit Malik und Djamila gekommen waren. Von den Security-Leuten wurde sie problemlos durch gewunken und erreichten Minuten später das Rollfeld. Daniel konnte sie von der Maschine bereits sehen und verständigte sich sofort mit dem Tower bezüglich einer Starterlaubnis und startete beide Motoren der Turboprop.

Dann hatte Dr. Haydari eine Idee. Er wählte die Nummer des Security-Wachhabenden an der Personal-Pforte und erkundigte sich, ob die Besatzung der indischen

Maschine bereits die Pforte wieder passiert hätte.
„Ja Herr Doktor, die sind soeben zurück auf dem Weg zu ihrer Maschine.“
Haydari schnappte sich das angebrochene Fläschchen Pepto Bismol und flitzte los, vorbei an den Wachhabenden, die ihn kopfschüttelnd passieren ließen und hinter Cosima, Shari und Marc her, die ihre Maschine fast erreicht hatten. Als er in Rufweite war, hob er das Medikamenten-Fläschchen, schüttelte es leicht und wollte sich bemerkbar machen. Da ihm der Spurt zugesetzt und den Atem geraubt hatte, konnte er nicht laut rufen. Die Drei hörten es trotzdem, beschleunigten aber ihre Schritte, ohne sich umzudrehen.
„Das hat uns gerade noch gefehlt, dass uns der Dicke in letzter Minute in die Quere kommt“, raunte Cosima den anderen beiden zu.
„Wer ist das?“, fragte Shari erschrocken.
„Das ist der Arzt, der Djamila behandelt hat.“
„Was sollen wir tun, er will uns etwas sagen, glaube ich?“
„Wir gehen einfach weiter zur Maschine und tun so, als würden wir nichts hören. Vielleicht erkennt er ja nicht, dass du eine andere Person bist als die, die er vorhin behandelt hat. Vielleicht haben wir auch Glück und er will nur mir etwas sagen. Ihr geht dann einfach weiter und steigt in die

Maschine."
„Und wenn er doch etwas merkt?" wollte Shari voller ängstlicher Anspannung in der Stimme wissen.
„Dann improvisieren wir einfach!", erklärte Cosima selbstbewusst.
Inzwischen war Dr. Haydari nahe genug herangekommen, dass sie ihn einfach nicht mehr ignorieren konnten. Cosima drehte sich um, gab sich freudig erstaunt und versuchte den Doktor in die Arme zu schließen. Der aber entzog sich ihrem Versuch und rief zu Shari:
„Frau Mahmud, Frau Mahmud, gut, dass ich Sie noch erreiche. Ich gebe Ihnen noch das Wundermittel für Ihre weitere Reise mit, das Ihnen so gut …"
Shari drehte sich nun gezwungenermaßen langsam um und Haydari erkannte sofort, dass er nicht Djamila Mahmud vor sich hatte.
„Sie sind doch nicht …wo ist Frau Mahmud …?"
Unsicher wechselte sein Blick zwischen den dreien hin und her, die ihn wortlos kritisch unter die Lupe nahmen.
„Was geht hier vor … was, was tun Sie hier …?
Inzwischen war auch Daniel eilig aus der Maschine gestiegen. Er hatte das nahende Problem aus seinem Cockpitfenster kommen gesehen und ging freundlich auf Dr. Haydari zu.

„Ich begrüße Sie, Herr Doktor. Darf ich mich vorstellen, ich bin der Chef-Pilot unserer Maschine. Mein Name ist, Daniel Swoboda. Ich bedanke mich für Ihre große Hilfe bei der Behandlung unserer Stewardess. Wir sind Ihnen wirklich sehr verbunden. Darf ich Sie zu einer Tasse Tee an Bord bitten?“

Haydari konnte sich keinen Reim auf die Situation hier machen. Am liebsten wäre er jetzt einfach weggelaufen. Andererseits wollte er sich nicht lächerlich machen und außerdem war er sich dessen bewusst, dass seine physische Verfassung für einen weiteren Spurt bei weitem nicht ausreichte, um den hier Anwesenden Paroli zu bieten. Verunsichert antwortete er:

„N … nein, ich möchte lieber nicht …“

„Ach kommen Sie, machen Sie uns die Freude.“

„Ich … ich würde jetzt viel lieber …“

„Machen Sie doch dem Kapitän die Freude“, mische sich jetzt auch Cosima ein, die hinter den Doktor getreten war. „Kommen Sie, wir zeigen Ihnen die Maschine.“ Dabei drückte sie ihm leicht einen Kugelschreiber in den Rücken, den er für eine Waffe hielt. Instinktiv zuckten seine Oberarme in die Höhe, als wolle er seine Hände heben.

„Aber nicht doch, Herr Doktor. Stehen Sie bequem. Wir möchten uns doch nur noch einmal bei Ihnen gebührend

bedanken, weiter nichts“, redete Cosima ruhig und freundlich auf Dr. Haydari ein.
Haydari hielt es jetzt für besser, Cosimas Wunsch nachzukommen und setzte sich langsam in Bewegung. Vorsichtig erklomm er die kleine Treppe ins Flugzeug. Daniel war vorausgegangen, Cosima, Shari und Marc folgten schnell und verriegelten den Einstieg.
Daniel zog sich sofort in sein Cockpit zurück und setzte die Startvorbereitungen mit dem Tower fort. Die anderen kümmerten sich weiter freundlich um den verdatterten Doktor.
„Dürfen wir Ihnen zur Feier des Tages ein Gläschen Champagner anbieten, Herr Doktor. Natürlich weiß ich, dass Sie normalerweise den Alkohol meiden wie der Teufel das Weihwasser. Aber heute ist ein besonderer Tag. Sie haben heute großartiges vollbracht, meinen Sie nicht auch?“
„Ja schon … stammelte der Mediziner.“
„Ja schon … bezogen auf den Champagner oder Ihre großartige Leistung?“
„Ähm …“
„Weiß ich doch, war nur ein kleiner Scherz. Beides meinten Sie natürlich.“
Im Hintergrund knallte ein Korken. Shari füllte die Gläser.

Dr. Haydari hatte inzwischen an dem relativ geräumigen ausziehbaren Mahagoni Tisch Platz genommen. Shari brachte zunächst die ersten beiden gefüllten Gläser für den Doktor und Cosima und holte anschließen die Flasche Dom Perignon aus den Bord-Beständen an den Tisch und schenkte die restlichen beiden Gläser für sich und Marc ein. Die Vier hoben ihre Gläser und prosteten dem Medizinmann ausgesprochen freundlich zu.
„Auf Ihr Wohl, Herr Doktor und noch einmal herzlichen Dank für Ihre Hilfe heute."
Sekunden danach setzte sich die Maschine langsam in Bewegung.
„Halt, was geht hier vor?", rief Haydari entsetzt als er das erkannte. „Ich muss hier raus!"
„Nicht doch, Herr Doktor. Wir möchten Ihnen jetzt noch einen großen Wunsch erfüllen. Sagten Sie nicht, Sie würden auch gerne einmal nach Baku reisen?"
„Ja schon, … aber doch nicht …", rief Haydari entsetzt. „ich kann doch nicht …"
„Müssen Sie auch nicht, Herr Doktor, Sie müssen uns nicht danken. Lehnen Sie sich zurück, den Rest übernehmen wir."
„Wollte ich auch nicht!", schrie Haydari jetzt.
Die Turboprop Maschine hatte inzwischen ihre

Startposition erreicht. Daniel fuhr die Motoren zügig hoch. Das Flugzeug dröhnte, die Kabine vibrierte. Haydari riss die Augen weit auf, Schweißperlen bildeten sich auf seiner Stirn. Dann löste Daniel die Bremsen und der Flieger nahm Fahrt auf. Nach wenigen Sekunden hob die Maschine sachte ab. Haydari schrie:

„Anhalten, ich will hier raus, lasst mich raus …!"

„Wollen Sie das wirklich?", fragte Cosima ernst. „Jetzt könnten wir noch die Luke öffnen. Anhalten geht aber nicht mehr. Sie müssten schon springen … wollen Sie uns jetzt wirklich verlassen?"

Dr. Haydari sah sich angstvoll nach allen Seiten um, krallte sich an seinen Sitzlehren fest und schrie:

„Nein, nein … natürlich nicht, ich komme mit", brüllte er.

„Schön, dass Sie sich entschlossen haben zu bleiben und mit uns zu kommen. Wir freuen uns mit Ihnen. Sie werden es wahrscheinlich nicht bereuen."

Es dauerte nicht lange, bis Dr. Haydari in seinem Ledersessel seitlich wegkippte und einschlief. Die KO-Tropfen, die Shari seinem Champagner hinzugefügt hatte, wirkten jetzt.

Die Flugstrecke führte fast ausschließlich über das Kaspische Meer. Etwa 45 Minuten später setzte die Maschine auf dem internationalen Flughafen Baku Heydər

Aliyev, etwa 15 Km östlich der Hauptstadt von Aserbaidschan, auf. Dr. Haydari bekam davon nichts mit. Er schlief immer noch tief. Die Maschine wurde zu einem kleinen Nebenplatz, abseits der beiden sternförmigen Terminals, vom Tower geleitet. Daniel bat darum, für einen Krankentransport einen Rollstuhl bereitzuhalten. Nach dem Erreichen der Parkposition verließ Cosima als erste die Maschine und kam kurz darauf mit einem Rollstuhl zurück. Daniel hatte inzwischen das Auftanken des Flugzeugs bei der Serviceeinheit veranlasst. Noch im Flugzeug verabschiedeten sich Marc und Shari herzlich von ihren Fluchthelfern. Daniel übergab Shari einen Umschlag mit Bargeld.

„Auf Anweisung von Abdul Abbas Haddad", meinte er zum Abschied. „Dein Onkel meinte, ihr würdet das bestimmt gut gebrauchen können für eure weitere Reise. In nächster Zeit wäre es ratsam, sagte er, ihr würdet erforderliche Ausgaben besser in bar begleichen. Auf die Verwendung von Kreditkarten solltet ihr besser noch eine Weile verzichten."

Aserbaidschan

Dr. Haydari wurde in den Rollstuhl verfrachtet, bekam eine Sonnenbrille und Mütze aufgesetzt. Shari schob ihn und passierte zusammen mit Marc ungehindert den Personalausgang für Crew-Mitglieder.

Das Flughafengebäude beeindruckte Shari und Marc gewaltig. Einen derart modernen Glaspalast mit der geschwungenen Architektur hätten sie hier nicht erwartet. Für derartige Gedanken war jetzt aber keine Zeit. Dr. Haydari würde bald erwachen. Nach kurzer Abstimmung entschieden sich die beiden, ihn einfach in der Wartehalle des Flughafens mitsamt dem Rollstuhl abzustellen. Eigentlich hätte er besseres verdient gehabt, aber auch dafür war jetzt nicht die Zeit. Shari platzierte den Rollstuhl vor dem Check-in-Bereich in dem Glaspalast. Sie wollte schon gehen, entschied sich aber dann, unauffällig von Passanten, die Geldbörse von Haydari an sich zu nehmen, zu durchsuchen und sie ihm dann wieder in die Tasche zu stecken. Ausweispapiere hatte er nicht bei sich und mit dem geringen Betrag an Bargeld würde er sich wohl gerade einmal eine Cola kaufen können, wenn überhaupt. Sie zog ihm dann noch vorsichtig seine Schuhe aus, warf sie in den nebenstehenden Mülleimer und entfernte sich.

Zügig verließ Shari dann mit Marc das Flughafengebäude und steuerte auf die wartenden Taxis zu. Dem Taxifahrer machten sie irgendwie klar, dass er sie ins Zentrum von Baku bringen sollte. Die aserbaidschanische Sprache ähnelte dem Türkischen. Dadurch war es Shari möglich, dem Taxler eine Empfehlung für ein zentrumsnahes Hotel zu entlocken. Schließlich brachte er sie zum Inter Continental Baku, in der Nähe des Freiheitsplatzes und sie checkten ein. Nach allem, das sie erlebt hatten, wären Einzelzimmer jetzt nicht mehr angebracht gewesen. Der Stress der vergangen Tage fiel von ihnen ab. Fast um die Ecke des Inter Continental befanden sich mehrere moderne Geschäfte. In einer Boutique kleideten sie sich neu ein. Shari interessierte sich zuerst für Unterwäsche. Die Verkäuferin reichte zunächst diverse Modelle zur Auswahl durch den Vorhang in die Umkleidekabine. Nach wenigen Minuten übernahm Marc diesen Service. Nach jeder Anprobe öffnete Shari kurz den Vorhang, präsentierte die durchweg atemberaubenden Stücke und bat Marc um sein Urteil. Aber dabei blieb es nicht. Die Verkäuferin zog sich diskret zurück und Marc übernahm die Vorauswahl. Dann forderte ihn Shari auf, doch während der Anproben in der Kabine zu bleiben. Aus der Wohnung in Rasht kannte er ihren Körper bereits, aber das hier war etwas anderes. Die

Anspannung, die in Rasht noch allgegenwärtig war und alle Regungen weitgehend hemmte, verblasste hier. Er war betört von dieser Frau.
Neben der Unterwäsche entschied sich Shari für ein leichtes Sommerkleid, Pumps, Sportschuhe und Freizeitkleidung. Marc deckte sich mit einer Jeans, passendem Hemd und Lederjacke ein. Die neue Kleidung behielten sie sofort an, wobei sich Shari für das Kleid entschied. Alles andere, einschließlich der Uniformen, wanderte in die Einkaufstaschen. Marc entging nicht, dass Shari nur die Pumps und ihr neues Sommerkleid anzog. Auf Unterwäsche verzichtete sie wohl ganz bewusst. Direkt neben der Boutique befand sich ein Telefonladen. Darin besorgten sich die beiden ein Prepaid-Handy. Ihre eigenen Telefone wagten sie in den letzten Tagen kaum einzuschalten. Während Shari Dr. Haydari im Check-in-Bereich des Flughafens platziert hatte, versuchte Marc Kontakt mit Mia am Genfer See aufzunehmen, konnte sie aber nicht erreichen. Er hatte danach schnell wieder aufgelegt und sein Handy ausgeschaltet. Das Risiko einer eventuellen Ortung war einfach zu hoch.
Nach ihrem Shopping-Erlebnis begaben sie sich in die Lobby ihres Hotels an die Bar. Ihr Gespräch beleuchtete zunächst ihr Abenteuer der letzten Tage und drifte dann

mehr und mehr ins Private. Als Shari wie zufällig ihre Beine auf dem Barhocker über einander schlug und Marc dadurch für einen kurzen Moment einen tiefen Einblick gewährte, hielt er kurz den Atem an.
Seine Fantasie begann sofort eigene Wege zu gehen. Diese Frau zog ihn immer mehr in ihren Bann. Er rückte etwas näher an sie heran. Zu gerne würde er jetzt seine Finger auf den Saum ihres Kleides legen und … Na ja, die Zeit würde vielleicht noch kommen.
Für das Abendessen orderten sie einen Tisch in dem hoteleigenen Restaurant. Bis dahin blieb aber noch genügend Zeit, die es zu überbrücken galt.
Ein neutraler Beobachter hätte die beiden für ein frisch vermähltes Paar auf Urlaubsreise halten können. Die Sorgen der letzten Tage waren für Marc wie fortgewischt. In Kürze würden sie wieder zu Hause am Genfer See sein.
„Wir haben es geschafft, Shari. Ich denke, hier kann uns nichts mehr passieren. Morgen können wir uns um einen Flug nach Genf erkundigen. Vielleicht fliegen wir morgen auch schon zurück, was meinst du?“
„Wir sollten uns noch nicht zu sicher fühlen, Marc. Immerhin haben wir, oder besser ich, zwei Polizeibeamte fast erwürgt und drei andere mit unserem Lastwagen übel zugerichtet und verbluten lassen. Abgesehen davon haben

wir auch noch ihren Flughafen-Arzt entführt. Das lassen sich die Iraner bestimmt nicht so ohne weiteres gefallen."

„Aber hier sind wir doch außerhalb ihrer Reichweite, oder?"

„Glaub das nicht, Marc. Spätestens wenn sie ihren Doktor wieder haben, werden sie genau wissen, wohin wir geflogen sind."

„Wir hätten ihn …"

„Was meinst du damit, Marc?"

„Wir hätten ihn vielleicht … nachhaltig … außer Gefecht setzten sollen, oder?"

„Du meinst auch umbringen?", fragte Shari trocken.

„Wäre vielleicht ratsam gewesen."

„Ups, Marc, das aus deinem Mund? Der arme Kerl hat ja nichts Falsches gemacht. Das hätte er nicht verdient. Der wird genug damit zu tun haben, zu erklären, wie er nach Baku gekommen ist. Selbst wenn er die Wahrheit erzählt, wird ihm das erst einmal niemand glauben."

„Meinst du denn, sie sind immer noch hinter uns her?

„Ja, das glaube ich schon. Vielleicht vermuten Sie uns nicht mehr in Baku.

Inzwischen erwachte Dr. Haydari langsam mit Kopfschmerzen. Erst räkelte er sich langsam, versuchte

Arme und Beine zu dehnen und als ihm das nicht zufriedenstellend gelang, öffnete er die Augen. Als er das rege Treiben um sich herum bemerkte, sprang er auf, fiel aber sofort wieder zurück in den Rollstuhl. Es irritierte ihn noch mehr, als er erkannte, worin er saß. Ängstlich blickte er nach allen Seiten um sich. Niemand nahm Notiz von ihm. Er hatte immer noch seinen weißen Arztkittel an und sein Stethoskop um den Hals geschlungen. Jetzt erinnerte er sich, dass er Arzt war. Wo war er hier? Sein Äußeres musste auf die Menschen hier wirken, als hätte er sich verkleidet. Haydari grübelte. Wo war er hier nur? Zweifellos in irgendeiner Wartehalle. Aber es war nicht der Wartebereich in seinem Flughafen. Einzelne Wortfetzen der vorbei eilenden Leute hörte er zwar, aber er verstand die Sprache nicht. Es hörte sich an als wäre er in der Türkei, in Istanbul oder so. Das konnte doch nicht sein … soeben war er doch noch … Ja, woher kam er eigentlich und wo war er jetzt?

Dr. Haydari brauchte eine halbe Stunde, bis er einigermaßen wach war und eine weitere halbe Stunde, bis er herausgefunden hatte, wo er war. Der Schreck fuhr ihm in alle Glieder als ihm klar wurde, dass er sich im Ausland befand und die Sprache nicht verstand. Hilfesuchend wandte er sich nach einiger Zeit an die Flugaufsicht.

„Ich bin entführt worden, ich wollte gar nicht hierher“, beklagte er sich.
„Wer sind Sie denn eigentlich?“
„Ich bin Haydari, Dr. Omar Haydari … glaube ich.“
„Ah … Sie wissen es also nicht genau?“
„Ja eigentlich schon, ich bin Omar Haydari, jetzt weiß ich's wieder.“
„Zeigen Sie mir Ihre Papiere!“
„Hab ich nicht dabei. Sie haben doch bestimmt auch nicht immer Ihre Papiere dabei, wenn Sie nur zur Arbeit gehen.“
„Hab ich schon! Woher kommen Sie denn genau?“, wollte Cem Sahin, der Flugaufsichts-Beamte wissen.
„Ja, ich komme aus Rasht im Iran.“
„Und warum haben Sie sich so verkleidet, mein Lieber?“
„Das ist doch keine Verkleidung“, entrüstete er sich. „Ich bin Arzt, das ist meine Berufskleidung“, dabei zupfte er an seinem weißen Kittel, und das ist mein Handwerkszeug, jetzt deutete er auf sein Stethoskop.“
„Und warum sind Sie zu uns gekommen?“
„Ich sagte doch, ich bin entführt worden, verstehen Sie das doch bitte!“
„Und wer sind die Entführer und vor allem, wo sind sie?“
„Ja, das weiß ich doch auch nicht. Es waren jedenfalls sehr freundliche Leute.“

„Wurden Sie denn beraubt?“

Dr. Haydari klopfte seine Taschen ab und antwortete dann verwundert: „Nein, eigentlich nicht.“

„Haben Sie sich gegen die Entführung gewehrt?“

„N … nein. “

„Warum sind Sie denn dann um Himmels willen mitgekommen?

„Sie haben mich mit Champagner betäubt?“

„Moment einmal, habe ich das richtig verstanden, Sie haben Champagner getrunken? Wie passt das denn zu Ihrer Religion, Sie sind doch Mohammedaner, stimmt's?“

„Ja schon, bin ich“, antwortete Haydari kleinlaut.

„Und Champagner haben Sie aber trotzdem getrunken?“

„N … nein, äh, ja, … hm, vielleicht! Ich weiß es nicht mehr, ich kann mich nicht erinnern.“

„Aber dass Sie entführt wurden, wissen Sie noch genau?“

„Aber ja, das sagte ich doch. Wie wäre ich denn sonst hierhergekommen?“

„Sagen Sie es mir!“

„Was?“

„Wie Sie hierhergekommen sind.“

„Mit dem Flugzeug …, glaube ich.“

„Zeigen Sie mir ihr Ticket.“

„Ich hab doch keins. Ich bin entführt worden, glauben Sie

mir doch.“

„Sie machen es mir wirklich nicht leicht“, stöhnte Cem Sahin. „Darf ich einmal kurz zusammenfassen, was wir bisher herausgefunden haben?“

„Also, Sie sind wahrscheinlich ein Dr. Omar Haydari, kommen zu uns aus Rasht, Iran. Sie sind mit dem Flugzeug angereist, haben aber kein Ticket. Sie laufen herum wie ein Clown, noch dazu ohne Schuhe, behaupten aber es sei Ihre Arbeitskleidung. An Bord Ihres Flugzeugs haben Sie ordentlich Champagner getrunken …“

„Nicht ordentlich“, beeilte sich Omar einzuwenden. „Nur ein kleines Schlückchen.“

„Also gut“, fuhr Cem fort. „An Bord haben Sie ein kleines Schlückchen Champagner getrunken, zusammen mit Ihren freundlichen Entführern. Die Entführer sind jetzt aber verschwunden, Sie wurden auch nicht beraubt und gegen die Entführung haben Sie sich auch nicht gewehrt. Habe ich das soweit korrekt wiedergegeben?“

„Ja schon“, antwortete Haydari kleinlaut als ihm die Unglaubwürdigkeit seiner Geschichte bewusst wurde.

„Wissen Sie was, Mann“, knurrte jetzt Cem. „Hauen Sie bloß ab hier, bevor ich Sie einsperren lasse wegen blödsinniger Vermummung in einem öffentlichen Gebäude und versuchten Zeitdiebstahls bei einem

aserbaidschanischen Beamten. Rufen Sie Ihre Frau an und lassen Sie sich schnellstens abholen, bevor ich mich noch vergesse …"
„Aber das geht doch nicht … ich kann doch nicht meine Frau …", jammerte Haydari.
„Wieso nicht. Sie sind doch verheiratet, oder?"
„Ja, schon, aber Sie kennen meine Frau nicht. Wenn ich der erzähle, dass ich aus Baku anrufe … das glaubt die mir doch nie."
Jetzt sprang Cem Sahin wütend aus seinem Sessel auf.
„Aber ich soll Ihnen diesen Unsinn schon … Raus jetzt hier!"
Haydari wagte, einen letzten Versuch zu unternehmen und deutet zaghaft mit dem Zeigefinger auf das Telefon.
„Könnte ich dann wenigstens … telefonieren …?"
„Oh Mann", knurrte Cem jetzt bedrohlich, „wenn Sie nicht sofort …"
Haydari wich ängstlich zurück, dass sein Stuhl fast kippte, sprang dann auf und verließ fluchtartig das Büro der Flugsicherung.
In der Wartehalle setzte er sich frustriert auf eine Bank, zählte sein Geld und stellte fest: Für ein Paar Schuhe würde es wohl nicht reichen. Wie sollte er nur von hier wegkommen, wohin konnte er sich wenden? Wo konnte er

die nächste Nacht verbringen? Oh Allah, warum tust du mir das an?
Während er frustriert vor sich hin grübelte und am liebsten im Erdboden versunken wäre, hatte er dann doch noch eine Idee. Er setzte sich vor dem Flughafengebäude im Schneidersitz auf den Boden, legte seine vor sich hin und … bettelte. Dabei beobachtete er den Abstellplatz für Zweiräder. Allah bewahre, noch nie hatte er etwas in seinem Leben geklaut. Aber jetzt war er dazu entschlossen. Er hatte es auf ein Fahrrad abgesehen, da er mit einem Motorrad ohnehin nichts hätte anfangen können. Er musste zurück in den Iran … wenn's nicht anders ging auf einem geklauten Fahrrad.

Der Nachmittag setzte sich für Marc und Shari deutlich entspannter fort, wenn auch nicht weniger aufregend. Der Aufenthalt an der Hotel-Bar zögerte lediglich hinaus, was immer näher rückte und beide in eine erwartungsvolle Stimmung brachte.
Sie verließen die Bar, um ihren Zimmerschlüssel an der Rezeption zu holen. Auf dem Weg dorthin berührte sie mit ihrem Handrücken wie zufällig Marcs Hand. Er registrierte es wie elektrisiert, reagierte aber nicht. War es vielleicht eine zufällige Berührung? Noch ehe er seine Gedanken

darüber beendet hatte, ergriff Shari vorsichtig seine Hand. Als sie die Rezeption erreichten und ihren Schlüssel verlangten, erwähnte der Portier wie nebenbei:
„Ihre Freunde haben sich soeben nach Ihnen erkundigt. Sie wollen in Kürze noch einmal kommen."
„Oh, unsere Freude", antwortete Shari und unterdrückte ihren Schrecken über diese Nachricht. „Wer war es denn genau?"
„Ihre Namen haben sie nicht genannt. Es waren zwei Männer um die vierzig. Sie waren gut gekleidet. Ihrer Aussprache nach waren es vermutlich Ausländer aus dem Iran."
„Vielen Dank für die Nachricht. Sagen Sie ihnen doch bitte, wenn sie wieder kommen, sie mögen an der Bar warten."
Zu Marc raunte sie: „Komm, wir müssen weg."
Sie nahm ihn bei der Hand und zog ihn vor das Hotel. Dort ging sie zügig zu den dort wartenden Taxis. Sie verstauten ihre Einkaufstüten im Kofferraum und Shari bat den Chauffeur die Stadt in Richtung Westen zu verlassen.
Im Taxi klärte Shari dann Marc über das kurze Gespräch an der Rezeption auf.
„Ich verstehe das nicht", meinte sie. „Wie konnten die uns denn so schnell finden? Bereits im Iran waren die immer sehr nahe an uns dran. Die müssen irgendwie eine

Möglichkeit gefunden haben, uns zu orten. Ich kann mir eigentlich nur vorstellen, dass das über unsere Telefone möglich wäre. Hast du hier dein Telefon vielleicht einmal eingeschaltet, Marc?“

„Nein … das heißt, ja …, auf dem Flughafen habe ich kurz versucht Mia anzurufen als du noch mit dem Doktor beschäftigt warst“, gestand Marc schuldbewusst ein.

„Hmm!“

„Böse?“

„Nein, Marc. Aber jetzt wissen wir definitiv, dass zumindest dein Handy unsicher ist, wahrscheinlich auch meins.“

„Sollen wir sie wegwerfen?“

„Nein, Marc, damit warten wir noch. Aber einschalten sollten wir sie nicht mehr. Sie haben ihre Leute auch hier in Baku, die sie jederzeit aktivieren können.“

„Was können wir jetzt machen, Shari?“

„Hm, wir fahren jetzt auf jeden Fall nach Westen und versuchen bis nach Ganja zu kommen. Das dürften 300 bis 400 Kilometer sein. Die Stadt ist groß genug, um dort einige Zeit unterzutauchen. Außerdem gib es dort einen Flughafen. Davor wechseln wir spätestens in Qobustan das Taxi, und danach später noch einmal. Wenn unsere angeblichen Freunde spitz kriegen, dass wir weg sind, werden sie erst einmal versuchen den Taxifahrer zu finden, der uns wegbrachte. Das wird ihnen wohl auch gelingen, wenn sie die Fahrer vor dem Hotel der Reihe nach abfragen. Danach wird es schwieriger für sie, wenn wir nicht telefonieren. Vielleicht können wir uns auch einen Leihwagen mieten. Irgendwie müssen wir aber versuchen, die Typen loszuwerden."

„Ich bin jetzt echt fertig", bemerkte Marc traurig. „Ich weiß gar nicht, woher du die Energie nimmst immer weiter voranzugehen."

„Halt durch Marc. Das Gröbste haben wir geschafft."

Als sie Qobustan erreichten, war es bereits Abend. Sie ließen sich ins Zentrum bringen, verabschiedeten sich von dem Taxifahrer und nahmen ein anderes Taxi, das sie zum Heydar Park an die westliche Stadtgrenze brachte. In einem kleinen Hotel planten sie dort die nächsten Schritte. Den Portier baten sie, für den nächsten Tag ein Auto bei der örtlichen Mietwagenvermietung für den nächsten Morgen zu reservieren.

Am nächsten Morgen ging es dann zeitig weiter. Noch in den Abendstunden am Vortag hatten Sie Mia über ihr Prepaid-Handy erreicht und sie gebeten, eine Chartermaschine nach Ganja zu schicken. Die Besatzung

solle sich dort auf ihrem Prepaid-Handy melden.
Die Umsetzung ihres Plans startete jetzt. Nicht alle Einzelheiten konnten sie ausreichend klären. Ein beklemmendes Gefühl blieb. Würde es hier in einem fremden Land genügend Improvisationsmöglichkeiten geben um aus der Hölle der letzten Tage zu entkommen? Shari übernahm jetzt zunehmend die Führung. So intensiv sie jetzt auch mit Marc alle möglichen Optionen überlegte, letztendlich entschieden sie sich dafür, nicht zu warten, bis sie die iranischen Häscher irgendwo aufspürten. Jetzt ging es darum, die Initiative zu übernehmen. Angriff schien die bessere Alternative.
In diesem Sinne forderte Shari Marc auf, sein Handy einzuschalten. Ein Taxi brachte sie danach ins Zentrum. In einem Sportgeschäft beflügelte der Anblick der neuesten Sportmoden Sharis Fantasie. Es war aber nicht die Kleidung, die es ihr angetan hatte, sondern die Schaufensterpuppen. Der Geschäftsinhaber konnte den dafür angebotenen Dollars nicht widerstehen. Außerdem kauften sie noch zwei Baseballschläger. Zwei schöne Stücke aus hand-gedrechseltem Hartholz. Shari streichelte zart über die glatte Oberfläche und schmunzelte. Zur Beschaffung wirksamerer Waffen fehlte einfach die Zeit und auch die nötigen Verbindungen. Das Taxi brachte sie

anschließend zu der Mietwagenstation.
Am späten Vormittag verließen sie Qobustan auf der M4 in Richtung Ganja. Schon bald erreichten sie den Baku-Shamakhi-Yevlakh-Highway. Die Gegend schien perfekt geeignet, sich einen ausreichenden Vorsprung von den Nachstellungen ihrer Verfolger zu schaffen. Nur vereinzelt war ein Fahrzeug auf dem Highway zu sehen. Ansonsten schien die hügelige Landschaft menschenleer zu sein. Der trübe Tag unterstrich darüber hinaus die triste Grundstimmung, die hier herrschte. Nach einer Weile bogen sie dort von der geteerten Straße in einen spärlich bewaldeten Bereich ein. Die vereinzelten Häuser am Horizont ließen erahnen, dass hier kaum Betrieb herrschte. Auf der Nordseite dieses Gebietes befanden sich ausschließlich abgeerntete Felder. In einiger Entfernung, neben einer baufälligen Scheune, hielten die beiden an. Ihr Fahrzeug stellten sie zur Hälfte in das offene Scheunentor, sodass es von dem Feldweg aus noch erkannt werden würde. Marcs Handy ließen sie auf dem Fahrersitz liegen. Jetzt konnten vielleicht auch die Schaufensterpuppen für einen Beitrag zur Ablenkung sorgen. Sie platzierten beide in der hinteren dunklen Ecke und deckten sie weitgehend mit dem in der Scheune vorhandenen Heu ab. Auf den ersten Blick würden sie das Augenmerk von Besuchern auf

sich ziehen. Neben dem Scheunentor befand sich eine kleinere Türe. Shari bezog in der Scheune unmittelbar hinter dieser Türe Stellung, Marc hinter dem linken Flügel des Scheunentores.
Danach galt es, Ruhe zu bewahren … und abzuwarten. Marcs und Sharis Geduld wurde auf eine harte Probe gestellt. Erst am späteren Nachmittag näherte sich langsam ein Fahrzeug. Marc und Shari, konnten durch die Ritzen der verwitterten Holzbretter beobachten, wie zwei Männer aus ihrem Mercedes ausstiegen und sich vorsichtig der Scheune näherten.
Nach einem Blickkontakt mit seinem Kollegen ging einer der beiden auf die kleine Türe zu und öffnete sie langsam. Die Scharniere knarrten. Sein Blick fiel auf die Schaufensterpuppe im Hintergrund. Er stockte kurz in seiner Bewegung. Shari, die hinter der Türe gelauert hatte, nutzte jetzt die Gelegenheit und trat einen Schritt zur Seite. Sie hatte bereits beidhändig mit dem Baseballschläger ausgeholt und zog jetzt voll durch. Holz brach krachend, Teile der Türe wurden zerfetzt. Sie traf aber auch das Gesicht des Eintretenden. Knochen splitterten, Blut spritzte. Er ging wie in Zeitlupe in die Knie und sank nach vorne. Noch bevor er den Boden berührte, traf in bereits der nächste Schlag. Irgendeine Chance zur Gegenwehr hatte er

nicht.
Seinem Kollegen stand der Mund vor Schreck offen. Er war durch das Scheunentor gekommen und starrte entsetzt auf das Geschehen nur wenige Meter neben ihm. Er wollte helfen und fingerte zitternd nach seiner Waffe. Er konnte sie nicht mehr ziehen. Marcs Hieb mit dem Schläger traf auf seinen Hinterkopf. Er sackte sofort zusammen und blieb liegen.
„Schnell, nimm seine Waffe“, forderte Shari, während sie ihrerseits bereits dem ersten Agenten seine Pistole abgenommen hatte.
„Sind sie tot?“, fragte Marc entsetzt.
„Noch nicht ganz, viel fehlt aber nicht mehr, glaube ich.“
„Was machen wir jetzt?“, schrie Marc mit unterdrückter Stimme.
„Wir warten, bis sie sich etwas erholt haben, dann machen wir weiter.“ Nach etwa einer Viertelstunde lallte einer der beiden:
„Was … was soll das, seid ihr verrückt, was wollt ihr von uns?“
„Weck erst mal deinen Kollegen“, antwortete Shari scharf. Nach einigen Versuchen krächzte der blutüberströmte Tropf irgendetwas Unverständliches.
„So ihr Armleuchter“, forderte Shari sie jetzt auf,

„ausziehen!“

„W … was meinst du?“, fragte der Erste zurück.

„Hab ich dich etwa am Ohr getroffen?“, hilf zuerst deinem Kollegen.

„W …was sollen wir den ausziehen“, lallte er.

„Alles“, befahl Shari. „Vor mir brauchst du nichts zu verbergen.“

„Nein, das mach ich nicht“, lallte der Angesprochene.

„Ich kann dir auch helfen“, knurrte Shari, „aber das könnte weh tun.“

Ängstlich begannen sie, sich ihrem Schicksal zu ergeben. Danach forderte Shari:

„Einsteigen!“

„Wo?“, fragte er einigermaßen sprachfähige Geselle.

„In euren Mercedes.“

Langsam krochen die beiden auf allen vieren zu ihrem Fahrzeug. Als der Erste die Türe öffnen wollte, herrschte ihn Shari an:

„Bist du verrückt, doch nicht vorne. In den Kofferraum mit euch. Hilf deinem Kollegen dabei. Er ist etwas unsicher auf den Beinen.“

Jetzt versuchten die beiden zu protestieren. Als Shari aber die Pistole hob, gaben sie ihren Widerstand auf und verschwanden im Kofferraum. Marc klappte den Deckel zu,

Shari fuhr den Mercedes in die Scheune, sodass er von außen nicht mehr zu sehen war. Danach verließen die beiden die Gegend in Richtung Ganja. Marcs Handy hatte sie inzwischen wieder ausgeschaltet. Die Kleider der Unglücksraben mit ihren Habseligkeiten warfen sie unterwegs in einen Müllbehälter.

„Warum mussten sich die beiden denn nackig ausziehen, Shari?“

„Nur eine Vorsichtsmaßnahme, Marc. Sollten sie sich doch noch irgendwie aus dem Kofferraum befreien können, wäre ihr Aktionsradius wohl erst einmal deutlich eingeschränkt.“

Als sie auf der E60 der Ort Yevlax passierten, war die Nacht bereits hereingebrochen. Shari hatte kurz überlegt, über den örtlichen Militär- und Sportflughafen aus Aserbaidschan wegzukommen. Nachmittags kreiste immer wieder ein Helikopter über ihnen der ihr Nervenkostüm arg strapazierte. Die Chartermaschine kurzfristig nach Yevlax umzuleiten, hätte aber womöglich unliebsame Fragen provoziert. Außerdem war der Flughafen von Ganja nur noch etwa 70 Kilometer entfernt. Nach Einbruch der Dunkelheit endete auch der dumpfe Fluglärm des Hubschraubers. Im Schutz der Dunkelheit würde der Betrieb in der Großstadt leichter für Anonymität sorgen, als es vermutlich in Yevlax gegeben wäre.

In einer weiteren Stunde erreichten sie den Flughafen ATM RIM GENCE Airport von Ganja und dort die Zweigstelle ihrer Mietwagenstation. Sie gaben ihr Fahrzeug zurück und suchten dann den Wartebereich des Flughafens auf. In der Toilette schlüpften sie wieder in ihre Airline-Uniformen. Ihre Hoffnung bestand darin, dass sie damit weitgehend ungehindert von der Flughafen-Security mit der Crew ihres Charterflugzeugs zusammen kommen könnten. Notfalls mussten die Sicherheitsleute mit einigen Dollarnoten überzeugt werden. Die Neigung zur Korruption spielte hier durchaus eine nicht zu unterschätzende Rolle.
Voller Anspannung warteten sie jetzt in dem vergleichsweise kleinen Flughafen auf den Anruf der Charter Flugzeug Crew. Lange hielten das jedoch Marcs Nerven nicht durch. Immer wieder drehte er sich um und beobachtete die Leute angespannt.
Nach kurzer Wartezeit nahm er über das Prepaid-Handy Kontakt zu Mia auf:
„Hallo Mia, hier ist Marc, wir sind jetzt in Ganja, wie weit ist die Crew?“, fragte er mit unterdrückter Stimme.
„Die sind gerade im Landeanflug. Es ist wieder die Crew von Kastor. Er hat soeben angerufen. Nach der Landung will er die Maschine auftanken lassen und mit euch Kontakt aufnehmen. Er hat deine Nummer. Haltet euch bereit.“

„Prima Mia, danke. Ruf doch bitte Kastor noch einmal an und sag ihm, wenn die Maschine noch genug Sprit an Bord hat um von hier wegzukommen, soll er die Tankerei sein lassen. Wir müssen schnellstens weg von hier."

„Okaaay … ist alles so weit in Ordnung bei euch?"

„Bis jetzt schon noch. Wir mussten heute Nachmittag zwei Verfolger abschütteln. Die wurden vermutlich aus dem Iran gesteuert. Auch wenn Aserbaidschan und der Iran nicht unbedingt die besten Freunde sind, so können wir nicht unbedingt damit rechnen, dass sie uns wohlgesonnen sind, weil wir zwei iranischen Agenten ein wenig auf den Kopf geklopft haben. Jedenfalls wollen wir es nicht darauf ankommen lassen."

Die Nervosität bei Shari und Marc stieg von Minute zu Minute weiter an. Dann summte das Prepaid-Handy. Kastor meldete sich. Sie verabredeten sich mit ihm im VIP-Bereich. Kastor würde sie abholen und durch die Sicherheits-Schleuse für Flugbesatzungen bringen. Die Vorbereitungen dafür hatte er bereits mit den örtlichen Sicherheitsbehörden beim Landeanflug getroffen. Mit dem Tower liefen die Startvorbereitungen bereits. Die Golfstream G650 hatte einen Warteplatz in unmittelbarer Nähe des Flughafengebäudes erhalten, direkt bei der Zufahrt zur Rollbahn.

Für eine längere Begrüßung mit Kastor war keine Zeit. Minuten später waren sie bereits bei der Sicherheits-Schleuse. Ein kurzer Blick auf die Identity-Card, die sie gut sichtbar an der Uniform trugen, genügte. Fragen wurden keine gestellt. Dann hatten sie es geschafft. Marc und Shari mussten sich zurückhalten um die etwa 100 Meter bis zum Flugzeug nicht im Laufschritt zurück zu legen. Erst in der Maschine ließ die Spannung nach. Mit Monica und Gregor gab es eine kurze Umarmung und dann rollte die Maschine auf die Startbahn. Während Kastor mit dem Tower die letzten Startvorbereitungen absprach, fragte Gregor, der Co-Pilot, nach den Wünschen seiner Passagiere:
„So ihr zwei. Wir haben hier als Zielflughafen Genf genannt. Wir können aber jederzeit noch korrigieren, wenn ihr andere Pläne habt.“
„Fliegt erst mal los, auf jeden Fall nach Westen. Dann überlegen wir noch einmal.“
Kastor hatte inzwischen seine Startposition erreicht. Langsam steigerte er die Drehzahl der Motoren und löste dann die Bremse. Die zwei Rolls Royce Mantelstromtriebwerke dröhnten dumpf. Der Schub drückte die Besatzung in die weichen Ledersessel. Die Lichter flogen an der Startbahn vorbei. Kurz darauf hob die Maschine ab. Wie ein Pfeil raste sie in den Nachthimmel.

Shari und Marc entledigten sich ihrer Uniformen und schlüpften in ihre erst kürzlich in Baku gekaufte Freizeitkleidung. Langsam löste sich die Anspannung der letzten Tage. Monica unterstützte das neue Gefühl der Freiheit durch eine Flasche Champagner aus den Bord-Vorräten.

„Wir sind jetzt bereits über Armenien", meinte sie dann. „In Kürze werden wir das Mittelmeer erreichen. Wenn ihr nicht etwas besonders Dringendes vorhabt, würde ich euch einen Tag am Strand auf Zypern vorschlagen. Ich kenne dort einige Hotels, die ich euch empfehlen könnte. Morgen könnten wir dann die Maschine auftanken und übermorgen zurück nach Genf fliegen, was meint ihr dazu?"

„Hört sich gut an", meinte Marc. „Was hältst du davon, Shari?"

„Viel!", schmunzelte sie. „Aber bitte nicht in den türkischen Teil.

Klausius in Veracruz/ Mexiko

Mia beauftragte Kastor, die Geschäftsunterlagen, die Konrad Viertelpfünder inzwischen in Mexiko an sich genommen hatte, in Veracruz abzuholen. Das erschien ihr risikoärmer zu sein als Konrad an Flughäfen, insbesondere in Houston oder New York, den Kontrollen durch die Behörden auszusetzen. Konrad hatte sich telefonisch aus Mexiko gemeldet und die Brisanz der Unterlagen bestätigt. Kastors Golfstream G650 verfügte über eine Reichweite von 15.000 km und würde die Strecke nach Genf locker ohne Zwischenlandung schaffen. Konrad hatte aber darauf bestanden, dass er die Rückreise nur ohne Klausius antreten würde. Er meinte, der Typ wäre selbst zum tatenlosen Sitzen im Flugzeug zu blöd. Das ständige Gelaber über seine Heldentaten in der Vergangenheit, über seine Sanierungen von diversen Firmen mit der SAP-Software, seine Leistungen als Best-Performer in jeglicher Hinsicht, wäre einfach nicht zu ertragen. Noch dazu in einer kleinen Chartermaschine in der es kein Entkommen gab. Mia gelang es nicht, Konrad von seinen Vorbehalten abzubringen. Immerhin konnte sie ihn dazu bewegen, irgendwie eine Möglichkeit zu finden, Klausius den Aufenthalt in Veracruz noch ein paar Stunden oder auch

Tage schmackhaft zu machen. Damit wollte sie vermeiden, dass die Stimmung im Team allzu sehr vergiftet wurde, obwohl sie längst auch zu der Überzeugung gekommen war, dass Klausius Staub eine totale Niete war. Vor den Kopf stoßen wollte sie ihn ohne einen zwingenden Grund trotzdem nicht. So etwas tat man einfach nicht. Konrad ließ sich darauf ein … und beauftragte Carlos damit, eine Lösung zu finden.

Für den war es dann nicht allzu schwer, die heimliche Vorliebe von Klausius herauszufinden. Klausius gehörte nämlich zu den Menschen, die es verstehen, einem Gesprächsopfer innerhalb von 30 Minuten sein ganzes Leben offenzulegen. Natürlich mit den entsprechenden Übertreibungen. Aber die konnte Carlos recht gut einordnen.

Klausius hatte zu Hause so gut wie nichts zu melden. So selbstbewusst er sich auch gegenüber Anderen im täglichen Leben verhielt, in den eigenen vier Wänden hatte seine Frau Cordula das Kommando. Und wenn er sich nicht angemessen verhielt, wurde sie handgreiflich. Das Kuriose dabei war, dass Klausius körperliche Maßregelungen durchaus zu genießen schien. Carlos konnte das zunächst nicht glauben und hakte nach. Aber es blieb dabei: Klausius brauchte gelegentlich eine harte weibliche Hand.

Bei Carlos war er da genau an den Richtigen geraten. Der konnte zunächst beratend und wenig später organisatorisch helfen. Von seiner langjährigen Beziehung zu einer einschlägigen Agentur, die alle möglichen zwischenmenschliche Dienstleistungen anbot, versprach er sich Hilfe. Zum Dienstleistungsangebot dieser Agentur gehörte auch die von Klausius präferierte Sparte, wie er wusste. Auf eigene diesbezügliche Erfahrungen konnte Carlos zwar nicht zurückgreifen, Gott bewahre! Aber mit Carmen, eine seiner Gespielinnen, deren Dienste er selbst gerne nutzte, hatte er sich einmal in diese Richtung unterhalten. Er rief sie kurzerhand an:
„Hör zu Carmen, ich hätte da einen dringenden Auftrag, bei dem ich denke, du könntest mir dabei weiter helfen. Kann ich dir dazu jetzt einige Einzelheiten erklären?"
„Aber natürlich, mein Schatz", flötete Carmen geschäftstüchtig in ihr Handy. „Willst du mich wieder einmal besuchen? Du weißt, ich bin jederzeit für dich da."
„Nein, leider geht es nicht um mich … obwohl, jetzt wo du es sagst, ich könnte vielleicht mitkommen."
„Was kann ich denn für dich tun, mein Lieber?"
„Also, es geht um einen Geschäftskollegen aus Europa. Er möchte mal so richtig rangenommen werden, verstehst du, so richtig, mit allem drum und dran, er traut sich aber nicht,

das so direkt zu sagen. Ich könnte mir vorstellen, dass ihm als … ähm, als Austragungsort die Folterkammer in eurer Villa gefallen würde. Er braucht eine strenge Hand, er ist es von zu Hause gewöhnt. Und da seine Frau nicht mit dabei ist, dachte ich, ihr könntet vielleicht …"
„Verstehe ich dich richtig, my Darling, du suchst kurzfristig eine Domina, die es deinem Freund so richtig besorgt?"
„Also er ist nicht mein Freund, Carmen, aber der Rest stimmt. Es wäre auch wichtig, dass sich die Aktion einige Zeit hinzieht, verstehst du! Ruhig die ganze Nacht. Könnt ihr das arrangieren, kannst du da helfen?"
„Natürlich, Sweetheart, ich denke da an zwei Kolleginnen, die sehr erfahren sind. Eine der beiden ist erst kürzlich aus New York zu uns gestoßen. Sie ist etwas fester gebaut, wenn du verstehst, was ich meine. Sie hat schon aufgrund ihrer Figur einen gehörigen punch wenn's darauf ankommt. Meinst du, die könnte deinem Kollegen gefallen? Wie sieht er denn eigentlich aus?"
„Na ja, eine Schönheit fürs Auge ist er nicht gerade. Er dürfte so um die fünfzig sein, mit Schweinsäuglein, kurze, schon leicht ins graue gehende Haare und eine mittelgroße Wampe hat er auch. Sein Gesicht wäre vielleicht auch noch erwähnenswert. Es hat in etwa die Form eines Klodeckels, aber sonst …"

„Perfekt“, jubelte Carmen. „Da passt Babaluna genau, unser Neuzugang aus den USA. Sie hat eine etwas dunklere Hautfarbe. Das bringt gleich einen leicht exotischen Touch und gefällt deinem Kollegen bestimmt. Viel reden tut sie allerdings nicht. Sie kann nämlich noch kein Spanisch.“

„Das macht doch nichts, Klausius kann auch kein Spanisch. Genau genommen kann er auch sonst nicht viel, aber er soll sich ja verwöhnen lassen. Für die Aktionen seid ihr ja zuständig, richtig?“

„So ist es, mein Lieber. Billig wird das Ganze allerdings nicht, das ist dir hoffentlich klar.“

„Natürlich, Carmen. Geld spielt in diesem Zusammenhang keine Rolle. Ich würde dir sofort eine Anzahlung überweisen. Die Abrechnung mit Klausius übernimmt dann unsere Firma. Ihr braucht euch da um nichts zu kümmern. Ihr könnt euch voll und ganz auf Klausius konzentrieren.“

„Prima, Carlos, der Deal gilt.“

„Klasse, Carmen! Noch ein wichtiger Punkt: Könnt ihr heute Abend schon loslegen und wie wollen wir das ‚get together‘ gestalten, hast du da schon eine Idee?“

„Aber natürlich, mein Hase. Wir treffen uns bei Alfredo in der Hafenbar. Ich bringe Dolores mit. Die soll sich dann schon mal um deinen Klausius kümmern. Sie macht gerade eine Fortbildung zur Domina. Gewöhnlich ist sie eher konventionell unterwegs, aber fürs Erste sollten ihre Fähigkeiten reichen. Außerdem ist dein Klausius eine erste Gelegenheit für ihr Praktikum. Babaluna wird dann erst später dazu stoßen."

„Warum denn das, hat sie vorher keine Zeit?"

„Doch, doch, aber wir wollen deinen Kollegen nicht gleich erschrecken."

„Erschrecken? Wie meinst du das?"

„Na ja, habe ich eigentlich erwähnt, dass sie etwas dunkler ist?"

„Wie dunkel, etwas dunkler sagtest du vorhin?!"

„Na ja", druckste Carmen herum, „pechschwarz halt. Aber sie hat ein blütenweißes Herz darunter", beeilte sie sich nachzuschieben.

„Wo darunter, Carmen?", fragte jetzt Carlos etwas zaghaft und misstrauisch nach.

„Na wo drunter schon, unter ihren mächtigen … also sie ist recht gut bestückt, meine ich."

„Sprichst du von ihrem Busen, Carmen?"

„Ja, so könnte man es auch sagen."

„Welche Körbchengröße hat sie denn?"

„Ach, was ihr Männer immer alles wissen wollt", antwortete Carmen leicht gereizt. „Das kann ich dir auch nicht sagen. Jedenfalls reicht er bis zum Bauchnabel."

„Wer?“
„Ja wer schon, ihr Busen!“
„Na prima“, meinte Carlos missmutig.
„Ja, aber damit könnte sie euren Klausius ordentlich durch watschen. Das gefällt ihm bestimmt, so wie du ihn mir beschrieben hast.“
„Hmm, da hast du auch wieder recht. Diese Babaluna möchte ich auch besichtigen. Von weitem natürlich nur“, schmunzelte Carlos.
„Ich kann euch gerne bekannt machen, mein Schatz.“
„Das hat Zeit, Carmen, das hat Zeit. Wenn sich Dolores und Klausius angefreundet haben, können wir uns ja diskret zurückziehen. Sag deinen Mädels auch, sie sollen nicht an Tequila und Champagner sparen.

Zwei Tage später erwachte Klausius langsam aus einem Dämmerschlaf. Was war nur geschehen? Er erinnerte sich noch, dass er Dolores und Carmen kennenlernte. Dolores war eine ausgesprochen hübsche und freundliche junge Frau. Aber auch ein wenig dominant. Erst wollte er sich gegen den Tequila wehren, den sie ihm anbot, aber als sie ihm befahl den Schnaps zu trinken, würgte er das brennende Zeug hinunter und spülte jedes Mal ordentlich mit Champagner nach um den stechenden Schmerz im

Rachen zu mildern. Wo war eigentlich Carlos? Er war doch auch dabei, oder? Puh, woher kamen nur die stechenden Kopfschmerzen? Er hatte doch eigentlich … na gut, gestand er sich ein, etwas getrunken hatte er schon. Dolores hat ihn verführt, ja genau so war es. Später in der Villa am Strand … ja, er wäre fast im Pool ersoffen … Dabei waren es doch die Mädels, die ihn animiert hatten, auch einmal bei Nacht nackig im Wasser … puh … wer hat ihn eigentlich gerettet? Da war doch noch die … an seinem Genital hat sie ihn gepackt und völlig unsensibel gezogen, ja richtig daran gerissen hat sie, diese… auahh, wie das immer noch schmerzt … war das nicht die Schwarze …?
Plötzlich war Klausius wieder hellwach und zitterte. Ja, die Schwarze, schwergewichtige. Die kannte er doch von früher aus New York. So einen Zufall gibt es ja kaum. Fast erstickt hätte sie ihn damals als sie sich mit ihrem breiten Ar …, puh … Nur ein kräftiger Biss in … na ja, jedenfalls hat er damals gerade noch so überlebt. Ist die vom Himmel gefallen oder woher kam die so plötzlich. Nein … vom Himmel direkt auf ihn gefallen konnte sie nicht sein. Sonst wäre er jetzt tot … bei ihrem Gewicht.
Mit ihren beiden riesigen …, Klausius hielt sich jetzt gedankenverloren die gebogenen Handflächen 40 cm vor die Brust und blickte ungläubig auf seine Hände. Ja genau,

damit hat sie ihn dann nach Strich und Faden geohrfeigt. Die klatschenden Schläge haben sich auch jetzt immer noch in seinem Gedächtnis festgesetzt. Drei bis vier Zentner wirft die bestimmt auf die Waage, ohne Übertreibung, ehrlich! Und ihn hat sie dann auch noch über ihre Schulter geworfen als wäre er aus Styropor. Magenkrämpfe trug er davon, bis er sich von dem Tequila und dem edlen Champagner wieder trennen musste. Ja, genau, gekotzt hat er wie ein Reiher. Mit eiskaltem Wasser haben sie ihn dann abgespült, puh. Was ist da eigentlich noch passiert, ging es ihm durch den Kopf. Und wo bin ich hier? Das sieht irgendwie ganz anders aus.

Klausius sah jetzt an sich hinunter und erschrak erneut. Er war nur mit einem Stück Ziegenfell bekleidet, das über der linken Schulter von einer Art Träger gehalten wurde. Als Gürtel trug er ein Stück von einem speckigen Seil um die Hüfte. Selbst sein ärmelloses Unterhemd und seine Feinripp-Unterhose hatten sie ihm geklaut und über die Füße hatten sie ihm zwei alte Filzpantoffel gezogen. Er sah jetzt aus wie ein aus der Urzeit entsprungener Neandertaler … mit Filzpantoffeln.

Und er saß auf einem Felsvorsprung. Etwas entfernt, ebenfalls auf einem Felsvorsprung, machte sich jemand zum Sprung in die Tiefe bereit. Er hatte noch weniger an

als Klausius. Nur eine Badehose. Und dann löste sich der junge Mann vom Felsen und sprang. Fürchterlich! Der Hechtsprung dauerte lange Sekunden und dann versank der Jüngling im tiefblauen Wasser.
Die Szenerie kam Klausius bekannt vor. Das hatte er doch schon irgendwo gesehen. Im Fernsehen, genau, dort war es. Sah das nicht aus wie einer dieser todesmutigen Felsenspringer von Acapulco? Es dauerte noch einige Zeit bis Klausius registrierte, dass es nicht nur so aussah … es war Acapulco. Er war in Acapulco. Gerade hatte er einen Felsenspringer beobachtet. Wie war das möglich, wie kam er nach Acapulco? Wie kam er nach Mexiko, was wollte er hier? Dann durchzuckte es ihn wie ein Blitz, sollte er nicht Unterlagen aus Veracruz …?
Klausius begann am ganzen Leib zu zittern, wollte aufstehen, aber es gelang ihm nicht. Acapulco liegt doch am Pazifischen Ozean, gegenüber von Veracruz und mindestens 700 Kilometer entfernt. Wie kam er denn hierher … im Ziegenfell … mit Filzpantoffeln?

Limassol

Als die Maschine in Limassol landete war es fast Mitternacht. Monica hatte noch aus dem Flugzeug Räume in einem First-Class-Hotel gebucht. Die Lobby war für diese Tageszeit noch erstaunlich gut besucht. Beim Check-in im AMARA tauschte Marc die beiden von Monica gebuchten Zimmer in eine Luxus-Suite. Shari registrierte das mit einem leichten Lächeln. Es war aber noch nicht die Zeit, sich in die Suite zurückzuziehen. Die vergangenen Tage wirkten immer noch nach. An der Hotelbar ließen die beiden das Erlebte noch einmal Revue passieren. Aber auch die nächsten Schritte sollten gut durchdacht werden.
„Übermorgen sind wir wieder in Genf, Shari. Das Thema Waffenlieferungen sollte dann ein für allemal ausgestanden sein, oder?“
„Wohl kaum“, meinte Shari nachdenklich. „Dazu haben wir dem Iran viel zu übel mitgespielt. Offiziell werden sie nicht nach uns suchen oder gar die Auslieferung beantragen. Denn dann liefen sie Gefahr, dass ihre Machenschaften öffentlich würden. Das werden sie nicht riskieren.“
„Was meinst du mit ‚offiziell werden sie nicht nach uns suchen‘? Meinst du, sie werden trotzdem irgendetwas gegen uns unternehmen?“

„Na ja, jedenfalls sollten wir uns vom Iran demnächst fern halten. Wenn sie uns kriegen, wird das bestimmt kein Spaß. Wir wissen zu viel über ihre Waffenlieferungen. Wahrscheinlich werden sie gar nicht erst versuchen uns einzufangen, sondern …“, Shari schaute dabei nachdenklich in die Luft.

„Sondern was?“

„Es wird wohl in ihrem Interesse sein, uns möglichst lautlos umzubringen, Marc. So sehe ich die Situation.“

„Das sind ja großartige Aussichten“, meinte Marc ironisch. „Aber immer einen Eimer Sand mit uns herumzutragen, in den wir bei Bedarf schnell unsere Köpfe stecken können, hilft auch nichts.“

„Meinst du, wir sollten unsere Regierungen informieren, um von dort ein gewisses Maß an Schutz zu erhalten, Shari?“

„Vergiss es! Wir werden schon selbst auf uns aufpassen müssen.“

„Hmm, wenn Mia inzwischen die Unterlagen aus Veracruz hat, können wir vielleicht daraus Informationen ziehen, die unsere Verhandlungsposition gegenüber dem Iran stärken, was meinst du?“

„Willst du damit den Iran erpressen, Marc?“

„Na ja, wenn die Unterlagen genügend Zündstoff bieten,

würde ich Mohammadi anrufen und ihm anbieten, dass wir quitt sind. Wenn uns etwas passiert, würden die Unterlagen veröffentlicht. Meinst du, das könnte helfen?“

„Hmm, könnte sein. Ich werde das mit meinem Onkel besprechen und ihn fragen, wie er die Sache sieht. Wir dürfen aber nicht vergessen, dass wir immerhin mindestens fünf Leute im Iran und Aserbaidschan umgebracht haben. Und wenn die Iraner doch noch herausfinden, dass du für den Abschuss von Eva Shihani verantwortlich bist …“

„Ich denke, unser Abenteuer wird uns für immer irgendwie zusammen halten“, meinte Marc jetzt melancholisch. Hast du denn schon darüber nachgedacht, wie dein Leben künftig verlaufen soll? Ich meine, du lebst irgendwie zwischen den Welten. Einerseits Saudi-Arabien, andererseits Europa. Das kann kein Dauerzustand bleiben, oder?“

„Du hast recht, Marc.“

„Und das heißt was …?“

„Ich denke, ich werde meinen Onkel bitten, mich aus meinem Job zu entlassen.“

„Und wenn er ablehnt?“

„Dann werde ich trotzdem gehen!“

„Und dann?“

„Dann werde ich vielleicht mit dir aus der Shihani-Trade

oder der IMMOSHI eine vernünftige Firma machen!"
„Hmm, dann lass uns jetzt damit beginnen, unsere … unsere Zusammenarbeit weiter zu … zu vertiefen!"
Der Lift zu ihrer Suite im AMARA war zu dieser Zeit menschenleer. Shari ergriff vorsichtig seine Hand, er zog sie sanft an sich heran. Seine Finger glitten behutsam durch ihre Haare und er küsste zart ihren Hals. Die angstvollen Gedanken der letzten Tage traten in den Hintergrund. Ein erregendes Gefühl voller aufkeimender Leidenschaft überkam ihn, das keinen Platz für alles andere ließ. Jetzt wollte er ganz nah bei Shari sein.
Dann öffnete sich auch schon die Lift-Türe in der fünften Etage. Mit wenigen Schritten erreichten sie ihre Suite. Marcs Fantasie übernahm jetzt die Führung, die noch beflügelt wurde, als Shari
unmittelbar hinter der Zimmertüre begann, ihre schwarzen Schuhe von ihren Füßen zu kicken. Hastig begann er die Knöpfe seines Hemdes zu öffnen, ohne Shari aus den Augen zu lassen. Sie zögerte einen kurzen Moment, weil sie wusste, dass jetzt der Augenblick für eine weitreichende Entscheidung kommen könnte. Ein Zurück gab es dann nicht mehr. Sie war kein Typ für einen One-Night-Stand. Würde jetzt ihre berufliche Verbundenheit mit Marc in eine neue Dimension einschwenken? Die Entscheidung hatte sie

aber längst getroffen.

Sie begann langsam, fast verlegen, sich ihrer Kleider zu entledigten. Nachdem zuletzt ihr knapper Slip zu Boden gefallen war, setzte sie sich auf den rechten Rand des großen Bettes und legte ihren Kopf in den Nacken als würde sie die Zimmerdecke fixieren. Marc war jetzt zu ihr gekommen. Er kniete sich vor sie auf den Boden, legte seine Hände auf ihre Knie und spreizte damit sanft ihre langen Beine. Ihr verführerischer Duft entfesselte seine Begierde weiter.

Sachte drückte er ihre Beine etwas weiter auseinander. Shari lag inzwischen auf ihrem Rücken auf dem Bett. Marcs Hände ertasteten jetzt langsam beide Seiten ihrer Oberschenkel und streichelten zärtlich ihre samtweiche, bronzefarbene Haut.

Seine Fingerkuppen glitten immer wieder sachte darüber. Sie atmete mit tiefen Zügen wohlig ein und aus. Durch seinen sanften Druck öffnete sie ihre Beine weiter. Das abgedunkelte Licht des Raumes reflektierte ihre Feuchtigkeit verführerisch. Seine Zunge, glitt über ihre empfindsamen Regionen. Sie lag inzwischen mit ihrem gesamten Körper vollständig auf dem Bett und bewegte sich, auf dem Rücken liegend, vorsichtig weiter von der rechten Seite des Bettes nach oben.

Ihrer Bewegung lag jedoch kein Fluchtreflex zugrunde. Sie versuchte, dem nahenden Höhepunkt noch eine Weile zu entkommen.
Marc rückte nach und verzauberte durch seine Fingerfertigkeit weiter ihre bereitwilligen Sinne. Shari atmete schwer. Als er spürte, dass sie bereit war, verließ er seine Position, ging auf dem Bett auf seinen Knien zwischen ihre gespreizten Beine. Das verschaffte ihr eine winzige Atempause, aber eine Abkühlung folgte nicht. Ihre Atmung wurde stoßartig. Mit beiden Händen griff er unter ihren festen Hintern und zog sie sanft an sich. Wieder streichelte er zart ihre Schenkel, fühlte ihre weiche Haut. In diesem Augenblick war sie die begehrenswerteste Frau der Welt. Unwiderstehlich, verführerisch … er wollte ihr das sagen, aber dafür war jetzt nicht die Zeit.
Sie hielt ihre Augen geschlossen. Ihr Gesichtsausdruck war wohlig warm und voller Erwartung. Seine Fantasie brauchte jetzt keine Führung mehr. Sein Instinkt übernahm das Steuer. Shari nahm einen tiefen Atemzug, als sie ihn hart spürte. Sie folgte seinen rhythmischen Bewegungen mit ihrem gesamten Körper. Den Kopf weit in den Nacken gelegt, ihre Hände an seinen Hüften. Ihre schweren Brüste folgten träge der Sequenz seiner Bewegungen. Ihre Atmung wurde jetzt noch schneller, härter, ihr Stöhnen lauter. Sie

verlor nach und nach jegliche Kontrolle über ihre Sinne, ihren Körper. Marc spürte es und verlangsamte das Tempo. Nach einer Weile drehte er sie auf den Bauch und zog sie sanft an ihren Hüften auf ihre Knie. Mit beiden Händen stützte sie sich auf dem Laken ab und spreizte bereitwillig ihre Beine. Hart schnappte sie nach Luft, als sie seine langen, tiefen Bewegungen erneut spürte. Ihre Atmung drohte zu versagen. Sie sank auf ihre Ellenbögen, überwältigt und erschöpft und trotzdem in der Hoffnung, dass es noch kein Ende geben würde.
Alles was sie jemals erhofft, gewünscht, erträumt hatte, schien jetzt wahr zu werden.
Inzwischen gelangten sie wieder auf der rechten Seite des Bettes, nahe ihrer Ausgangsposition, an. Marc zog sich zurück, drehte Shari auf den Rücken. Ihr Kopf hing inzwischen am rechten Rand, schon außerhalb des Bettes. Ihre Beine hatte sie um Marcs Hüfte geschlungen. So fand sie ausreichend Halt .
Sie fühlte sich wie auf Wolken. Es war unmöglich, einen klaren Gedanken zu fassen. Sie konnte nichts mehr hören, nichts mehr sehen, nur noch fühlen. Eine kleine Berührung reichte jetzt. Die Erde um sie herum bebte. Und dann gab es kein Halten mehr. Sie bäumte sich auf, explodierte. Ihr

Körper vibrierte und sie schrie ihre Lust heraus, laut und lange.

Am nächsten Morgen weckten Shari die ersten Sonnenstahlen, die über dem Mittelmeer Zugang durch die schweren Vorhänge in ihre Suite fanden. Neben ihr schlummerte Marc noch friedlich. Hatte sie in ihm vielleicht den Mann für ihr künftiges Leben gefunden, ging es ihr durch den Kopf? Für einen unbedarften Geschäftsmann hatte er sich in den letzten Tagen einigermaßen wacker geschlagen. Marc sah in ihren Augen gut aus, seine grauen Schläfen passten perfekt zu seinen überwiegend schwarzen Haaren und seine körperliche Verfassung konnte sich sehen lassen. Die Äußerlichkeiten waren aber nur eine Sache und nicht wirklich ein Kriterium. Marc war bestimmt mehr als zehn Jahre älter als sie. Könnte das auf Dauer gut gehen? Würden sie im Alltag auch so gut zusammen passen wie in den vergangenen Tagen? Und vor allem, würden Sie gemeinsam den Stress ertragen, der möglicherweise noch vor ihnen lag? Das Abenteuer war noch nicht zu Ende. Shari kroch aus dem Bett, ging zu dem großen Panoramafenster und öffnete leise die Balkontüre. Die frische Morgenluft säuselte sanft durch ihre Haare. Von anderen Zimmern war der Balkon nicht

einsehbar, es bestand keine Notwendigkeit sich irgendetwas anzuziehen. Sie genoss die frische Luft und die wärmenden Sonnenstrahlen auf ihrer Haut, setzte sich auf einen der Stühle und ließ ihre Gedanken über das blaue Meer schweifen.
Marc fühlte, dass Shari aufstand. Sehen konnte er es nicht. Dazu waren seine Augenlider noch viel zu schwer. Seine Gedanken verselbständigten sich. War es wirklich wahr, dass er gestern Nacht mit seiner Assistentin ein grandioses Abenteuer erlebt hatte. War sie eigentlich nicht viel zu jung für ihn? Nun ja, das Alter spielt nicht wirklich eine Rolle. War Seyma damals nicht noch jünger gewesen? Könnte die letzte Nacht mit Shari der Beginn einer wunderbaren Zukunft gewesen sein? Andererseits: Derartige Gedanken waren jetzt nicht angebracht, noch nicht. Vielleicht war es auch nur ein wunderbarer One-Night-Stand gewesen. Wir werden sehen! Die Zeit wird es zeigen. Marc hatte alle Zeit der Welt für Frauenangelegenheiten. Jetzt galt es erst einmal diese unsägliche Erbangelegenheit zu einem guten Ende zu bringen. Er wälzte sich aus dem Bett und folgte Shari auf den Balkon.

Das Frühstück auf der Terrasse unter einem farbenprächtigen Sonnenschirm und in unmittelbarer Nähe des Meeres vermittelte Urlaubsstimmung. Immer wieder platschten die sanften Wellen in den Sandstrand und verstärkten das Gefühl einer ungezwungenen Lebensqualität. Die jüngsten Erlebnisse im Iran und Aserbaidschan rückten etwas zurück.

„Irgendwann", versuchte Marc sein Lebensgefühl an diesem Morgen in Worte zu fassen, „irgendwann komme ich hierher zurück, stecke meine Füße in den weißen Sand, lasse mir einen kühlen Drink servieren und mich vom Teufel am Arsch lecken. Sorry für die derbe Ausdrucksweise, Shari, aber genau so fühle ich mich jetzt nach den letzten Tagen im Vergleich zu dieser Traumwelt hier."

„Ich fürchte, du wirst damit noch etwas warten müssen, mein Lieber. Wir sitzen immer noch bis zum Hals in der Tinte."

„Schlimmer als in den letzten Tagen kann es wohl nicht mehr kommen, oder?"

„Lass dich von der Ruhe hier nicht täuschen, Marc. Ich habe immer noch ein ungutes Gefühl. Was mich nachdenklich macht ist einerseits die ziemlich überzogene Aktion des Iran, uns unbedingt zu kriegen. Andererseits ist da auch immer noch die Aktion in Berlin, bei der es darum ging, deinen Termin in der Botschaft auszuspähen. Die beiden Aktionen können eigentlich nichts miteinander zu tun haben. Du hattest ja damals noch nichts mit der Shihani-Trade zu tun."

„Aber beide Male ging es um Waffenlieferungen!"

„Ja, das ist richtig", meinte Shari nachdenklich.

„Das verbindende Element dieser beiden Sachverhalte ist außerdem Eva Shihani", fügte sie hinzu. „Wir sollten in nächster Zeit jedenfalls höllisch aufpassen."

„Puh", stöhnte Marc. „Jetzt hast du es geschafft, mich wieder auf den Boden der Tatsachen herunterzuziehen. Sobald Kastor die Maschine startklar hat, fliegen wir zurück nach Genf."

„Du solltest die Hotelrechnung hier nicht mit der Kreditkarte bezahlen. Vielleicht wäre es besser, wenn Mia den Betrag überweisen würde. Ich möchte vermeiden, dass wir auf den letzten Metern auch hier noch geortet werden können."

Der Flug nach Genf war ruhig und angenehm. Die Golfstream erreichte fast Schallgeschwindigkeit. Beim abendlichen Dinner auf der Terrasse ihrer Villa am Genfer See konnten sie bereits die verstörenden Informationen der letzten Tage mit Mia austauschen. Marcs besonderes Interesse galt dabei auch dem Verbleib der

Frachtunterlagen des im Arabischen Meer gesunkenen Dampfers.
„Sag mal, Mia, konntest du die Geschäftsunterlagen aus Veracruz beschaffen?“
„Natürlich. Konrad hat alles hierher gebracht. Ich habe ihn zusammen mit diesem Klausius in eine Linienmaschine gesetzt und nach Mexiko geschickt. Für den Rückflug erschien es mir sicherer, dass Kastor den Transport der Unterlagen übernimmt. Ich wollte vermeiden, dass die Unterlagen als Reisegepäck aufgegeben werden müssen. Es waren immerhin drei Kisten mit brisanten Papieren. Besser wäre es übrigens gewesen, ich hätte Konrad alleine geschickt. Klausius ist in Mexiko verschollen. Konrad hatte sich geweigert, mit ihm in einer Maschine zu fliegen.“
„Warum denn das?“
„Ach, was weiß ich! Manchmal sind auch Männer so etwas wie stutenbissig. Konrad kann den Typ einfach nicht leiden. Er sagte, er habe keine Ahnung, wo Klausius abgeblieben ist. Er ist jedenfalls nicht rechtzeitig zum Flugplatz zur vereinbarten Uhrzeit gekommen. Am Vorabend hat er wohl noch einen kleinen Umtrunk mit Carlos genommen. Meinst du, ich sollte nach ihm suchen lassen?“
„Na ja, wenn du Pech hast, wird er gefunden und du hast ihn wieder am Hals“, schmunzelte Marc. „Aber Spaß

beiseite, wir müssen schon wissen, was mit ihm los ist. Er ist immerhin in unserem Auftrag unterwegs. Nicht, dass ihm etwas zugestoßen ist.“

Der Abend dauerte dann noch einige Zeit auf der Terrasse bei edlen Getränken und analytischen Gesprächen über die Vorkommnisse im Iran und in Aserbaidschan. Zu diesem Zeitpunkt waren die Drei noch weit davon entfernt, die Tragweite des Erlebten zu erfassen.

Das Attentat

Die Detektei Sprüngli und Partner war spezialisiert auf delikate Ermittlungen. Hier in Genf, mit einer Diplomaten-Dichte wie sonst kaum irgendwo auf der Welt, war Diskretion der Erfolgsgarant Nummer eins für ein erfolgreiches Geschäftsgebaren.
Um genau das zu unterstreichen, stellte Josef Sprüngli nur die notwendigsten Fragen an seinen neuen Klienten. Josef erkannte sofort, dass sein Gegenüber, Adam Albanawi, nicht der wahre Auftraggeber war, sondern nur ein Strohmann. Das tat aber weiter nichts zur Sache. Für Sprüngli galten ganz andere Kriterien. Welchen Wagen fuhr sein Klient, wie war er gekleidet und vor allem, verfügte er über ausreichend Bargeld in US-Dollar. Natürlich spielte auch der Name des Klienten eine, wenn auch nur untergeordnete, Rolle und diente hauptsächlich als Kommunikations-Platzhalter. Ein Übergabeort für ermittelte Ergebnisse, eine Mobilfunk-Nummer und der ausgehandelte Stundensatz, das waren wichtige Details, aber doch nicht etwaige Bedenken wie Moral, Gerechtigkeit oder sonstiges illusionäres Geplänkel. Sprüngli lieferte worum er gebeten wurde und erhielt dafür gutes Geld, fertig.

Sprünglis Auftrag war denkbar einfach. Er sollte das Bewegungsprofil eines gewissen Marc Christ ermitteln und daraus immer wiederkehrende Muster herausarbeiten. Für einen Beobachtungszeitraum von vier Wochen konnte Sprüngli immerhin ein sattes sechsstelliges Honorar verhandeln. Dieser Christ war neu hier in der Gegend. Sprüngli kannte ihn nicht persönlich, aber natürlich wusste er, wer er war. Auch das riesige Anwesen war ihm bekannt. Er kannte es von der Seeseite aus. Zu gerne hätte er auch einmal eine Einladung für einen Empfang dort erhalten. Aber das wäre dann doch zu weit gegangen. Eva Shihani war grundsätzlich wählerisch, was ihre Gäste anging.
Adam Albanawi wollte täglich einen Zwischenbericht über den Stand der Ermittlungen. Das war schon etwas ungewöhnlich, aber der Kunde war König. Sprüngli begann unverzüglich mit der Arbeit und brachte seine Leute in Stellung. Unverzüglich hieß: ohne Verzug, also sofort.
Einige Mitarbeiterinnen und Mitarbeiter sollten von der Seeseite aus aktiv werden, etwa als Fischer, Sportruderer, Touristen oder auch als Liebespärchen. In einiger Entfernung des breiten Eingangstores musste ein weiterer Agent Stellung beziehen und sich in unregelmäßigen Abständen mit Kollegen abwechseln.
Sprüngli wusste nicht, wozu die Ergebnisse dieser

Beobachtungen gut sein sollten und es interessierte ihn auch nicht wirklich. Vielleicht stand eine eifersüchtige Ehefrau, Freundin oder wer weiß, wer sonst noch dahinter. Bei den meisten ähnlich gelagerten Aufträgen war es jedenfalls so. Manchmal ging es auch darum, Geschäftskonkurrenten oder Parteigenossen auszuspähen und die gewonnenen Informationen bei passender Gelegenheit auszuspielen. Selbst manche Journalisten recherchierten nicht mehr selbst, sondern ließen Sprüngli die investigative Arbeit leisten und konzentrierten sich lieber auf die dazu passende Schreiberei.

Bei der Shihani Trade nahm die tägliche Arbeit inzwischen wieder einen professionellen Lauf. Insbesondere ging es darum, die Liquidation des Unternehmens vorzubereiten. Marc setzte als geschäftliches Standbein künftig alleine auf den Ausbau der Immobiliengesellschaft IMMOSHI. Das darin gehaltene Vermögen basierte auf zwielichtigen Finanzströmen, das war ihm, Mia und Shari klar. Sie vernachlässigten diesen Sachverhalt aber. Die Geldströme konnten zwar durch die Auflösung der Shihani Trade für die Zukunft gestoppt, aber nicht mehr zurückgedreht werden. Marc würde nach der erfolgten Neuausrichtung des Immobiliengeschäftes Anna

reinen Wein einschenken und ihr dann die Entscheidung für die Steuerung des Unternehmens übergeben.
Für die Sichtung der Frachtunterlagen aus Veracruz beauftragte Mia vertrauenswürdige Experten, die sie noch aus der Arbeit für Eva kannte. Marc telefonierte auch mit Olivia Anderson von der InnoAD. Sie setzte sofort eine Gruppe von Experten in Bewegung, die ebenfalls halfen, die Unterlagen zu begutachten.
Das Ergebnis nach einiger Zeit war genauso erhellend wie verstörend. Die tief bedrückende Erkenntnis war, dass sich auf dem Frachter auch eine nennenswerte Menge an Material für das iranische Atomprogramm befand. Gleiches galt für Lieferungen in der Vergangenheit. Auf einmal machte die Intensität, mit der die iranischen Behörden versuchten Shari und Marc zu fassen, einen Sinn. Es sollte mit allen Mitteln versucht werden, mögliche Mitwisser zu beseitigen und damit unliebsame Störungen der aktuellen internationalen Verhandlungen über das iranische Atomabkommen im Keim zu ersticken. Shari, Mia und Marc stockte förmlich der Atem über diese Erkenntnis, die sie bei ihrer täglichen gemeinsamen Geschäftsbesprechung erörterten. Doch dann ging Marc in die Offensive. Mia vereinbarte einen Telefontermin mit Mohammadi. Nach wenigen Höflichkeitsfloskeln kam Marc auf den Punkt:

„Hören Sie zu, Mohammadi, wir wissen, warum Sie uns in Teheran unbedingt festsetzen wollten."
„Aber was wollen Sie denn, Christ! Wir wollten doch nur mit Ihnen unser angenehmes Gespräch im Ministerium fortsetzen. Warum sind Sie denn so plötzlich geflohen?"
„Sie wollten uns von Ihren Beamten verhaften lassen. Das ist die Wahrheit! Ist das Ihre Vorgehensweise, Gäste zu einem Gespräch zu bitten?"
„Aber mein lieber Herr Christ.. Vielleicht waren unsere Leute etwas zudringlich. Das kann ja sein. Das sollten Sie nicht überbewerten. Die wollten doch nur sicherstellen, dass Ihnen nichts zustößt.
„Sie sind ja vielleicht gut, Mohammadi", antwortete jetzt Marc ironisch, „uns wäre fast schon etwas zugestoßen, und zwar durch Ihre Leute. In Angst und Schrecken haben Sie uns versetzt."
„Aber lieber Herr Christ, wenn das so ist, entschuldigen wir uns bei Ihnen. Kommen Sie her und wir besprechen alles in Ruhe weiter. Sie sind jederzeit herzlich willkommen."
„Es gibt nichts weiter zu besprechen, Mohammadi. Alles, was ich Ihnen sagen wollte, habe ich bereits in Teheran gesagt. Jetzt sind wir froh, wieder zurück zu sein."
„Seien Sie nicht undankbar, Christ. Mussten Sie denn bei Ihrer Ausreise unsere Leute reihenweise umbringen? Wir

wissen, was Sie in unserem Land und auch in Aserbaidschan getan haben. Aber darüber können wir doch sprechen. Wir sind nicht nachtragend."

„Ich bin aber sehr nachtragend, Mohammadi. Ich sage Ihnen jetzt etwas, das Sie sich aufschreiben sollten: Wenn ich in Zukunft noch irgendeine Aktion Ihrerseits feststelle, in der Sie uns nachstellen, gehen die Frachtunterlagen unserer letzten Lieferung und auch der Lieferungen davor an die internationale Presse. Ihr Atomprogramm können Sie sich dann in den Arsch schieben, haben wir uns verstanden? Wenn Sie sich ruhig verhalten, werden wir uns auch ruhig verhalten und die Sache ist erledigt."

„Aber Herr Christ …", stammelte jetzt Mohammadi entrüstet.

„Es gibt nichts weiter zu besprechen, Mohammadi. Haben Sie noch einen schönen Tag!"

Damit war das Gespräch beendet.

„Meinst du, er wird sich daran halten?", fragte jetzt Mia.

„Hmm, schwer zu sagen", meinte Shari. „Er wird seine Leute nach ihrer Einschätzung fragen. Das Risiko für ihn persönlich ist aber groß, wenn unsere Unterlagen an die Öffentlichkeit kommen. Der iranische Geheimdienst wird ihm das sofort in die Schuhe schieben, schon alleine deswegen, um nicht selbst in die interne Schusslinie zu

geraten. Das wird er wissen. Für ihn wäre es besser, die Sache auf sich beruhen zu lassen, das ist meine Meinung. Außerdem wird ihm klar sein, dass er uns einen gehörigen Schrecken eingejagt hat und wir nicht daran interessiert sind, das Spiel fort zu setzen."
„Wir sollten unsere Sicherheitsleute jedenfalls darauf aufmerksam machen, dass sie jetzt besonders sensibel auf Ungewöhnliches achten", war Mias Beitrag. Du fragtest ja bei deinem ersten Besuch hier, ob wir wirklich vier Sicherheitsleute beschäftigen müssen. Erinnerst du dich, Marc? Jetzt hast du die Antwort."
„Ich hab's verstanden, Mia", lächelte Marc zustimmend. Gibt es sonst noch neue Erkenntnisse?"
„Ich hab noch eine Neuigkeit aus Veracruz", begann Mia jetzt das Thema zu wechseln. „Es geht um den Verbleib unseres Experten Klausius."
„Ach, erzähl?", fragte Marc neugierig.
„Ich habe mit Carlos telefoniert und ihn auf Klausius' Spur gesetzt. Er hat jetzt Neuigkeiten. Es ist so, dass sich am Vorabend des Rückfluges Carlos und Klausius in einer Bar getroffen haben. Zufällig kamen dann auch noch zwei Mädels mit dazu."
„Rein zufällig?", runzelte Marc die Stirn.
„Na ja, fast zufällig. Carlos war dort mit einer gewissen

Carmen verabredet, die auch noch eine Kollegin mitgebracht hat."
„Ups, eine Kollegin oder eine Freundin?", fragte Marc erstaunt.
„Na ja, es war wohl eher eine Kollegin. Carlos hat Carmen gebeten, eine Kollegin mitzubringen, die sich um Klausius kümmern sollte."
„Moment mal, nur damit ich es richtig verstehe", hakte Marc jetzt nach, „die Kollegin dieser Carmen hatte den Auftrag sich um Klausius zu kümmern? Hat sie das freiwillig oder eher für … für Geld gemacht?"
„Wenn du Klausius kennen würdest, wüsstest du, dass es nur für Geld gewesen sein kann."
„Aha … ist diese Kollegin eine Prostituierte?"
„Dolores und Carmen arbeiten im selben Puff. Dolores hat dabei wohl eine Fortbildung als Domina. Später kam noch eine weitere Kollegin, Babaluna mit dazu. Da hatten sich aber Carmen und Carlos bereits zurückgezogen um den Abend zusammen ausklingen zu lassen."
„Okay, jetzt verstehe ich. Klausius hat sich mit Dolores und Babaluna vergnügt und hat deshalb den Flieger verpasst. Aber wo ist er denn bis jetzt geblieben?"
„Ja, das ist eine etwas längere Geschichte. Carlos hatte Carmen gebeten, es Klausius so richtig gut gehen zu lassen.

Das muss Carmen wohl missverständlich weiter gegeben haben. Jedenfalls haben Dolores und Babaluna es Klausius erst so richtig ordentlich besorgt. Der Alkohol muss in Strömen geflossen sein. Und als ob das nicht schon genug der Freude für Klausius gewesen wäre, haben sie ihm dann auch noch ein paar Tropfen von einer müde machenden Substanz auf die Nase geträufelt und in den nächsten Bus gesetzt."

„Was für eine Substanz, etwa KO-Tropfen?"

„Ja, genau. Der Bus fuhr dann nach Acapulco. Das ist am Pazifischen Ozean. Klausius ist also quer durch Mexiko gefahren."

„Und wo ist er jetzt", wollte Marc irritiert wissen.

„Ja das ist es ja … Das war gar nicht so einfach zu ermitteln, meinte Carlos. Klausius muss wohl in der Stadt umhergeirrt sein. Ohne Geld konnte er ja noch nicht einmal telefonieren. Außerdem soll er wie ein Landstreicher dahergekommen sein. Nur mit einem Ziegenfell, ohne Unterhose dafür aber mit Hausschuhen bekleidet. Mehr hatte er nicht bei sich. In seiner Verzweiflung soll er dann letztlich im Hafen bei einer Touristen-Schifffahrtsgesellschaft angeheuert haben. Das Schiff ist jetzt unterwegs nach Europa. Klausius muss sich aber die Passage auf dem Schiff erst noch verdienen. Er wird dort

als Küchenhilfe eingesetzt. Wenn er ordentlich arbeitet, darf er bleiben, hieß es."
„Puh, deshalb hat er sich bisher nicht gemeldet", meinte Marc mitfühlend. „Ich weiß jetzt gar nicht, ob das eine gute oder eine schlechte Nachricht ist. Was meint ihr?"
„Jedenfalls kann er dort nichts anstellen und eine Seereise über den Atlantik wird einem ja auch nicht alle Tage geboten", schmunzelte Shari.
„Das dicke Ende für ihn kommt aber noch", wusste Mia. „Carlos hat berichtet, dass der Abend mit Dolores und Babaluna mit immerhin 6.500,- Dollar zu Buche geschlagen hat. Das wird er irgendwie seiner Frau erklären müssen, wenn er wieder zurück ist. Carlos hat den Betrag einstweilen vorgestreckt, hat aber darum gebeten, dass wir mit Klausius abrechnen. Soll ich ihm den Betrag überweisen, Marc?"
„Ja natürlich, aber über seine Reisekostenabrechnung kann Klausius sein Abenteuer mit den beiden Mädels nicht finanzieren, achte bitte darauf, Mia."
„Natürlich, apropos: Ich habe eure Suite in Limassol an das Hotel überwiesen. Wie ich sehe, habt ihr euch dort ein Zimmer geteilt. Aus Kostengründen, nehme ich an", stichelte Mia jetzt süffisant.

„Natürlich“, antwortete Marc ertappt, während Shari leicht errötete.

Am frühen Nachmittag des nächsten Dienstag der folgenden Woche startete Marc mit Shari nach Genf. Mohammadi hatte sich noch einmal gemeldet und bat um einen Gesprächstermin, um die Wogen der Verstimmungen zu glätten. Er hatte seinen Generalsekretär gebeten, eine für beide Seiten zufrieden stellende Vereinbarung zu treffen. Marc betrachtete das als versöhnliches Zeichen. So haarsträubend die Vorkommnisse im Iran und Aserbaidschan auch waren, es ging ihm darum, einen Schlussstrich zu ziehen und endlich zur Ruhe zu kommen. Heute ging es darum, Konrad Viertelpfünder Details für einen Vertragsentwurf, ein Memorandum of Understanding oder ein ähnliches Dokument zu nennen, um für das Gespräch mit Mohammadi oder seinen Generalsekretär gewappnet zu sein.
Der Verkehr war mäßig an diesem Nachmittag. Shari saß am Steuer des Wagens. Sie liebte es, mit dem A8 zu fahren. Der Luxus und die unbändige Kraft dieser Limousine hatte es ihr angetan. In der Nähe von Bogis-Bossey führte eine Verkehrsbehinderung zu einer Verlangsamung des Verkehrs. Dort war ein neuralgischer Punkt, an dem

häufiger Beeinträchtigungen zu beklagen waren. Teilweise wurde der Verkehr über einen Feldweg umgeleitet. Die entsprechenden Verkehrshinweise waren schon von weitem sichtbar.
„Das gefällt mir nicht, das gefällt mir gar nicht“, murmelte Shari.“
„Warum, was soll sein? Wir liegen gut in der Zeit.“
„Hier ist keine Baustelle und auch sonst nichts, das den Verkehr behindern würde, das stört mich!“
„Ach was.“
Dann verdichtete sich der Verkehr weiter. Einige Fahrzeuge vor Shari fuhr ein großer Fahrzeugtransporter relativ langsam, der allerdings keine Autos geladen hatte, und behinderte den Straßenverkehr zusätzlich.
An einer kleinen Abzweigung wurde der Verkehr von einem uniformierten Beamten über einen Feldweg gesteuert. Einige Fahrzeuge durften weiter fahren, andere wurden umgeleitet. Der Fahrzeugtransporter und ein vor ihm fahrender weißer Mercedes wurden über einen Feldweg umgeleitet. Auch Shari wurde in den Feldweg geschickt. Die Fahrzeuge hinter ihr durften der Straße nach Genf weiter folgen. Nach einer Biegung hielt der Transporter am Wegesrand an. Auch Shari stoppte ca. 30 Meter hinter dem LKW, weil der Weg durch das schwere

Fahrzeug ziemlich eng geworden war. Der Lastwagenfahrer und zwei weitere Beifahrer waren ausgestiegen und standen hinter dem LKW, bei dem sie die Auffahrtsrampen auf die Ladefläche gerade herunterließen. Die drei Leute waren in graue Overalls gekleidet. Sie bemerkten den A8 hinter ihnen, der ebenfalls angehalten hatte. Einer der Beifahrer kam jetzt auf den Audi zu und bedeutete Shari, dass sie über die Rampe auf die Ladefläche des LKW auffahren solle.
Shari und auch Marc stutzten und sahen sich fragend an.
„Was soll ich tun?“, flüsterte Shari so, also könnten sie der Beifahrer hören.
„Nicht auffahren“, antwortete Marc hastig nach einer kurzen Bedenkzeit. „Auf keinen Fall auffahren.“
„Und jetzt?“, brachte Shari aufgeregt hervor.
„Anhalten und abwarten.“
Jetzt kam ein weiterer LKW-Fahrer auf den A8 zu und forderten Shari freundlich mit einer Handbewegung auf, das Fenster herunterzukurbeln.
„Wir bleiben im Wagen, lass das Fenster oben“, wies Marc Shari an.
Der Wortführer der beiden LKW-Fahrer versuchte erneut Shari zu bewegen, das Fenster herunterzukurbeln. Die beiden waren inzwischen an den Audi herangekommen.

„Sind Sie Marc Christ?“, fragte einer der beiden an Marc gerichtet.
„Ja, wer will das wissen?“
„Ich überbringe Ihnen eine Einladung von Karima Alzahrani. Sie ist sehr ungehalten darüber, was Sie Eva Shihani angetan haben.“
Diese Eröffnung traf Marc wie ein Stich ins Herz. Verunsichert antwortete er:
„Ich weiß nicht, wovon Sie sprechen, ich kenne keine Karima Alzahrani und werde ihrer Einladung bestimmt nicht folgen. Lassen Sie uns in Ruhe und machen Sie den Weg frei!“
„Wollen Sie nicht die Scheibe herunterlassen, unsere Unterhaltung wäre dann deutlich einfacher.“
„Nein, wollen wir nicht, gehen Sie aus dem Weg!“
Jetzt winkte der Wortführer seinem am LKW verbliebenen Kollegen, der sich bisher an einer Seilwinde des Transporters zu schaffen gemacht hatte. Marc erkannte, dass dieser von der Ladefläche eine Maschinenpistole nahm und langsam auf den A8 zukam.
Plötzlich glaubte Shari ihre Augen spielten ihr einen Streich. Sie erschrak bis ins Mark und begann zu zittern. Marc erkannte das verunsichert aus den Augenwinkeln heraus.

„Was ist los, Shari? Unser Fahrzeug ist kugelsicher, es kann nichts passieren, ruhig bleiben. Fahr einfach los!"
Shari gab Gas. Die 12 Zylinder unter der Motorhaube säuselten kurz und dann schoss der A8 vorwärts. Die Schrecksekunde der beiden in der Nähe stehenden LKW-Fahrer war einfach zu lange, als dass sie entkommen konnten. Shari erfasste einen der beiden frontal. Er schrie kurz, Blut verschmierte die Scheibe, Knochen knackten, er wurde über die Windschutzscheibe hinter das Fahrzeug geschleudert. Der andere hatte etwas mehr Glück. Shari erfasste ihn mit dem linken Kotflügel an der Hüfte. Aber auch dieser Kontakt reichte aus, um ihn durch die Luft zu wirbeln und auf den Boden zu schleudern.
Inzwischen war der dritte LKW-Fahrer sehr nahegekommen. Ein Feuerstoß aus seiner Maschinenpistole traf die Windschutzscheibe, die aber Stand hielt. Der A8 war inzwischen kurz vor ihm. Er versuchte sich noch mit einem Sprung zur Seite zu retten, es gelang ihm nur unzureichend. Shari erwischte ihn noch an der Hüfte, er schrie vor Schmerz auf und fiel zur Seite.
Shari legte dann eine Vollbremsung hin und driftete gleichzeitig im 180 Grad Winkel zu einem U-Turn und gab erneut Vollgas. Der Angreifer mit der Maschinenpistole hatte sich inzwischen zur Seite gerollt und humpelte ins

Unterholz. Der Zweite war gerade im Begriff sich hochzurappeln, schaffte es aber nicht mehr. Dieses Mal traf ihn der rechte Kotflügel mit voller Wucht. Das schwere Fahrzeug fegte über ihn hinweg.

„Zurück zur Villa“, schrie Marc.

Shari schien ihre Contenance jetzt wieder erlangt zu haben, während Marc auf dem Beifahrersitz hyperventilierte. Nur mühsam konnte er nach einiger Zeit seine Atmung wieder stabilisieren. Obwohl er um die Sicherheits-Features des Audi wusste, hatte ihn diese Aktion in Todesangst versetzt. Zitternd rief er Mia an, berichtete in knappen Worten über das soeben Erlebte und bat darum, die Polizei zu verständigen.

Als er sich weiter beruhigt hatte, fragte er Shari:

„Was war plötzlich los mit dir, hat dich die Maschinenpistole vorhin aus der Fassung gebracht?“

„Nein, das eher weniger“, flüsterte sie. „Es war vielmehr der Schütze.“

„Wieso, kanntest du ihn etwa?“

Shari stockte der Atem. „Ja, es war Rayen“, hauchte sie, Rayen Al-Shahiri.

Marc atmete tief durch. Nach einer Pause flüsterte er: „Du hast ihn fast aus dem Spiel genommen, Shari. Der wird uns hoffentlich nicht mehr gefährlich werden.“

In der Villa herrschte jetzt die pure Aufregung. Als der blutverschmierte A8 ankam, wartete Mia bereits am Eingangstor. Das Sicherheitspersonal hatte im Außenbereich Stellung bezogen. Die Stimmung war ernst. Marc und Shari verließen kurz hinter der Einfahrt das Fahrzeug, Mia umarmte beide. Der Anblick des lädierten Autos ging ihr sichtlich nahe.

„Oh Gott, Marc, wie geht es euch denn jetzt? Ich habe die Polizei bereits verständigt?“ Mit Kommissar Springinsfeld habe ich gesprochen. Er hat für Eva gearbeitet. In einer knappen Stunde wird er hier eintreffen. Seine Spurensicherung wollte er sofort zum Tatort beordern.

„Sehr gut, ich muss mich erst einmal setzten und etwas trinken. Die Polizei sollte vielleicht auch einen Notarzt und Krankenwagen zum Tatort schicken.“

„Ja, ich habe Springinsfeld auch bereits darum gebeten.“

„Es tut mir leid, dass ich nicht besonnener reagiert habe“, flüsterte Shari schuldbewusst.

„Das braucht dir nicht leidtun. Die Leute wollten euch mitsamt eurem Auto entführen. Vor etwas mehr als einem Jahr hat übrigens die CIA an ziemlich gleicher Stelle versucht, Eva zu entführen. Ihr werdet das nicht gewusst haben.“

„Wirklich?“, antwortete Marc zutiefst erstaunt. „Das ist ja

kaum zu glauben. Wie ging denn die Sache damals aus?“

„Nicht gut für die Amerikaner. Eva und Überkinger haben einen Kleinbus der verhinderten Entführer mit einer Panzerfaust in die Luft gejagt, einen der Entführer, er hatte sich vor Schreck in die Hose geschissen, nackt im Wald ausgesetzt und den anderen in einer Transportkiste dem amerikanischen Botschafter in Genf vor seine Bürotür gestellt.“

Puh, hat Frau Shihani damals die Polizei eingeschaltet?“, wollte Shari wissen.

„Awo, sie hat dem Botschafter die Ohren lang gezogen und damit war der Fall für sie erledigt.“

Inzwischen setzte sich Mia zu Shari und Marc an den kleinen Tisch in einem der Erker der Villa, in dem gewöhnlich Geschäftsbesprechungen in kleinem intimen Kreis abgehalten wurden.

„Gott sei Dank haben euch die Kerle nichts anhaben können. Habt ihr denn irgendeinen Anhaltspunkt, was die Banditen von euch wollten?“, meinte Mia ratlos.

„Eigentlich nicht, wenngleich mich nach unseren Erlebnissen in der jüngsten Vergangenheit gar nichts mehr überraschen kann. Das dachte ich wenigstens. Tatsächlich waren wir natürlich schon überrascht. Geschockt wäre aber der treffendere Ausdruck. Dass die Aktion mit unseren

Erlebnissen im Iran zusammen hängt, glaube ich aber eher nicht. Shari kannte den Anführer übrigens aus Berlin. Er gab sich damals als Journalist aus."
„Oh, das ist schon ungewöhnlich", Mia schaute jetzt irritiert abwechselnd von Marc zu Shari. „Kann es sein, dass die Verbrecher es auf dich abgesehen hatten, Shari?"
„Das glaube ich eigentlich nicht, ausschließen kann ich es aber natürlich nicht. Es ging ihm damals wohl um eine interne Aktion der Saudi-Arabischen Botschaft in Berlin, die nie aufgeklärt werden konnte.
Marc hielt jetzt die Luft an. Auf keinen Fall durfte sich Shari jetzt verplappern und erwähnen, dass dieser Rayen den Kalendereintrag im Zusammenhang mit den Eva belastenden Informationen ausgekundschaftet hatte. Mia war eine enge Vertraute von Eva gewesen. Sie durfte niemals erfahren, dass er Mitverantwortung an Evas Ende trug. Aber Shari passte auf.
„Es ist aber schon ziemlich erstaunlich, dass du den Typen kanntest, der dann ausgerechnet hier erscheint und ein Attentat auf euch verübt", meinte Mia.
„Eine Sache ist auch noch bemerkenswert", sinnierte Marc. „Als mich einer der Entführer nach meinem Namen fragte, meinte er auch noch: ‚Schöne Grüße von Karima Alzahrani' oder so ähnlich. An die genaue Formulierung

kann ich mich nicht mehr erinnern. Wir kennen beide keine Karima Alzahrani."

Mia wurde bei dieser Bemerkung bleich. Ich kenne den Namen schon", flüsterte sie. „Persönlich getroffen habe ich Karima nie, aber ich habe sie von weitem am Flughafen in Riad gesehen. Sie traf sich dort immer mit Eva, wenn wir in Riad unser Flugzeug aufgetankt haben."

Auch Marc fuhr jetzt der Schreck in die Glieder. „Das heißt, sie und Eva müssen sich gut gekannt haben. Weißt du noch mehr über diese Begegnungen?"

„Hmm", Mia dachte nach. „Nein, der Name Karima Alzahrani war nie ein Thema. Außer auf den Flügen nach Riad hat sie ihn nie genannt. Frau Alzahrani war in Riad nie alleine. Das ist aber nicht ungewöhnlich. Dort sind Frauen so gut wie nie alleine unterwegs."

„Wer war ihr Begleiter? Kanntest du ihn?"

„Nein, es war ein jüngerer Mann. Vielleicht in meinem Alter. Meint ihr, es könnte vielleicht dieser Rayen gewesen sein?"

„Hmm", überlegte jetzt Marc. „Keine Ahnung, interessant ist das schon. Aber weiter hilft es uns trotzdem nicht. Wir müssen mehr über diese Karima herausfinden. Vielleicht klärt sich dann auch dieser Entführungsversuch auf. Shari hat schon einmal versucht, über diesen Rayen mehr zu erfahren. Leider blieb das damals erfolglos."

„Es ist zu überlegen, ob wir darüber gegenüber der Polizei überhaupt sprechen sollen", überlegte Shari. „Ich habe inzwischen kein allzu großes Interesse, mehr über diesen Rayen zu erfahren. Ich meine, er bedeutet mir nichts mehr. Natürlich wüsste ich gerne, wer oder was hinter allem steckt."

„Du hast ihn mit dem Auto fast umgebracht, Shari", bemerkte Mia vorwurfsvoll. „Wir müssen das der Polizei erzählen."

„Aber wir müssen seinen Namen nicht erwähnen", schnauzte Shari entschieden.

Marc wusste sofort, warum Shari die Vorgänge um Rayen nicht thematisieren wollte. Möglicherweise würde dann auch der Einbruch in ihre Berliner Wohnung zur Sprache kommen und alles, was dort passierte. Mia verstand zwar Sharis entschiedene Ablehnung nicht, akzeptierte aber ihre Meinung.

Jetzt wurde Mia von Valentina zur Tür gebeten. Kurz darauf erschien sie wieder und stellte Willi Springinsfeld vor. Marc schilderte den Entführungsversuch ausführlich, erwähnte dabei auch den Namen Karima Alzahrani durch einen der Entführer ohne Rayen dabei zu erwähnen. Springinsfeld berichtete aktuelle Neuigkeiten vom Tatort.

Einem der Entführer war nicht mehr zu helfen. Bei Eintreffen des Notarztes war er bereits verstorben. Ein Weiterer befand sich im Koma und auf dem Weg ins Krankenhaus. Von dem dritten Entführer war nichts mehr zu entdecken. Der Transport-LKW befand sich noch in dem Waldweg. Auf der Ladefläche wurden zwei Maschinenpistolen sichergestellt. Ein weißer Mercedes wurde nicht mehr gefunden, wohl aber entsprechende Reifenspuren.
Springinsfeld bat darum, den mit Einschussspuren übersäten, verbeulten und blutverschmierten Audi A8 der Spurensicherung zu Verfügung zu stellen. Die Polizeiarbeit war mittlerweile auf Hochtouren angelaufen.

Aufklärung

Inzwischen hatte sich die Lage weitgehend wieder beruhigt. Seit dem Entführungsversuch waren knapp zwei Wochen vergangen. Springinsfeld ermittelte, dass der Fahrzeugtransporter regulär als Gebrauchtfahrzeug an die Detektei Sprüngli und Partner verkauft worden war. Schnell wurde klar, dass Sprüngli als Strohmann für Adam Albanawi fungierte. Die Spuren nach dem wahren Eigentümer und Drahtzieher verliefen bisher im Sand. Aus Sprünglis Unterlagen und weiteren Indizien wurde aber auch die Vorgehensweise der Entführer weitgehend festgestellt.

Die Beobachter der Detektei mussten jeweils sofort an ihren Auftraggeber melden, wenn Marc seine Villa verließ. Dann machte sich ein Einsatzkommando bereit und der Fahrzeugtransporter, der auf einem Abstellplatz in der Nähe von Bogis-Bossey parkte, setzte sich in die Richtung von Genf in Bewegung. Eine falsche Polizeistreife verlangsamte dann den Verkehr und gab vor, Fahrzeuge zu kontrollieren. Tatsächlich wurde aber nur der Transporter, ein weißer Mercedes und Marcs Fahrzeug in den Feldweg umgeleitet. Sprüngli war aber nur für die sofortige Weitergabe der Information an Adam Albanawi zuständig, sobald Marc seine Villa verließ. Die weitere Planung und Organisation übernahm wohl Albanawi selbst. Sprüngli berichtete, dass seine Leute etwa ein Dutzend Mal die gewünschte Information weiter meldeten. Man kann also davon ausgehen, dass mehrere Versuche erforderlich waren, bis die Konstellation günstig war, um die Entführung zu starten.

Weder die falschen Polizisten noch Albanawi konnten bisher gefunden werden. Ein gravierender Fehler unterlief Sprüngli, aus Sicht der Entführer, dass er nicht erkannte, dass Marcs Fahrzeug mit weitreichenden Sicherheitsfeatures ausgerüstet war. Diese Nachlässigkeit verursachte letztlich den Tod von inzwischen zwei Entführern und wahrscheinlich schwere Verletzungen bei dem dritten. Andererseits misslang dadurch auch die Entführung. Auf der Ladefläche des Transport-LKW wurden reißfeste Kunststoffbänder gefunden, deren Funktion der Spurensicherung zunächst nicht plausibel war. Es wird vermutet, dass diese Bänder dazu gedacht waren, die Türen des Audi ggf. von außen festzuzurren, um ein Verlassen des Fahrzeugs zu verhindern.

Der zweite, kurzzeitig im Koma liegende Entführer, war inzwischen seinen Verletzungen erlegen. Shari musste keine Anklage wegen ihrer Aktion mit dem Auto erwarten.

Schnell wurde bescheinigt, dass sie in Notwehr handelte. Sprüngli musste seine Unterlagen offen legen. Daraus wurde deutlich, dass Marc wochenlang akribisch ausspioniert und mit den Informationen ein Bewegungsprofil erstellt wurde. Offensichtlich entstand daraus der Plan für die Entführung.

Die verhinderten Entführer wurden offensichtlich von niemand vermisst, zumindest nicht in der Schweiz. Auch ihre Identität konnte nicht ermittelt werden. Über den Namen Karima Alzahrani konnte Springinsfeld keine verwertbaren Informationen ermitteln. Es schien lediglich sicher, dass es sich um eine Ausländerin handelte.

Marc hatte seine Sicherheitsleute inzwischen verstärkt. Springinsfeld stellte ihm darüber hinaus für einige Zeit polizeilichen Personenschutz bereit.

Alle Maßnahmen der Polizei führten bisher nicht ansatzweise zu einer Aufklärung. Je mehr Zeit verging, desto weniger wahrscheinlich wurde eine Offenlegung der Hintergründe. Marc musste sich aber auch eingestehen, dass er daran inzwischen auch kein gesteigertes Interesse hatte. Er wollte einen Zusammenhang darüber vermeiden, dass er die Informationen lieferte, die er seinerzeit der Saudi-Arabischen Botschaft in Berlin übergab und die zu dem Attentat auf Eva Shihanis Flugzeug führten, in dem sie ums Leben kam. Dass dieser Rayen hier eine Rolle spielte, hing wohl irgendwie mit diesen Informationen zusammen. Welche Beziehung hatte Eva Shihani zu Rayen Al-Shahiri und wer war Karima Alzahrani? Die Antwort würde wohl kaum von Willi Springinsfeld kommen.

Marcs Tragik lag auch darin, dass er sich über diese Fragen nur mit Shari austauschen konnte. Selbst Mia durfte er nicht einweihen. Er wusste, dass sie immer noch große Stücke auf Eva hielt. Nach allem, was sie bisher für ihn getan hatte, wäre die Wahrheit über Evas Tod jetzt ein eklatanter Verstoß gegen ihre Loyalität. Die Wahrheit zu verschweigen, ist genauso zu werten, als bei einer Lüge erwischt zu werden. Er schämte sich bei dieser bitteren Erkenntnis.

Auch Shari war sich darüber im Klaren, dass Springinsfelds Ermittlungen keine neuen Erkenntnisse liefern würden. Sie hatte deshalb frühzeitig ihren Onkel über die Vorgänge hier in Kenntnis gesetzt. Spontan konnte auch er keine Antwort finden.

Dann aber erhielt sie eine Nachricht aus Riad.

„Hör zu Fatma, sorry, ich kann mich immer noch nicht an deinen neuen Namen gewöhnen“, meldete sich Haddad Abdul Abbas. „Du hattest nach Karima Alzahrani gefragt. Es gibt viele Personen mit diesem Namen, aber ich bin sicher, die Richtige jetzt gefunden zu haben. Es ist eine alte, sehr wohlhabende Dame. Sie bewegt sich häufig fast schon an der Grenze zur Volksverhetzung."

„Oh, wie meinst du das, was hat sie getan?"

„Na ja, du als Frau siehst es vielleicht mit anderen Augen. Sie unterstützt etwas zu forsch die Emanzipationsbewegung der Frauen hier. Andererseits hat sie zu viel Einfluss, als dass man sie ohne Weiteres einfach verschwinden lassen könnte. Einen öffentlichen Frauenaufstand wird unser Kronprinz auf jeden Fall vermeiden. Wir wollen keine neuen Unruhen."

„Wieso neue Unruhen, was ist passiert?"

„Na ja, wenn du daran denkst, welches Geschrei es über den Fall Jamal Khashoggi gab … so etwas brauchen wir nicht wieder. Und damals ging es nur um eine Person. Hinter Karima stünde gleich ein Geschwader wütender Frauen. Mohammed bin Salman geht da lieber diplomatisch vor und macht den Damen Zugeständnisse, wenn du verstehst, was ich meine."

„Fürchtet er jetzt etwa die Macht des Volkes?"

„Jedenfalls mehr als die Macht ausländischer Politiker oder einzelner Journalisten. Du musst dir ja nur vor Augen führen, wohin der arabische Frühling geführt hat. In Syrien ist das Drama immer noch nicht zu Ende und in anderen

Ländern auch noch nicht. Auch in autoritären Staaten ist die Stimmung im Volk nicht zu unterschätzen.
„Wenn du meinst, dass es genug ist, dass wir Frauen jetzt auch einmal ohne Vormund aus dem Haus gehen, oder inzwischen auch Auto fahren dürfen, habt ihr Männer allen Grund, das Volk zu fürchten. Bisher nur das weibliche, aber wer weiß .... Es gibt aber noch jede Menge Potenzial für weitere Verbesserungen, wenn du jetzt verstehst, was ich meine“, sagte Shari ironisch.
„Ach lassen wir das Geplänkel jetzt, Shari. Darum geht es jetzt auch nicht wirklich. Viel interessanter ist, dass diese Karima die Schwiegermutter von Eva Shihani war.“
Diese Nachricht traf Shari wie ein Keulenschlag. „Puh, das muss ich jetzt erst einmal verkraften, Haddad.“
„Es wird noch aufregender, meine Liebe.“
„Was gibt es denn noch?“, fragte Shari geknickt.
„Jetzt halte dich fest. Dieser Rayen Al-Shahiri ist ebenfalls ein Saudi.“
„Aha, spannend“, meinte Shari jetzt enttäuscht.
„Das ist noch nicht das Spannende, meine Liebe. Viel interessanter ist, dass dieser Rayen mit Karima verwandt ist. Er ist ihr Enkel oder Großenkel. So eindeutig ist das bei dieser Großfamilie nicht erkennbar.“
Jetzt war Shari endgültig sprachlos.

„Bist du noch am Telefon, Shari?“
„Ja … ich bin schon noch da“, flüsterte Shari. „Es ist nur so, dass ich damals in Berlin … Ich meine, er gefiel mir sehr gut … hatte blendende Manieren … Ich hatte noch lange gehofft, dass er und Eva Shihani nichts miteinander zu tun haben.
„Es tut mir leid, wenn ich jetzt mit dieser Nachricht deine Hoffnungen zerstört habe, meine Liebe.“
„Nein, nein, muss es nicht. Ich wusste ja spätestens seit dem Entführungsversuch, dass er nichts Gutes im Schilde führt. Ich bin nur darüber enttäuscht, wie er sich in Berlin mir gegenüber verhalten hat.“
„Was willst du jetzt tun, Shari?“
„Das möchte ich dich auch fragen, Onkel?“
„Hmm“, meinte Haddad nachdenklich. Karima und Rayen haben sich hier nichts zuschulden kommen lassen, das wir verfolgen sollten. Allerdings muss unser Interesse dahin gehen herauszufinden, ob und woher Karima Informationen über die näheren Umstände zu Shihanis Tod hat. Dass sie dann auf diesen Marc Christ gestoßen ist, ist lediglich eine Folge davon, meine ich. Irgendjemand aus unseren Behörden muss geplaudert haben. Anders kann ich mir das nicht vorstellen. Derartige Informationen sind absolut vertraulich. Würden die Umstände bekannt, hätten wir das

gleiche Theater wie beim Fall Khashoggi."
„Ja, da ist etwas dran", überlegte Shari. Vielleicht solltet ihr die Liste der Verwandten und Familienmitglieder von Karima mit euren infrage kommenden Behördenmitarbeitern abgleichen. Aber selbst wenn ihr Übereinstimmungen findet, ist das natürlich noch kein Beweis."
„Natürlich nicht! Aber einen Versuch ist es allemal wert."
„Eine Bitte habe ich noch an dich, Haddad. Bitte gib mir eine Information, wenn ihr feststellt, dass Rayen wieder nach Europa kommt.

Inzwischen nahm auch Mohammadi über seinen Generalsekretär, Halil Moradi, Kontakt zu Marc auf und man verabredete sich zu einem Treffen in Genf. Die iranische Seite wollte wohl ausloten, welche Gefahr jetzt durch Marc bestand und ob er möglicherweise sogar die Waffenlieferungen durch die Shihani Trade öffentlich machen würde.
Marc wollte die Iraner nicht in seine Villa einladen. Dazu war zu viel vorgefallen. Eigentlich wollte er von diesen Typen gar nichts mehr wissen. Stattdessen traf man sich in einem Nebenraum des Intensus, einem edlen Gourmet Tempel in der Rue Argand in Genf. Vorsichtshalber

platzierte Marc seine Sicherheitsleute ebenfalls in dem Lokal. Auch wenn inzwischen klar war, dass das Abenteuer im Iran nicht mit dem Entführungsversuch zusammen hing, sollte möglichst kein Risiko eingegangen werden.

Das Treffen mit Moradi war höflich, aber kühl. Unnötigen Small Talk vermieden beide Seiten. Moradi kam ohne Umschweife zu Sache:

„Ich möchte noch einmal betonen, dass uns die Umstände in Teheran und in unserem Land leidtun. Da spielte eine Reihe von Missverständnissen eine Rolle. Aber lassen wir das jetzt. Das lässt sich jetzt nicht mehr ändern. Sie haben sich ja diesbezüglich bereits mit Arja Mohammadi ausgetauscht."

„Worüber wollen Sie denn jetzt konkret mit mir sprechen, Herr Moradi?"

„Wir wollen uns noch einmal bei Ihnen für die Umstände entschuldigen, die wir bei Ihnen und Ihrer Assistentin verursacht haben und Ihnen versichern, dass wir die Angelegenheit gerne als erledigt betrachten würden."

„Ihnen ist aber hoffentlich klar, dass der Verlust unseres Frachters im Arabischen Meer einen hohen dreistelligen Millionenbetrag verursacht hat."

„Das glauben wir gerne, Herr Christ. Aber das hat nichts mit uns zu tun. Das ist nicht unsere Schuld", versuchte er zu

beschwichtigen.
„Aber unser Schiff war für Sie unterwegs. Wir können den Verlust unmöglich alleine tragen. Der Fortbestand der Shihani Trade ist dadurch ohnehin sehr gefährdet“, argumentierte Marc, obwohl er sich bereits für eine Liquidierung der Schifffahrtsgesellschaft entschieden hatte.
„Das wollen wir natürlich nicht“, beeilte sich jetzt Moradi einzulenken. „Wir wollen uns ja die Möglichkeit offen halten, auch künftig vielleicht wieder von Ihnen beliefert zu werden.“
„Dazu habe ich ja in Teheran schon ausführlich Stellung bezogen. Soll ich das jetzt wirklich noch einmal wiederholen?“
„Nein, natürlich nicht. Das ist jetzt auch nicht unser Thema. Ich möchte Ihnen anbieten, dass wir uns an Ihrem Verlust eventuell beteiligen könnten. Allerdings würden wir dann auch von Ihnen erwarten, dass Sie über die Fracht des Schiffes und über Lieferungen in der Vergangenheit absolutes Stillschweigen bewahren.“
„Über welchen Umfang der Fracht sprechen Sie genau, Moradi?“
„Über die gesamte Fracht, natürlich. Aber ich denke, Sie wissen, was unter keinen Umständen an die Öffentlichkeit geraten darf.“

„Sie meinen das nukleare Material für ihr Atomprogramm?“
„Exakt! Natürlich ist uns klar, dass Sie dadurch in ein Dilemma geraten könnten. Einerseits werden Sie Ihre westlichen Werte hochhalten wollen und sich dadurch moralisch verpflichtet fühlen, unser Atomprogramm zu verhindern. Andererseits haben Sie und Ihre Vorgängerin uns bereits in der Vergangenheit durch die Shihani Trade sehr geholfen, mit unserem Programm vorwärtszukommen.
„Ja, genau das ist es, was mich umtreibt, Moradi“, gab sich Marc nachdenklich.
„Sehen Sie es doch einfach einmal so Herr Christ. Auf Sicht ist ohnehin nicht mehr zu verhindern, dass auch wir über Nuklearwaffen verfügen werden. Dazu sind wir inzwischen schon viel zu weit. Ich denke, das ist ihnen klar. Auch die USA und die Europäer werden das wissen, ohne es auszusprechen. Die Verhandlungen in Wien werden daran auch nichts mehr ändern können. Wir haben es mit diesen Verhandlungen auch nicht eilig. Wenn wir uns darauf einigen können, dass Sie Stillschweigen bewahren, würden Sie finanziell enorm profitieren. Bitte bedenken Sie auch, dass Sie eine unnötige weltweite Beunruhigung gerade zum jetzigen Zeitpunkt vermeiden würden. Es reicht schon, was der außer Rand und Band geratene Irre in

Moskau gelegentlich von sich gibt. Aber das für Sie entscheidende Argument dürfte sein, dass Sie bei einer Offenlegung unserer Lieferbeziehungen auch Fragen hinsichtlich der bisherigen Lieferungen durch die Shihani Trade beantworten müssten. Auch die unter Ihrer persönlichen Verantwortung stehende letzte Lieferung würde thematisiert. Bitte bedenken Sie das. Am besten wäre es für uns alle, wenn wir über dieses Thema einfach nicht mehr sprechen würden, nicht wahr!“
Das Gespräch zog sich noch eine Weile hin. Letztlich konnte Marc die Argumentation von Moradi schon nachvollziehen. Für seine persönliche Situation wäre es nicht nur finanziell lohnend auf Moradis Angebot einzugehen, sondern auch viele kritische Fragen würden unterbleiben. Und kritische Fragen wären womöglich noch das geringste Problem.
Nach und nach wurden Marcs moralische Bedenken immer größer. Was würde passieren, wenn ein jahrelang sanktionierter Staat wie der Iran eine nukleare Waffe in die Hand bekäme? Die östliche Welt ist ohnehin schon am explodieren. Eine nachhaltige Befriedung ist dort auf absehbare Zeit ausgeschlossen. Dazu wurden zu viele Fehler in der Vergangenheit begangen, die auch beim besten Willen heute nicht mehr korrigierbar sind. Marcs

Antwort stand fest:
„Hören Sie jetzt genau zu, Moradi. Haben Sie eigentlich eine Vorstellung davon, was es bedeutet, Millionen von Menschen in Angst und Schrecken zu versetzen, nur weil Ihr vielleicht meint, die Welt oder eure Nachbarn zu irgendwelchen Zugeständnissen erpressen zu können? Haben Sie eigentlich nicht aufgepasst, welches Leid entstand, als Ihr Kollege in Moskau begann, die Ukraine zu überfallen und dann auch noch mit seinen Nuklearwaffen gedroht hat? Ich werde keinen einzigen Beitrag dazu leisten, dass Ihr auch noch zu diesem Atom-Club Zugang erhaltet. Das ist für mich eine rote Linie! Wenn Ihr nicht umgehend die Verhandlungen in Wien fortführt, werde ich nicht still halten. Sagen Sie das Ali Bagheri Kani oder wer auch immer von euch am Verhandlungstisch sitzt. Und noch etwas: Wenn mir etwas passiert, wird ein von mir beauftragter Notar alle Unterlagen an die Presse geben und direkt auch an die Israelis.
Ich wünsche noch einen schönen Tag."
Als Marc noch am selben Abend Shari und Mia von den Verhandlungen mit Moradi erzählte, erfasste Shari als erste die Situation:
„Dir ist aber schon klar, dass du jetzt nirgendwo mehr sicher bist, oder? Der Arm des iranischen Geheimdienstes

reicht auch bis in die Schweiz oder nach Deutschland. Die werden alle Anstrengungen unternehmen, um alle Lieferpapiere der Vergangenheit und damit Beweismaterial in ihren Besitz zu kriegen. Pass bloß höllisch auf!“

Ein ungebetener Besuch im Notariat

Der Kleintransporter mit dem zweiachsigen Anhänger bewegte sich langsam die Rue de la Fontaine in Genf entlang, als suche der Fahrer des Baustellenfahrzeugs nach einer Einparkmöglichkeit. Die kühle Luft an diesem Morgen war wohltuend nach einer weiteren Nacht mit Tropentemperaturen. Vom Genfer See wehte eine leichte Brise in die Stadt. Die Gebäude in dieser Gegend waren architektonisch alle ähnlich gebaut. Gediegene Altbauten, elegant in das Stadtviertel in unmittelbarer Nähe des Sees integriert.

Ein Polizeifahrzeug, das dem Transporter gefolgt war, hielt an, als die Bauarbeiter in zweiter Reihe in der Nähe der Hausnummer 7 einparkten. Die beiden Polizisten stiegen ohne besondere Hektik aus ihrem Wagen und gingen auf das Baustellenfahrzeug zu. Der Fahrer des Transporters öffnete sein Fenster. Nach einem kurzen Wortwechsel mit den Polizeibeamten stiegen drei Bauarbeiter aus dem Transporter und entluden anschließend aus dem Anhänger zwei kurze Absperrschranken und platzierten sie in einiger Nähe vor und hinter ihrem Fuhrwerk. Die Polizeibeamten observierten dabei die Straße. Um diese Uhrzeit, es war kurz nach fünf Uhr morgens, schien die Stadt noch zu schlafen. Gelegentlich kam ein Fahrzeug entlang. In einiger Entfernung torkelte ein später Zecher nach Hause. Ein Hindernis stellte das Baustellenfahrzeug wegen des kaum vorhandenen Verkehrs nicht dar. Die Bauarbeiter entluden von ihrem Anhänger über eine Rampe einen Gabelstapler, der kurz darauf durch das Tor der Hausnummer 7 fuhr. Fünf lange Minuten geschah dann nichts. Unter den Bauarbeitern fand auch keine Konversation statt. Die Leute wussten genau, was sie zu tun hatten. Die breite Eingangstür aus dem Innenhof zu dem ebenerdigen Notariat stellte kein nennenswertes Hindernis dar. Kurz darauf verschwand der Gabelstapler im Notariat und rollte den Flur entlang, gezielt in einen Archivraum im hinteren Bereich der Geschäftsräume. Dann wurde es etwas lauter. Mauerwerk polterte auf den Boden, ein dumpfer Aufprall war hörbar. Aber auch diese Geräusche störten nicht. Frühaufsteher mochten den verhaltenen Lärmpegel für beginnende Laute eines Arbeitstages halten. Dann verließen die Bauarbeiter mit ihrem Gabelstapler das Notariat wieder. Ohne erkennbare Hektik fuhr der Gabelstapler wieder auf den Anhänger. Zur Überwindung der Steigung über die Rampe auf den Wagen wurde eine Elektromotor betriebene Seilwinde eingesetzt, die mithalf, das schwere Fahrzeug auf den Anhänger zu ziehen. Die Gabel trug den massiven

Tresor aus dem Notariat.
Die vermeintlichen Bauarbeiter setzten sich in ihrem Transporter zusammen mit den falschen Polizeibeamten in Bewegung. Den in der Nacht aus dem Fuhrpark der Polizei entwendeten Polizeiwagen hatten sie zuvor ordnungsgemäß eingeparkt. Das Ziel des Fuhrwerks war jetzt der nur wenige Straßen entfernte Hafenbereich. Dort wurde der Tresor auf eine Yacht verladen. Die Aktion war perfekt gelungen.

Marc und Mia waren auf dem Weg zu ihrem Notariat in Genf, das die notwendigen Papiere für die Neuausrichtung der IMMOSHI ausgearbeitet hatte. In einem Folgefahrzeug begleiteten sie zwei ihrer Sicherheitsleute, da Mia und Shari darauf bestanden, dass Marc, wo immer möglich, nicht ohne Personenschutz unterwegs sein sollte.
Als sie mit ihrem inzwischen wieder instand gesetzten Audi A8 die Mont Blanc Brücke, von Pregny Chambesy kommend, in Genf überquerten, erreichte sie der aufgeregte Anruf von Adelheid Pflümli, Mitarbeiterin des Notariats: „Ich muss unseren Termin heute Morgen leider absagen, Herr Christ“, sagte sie und versuchte, sichtlich nach Fassung ringend, möglichst ruhig zu bleiben.

„Das ist kein größeres Problem, Frau Pflümli. Deswegen müssen Sie nicht nervös werden."
„Das ist es nicht, Herr Christ. Bei uns ist heute Nacht eingebrochen worden. Wichtige Dokumente sind abhanden gekommen."
„Oh, das ist natürlich unangenehm. Sie werden aber doch sicher Kopien Ihrer Unterlagen noch an anderer Stelle aufbewahren, nicht wahr?"
„Ja, natürlich. Es geht auch gar nicht primär um den Informationsgehalt in diesen Unterlagen. Aber manche Vorgänge müssen zu ihrer Gültigkeit im Original vorliegen. Einige Testamente zum Beispiel. Es ist fürchterlich, Herr Christ, das kann ich Ihnen sagen."
„Hmm, verstehe. Sind Ihnen denn gezielt bestimmte Dokumente geklaut worden?"
„Viel schlimmer, Herr Christ, viel schlimmer. Es ist unser gesamter Tresor gestohlen worden, in dem wir ausschließlich Originaldokumente aufbewahren, bevor wir sie nach der ordnungsgemäßen Erfassung in unserem Dokumentensystem in unser Archiv einlagern. Es ist fürchterlich für uns. Unsere Reputation ist total im Ar…, also, ich meine, unsere Reputation erhält dadurch einen gehörigen Knacks."
„Ja und noch schlimmer dürfte es für Ihre Kunden sein, die

auf diese Dokumente angewiesen sind."

„Ja natürlich, unsere Chefin muss nun unsere Kunden informieren. Sie können sich nicht vorstellen, was das bedeutet, Herr Christ. An Dreistigkeit ist das Vorgehen dieser Verbrecher kaum noch zu überbieten. Manche verbriefte Rücklagen für einen geruhsamen Lebensabend unserer Kunden sind plötzlich weg."

„Na ja, Frau Pflümli, vielleicht nicht weg, sondern kurzzeitig nur woanders", versuchte Marc seine Gesprächspartnerin ein wenig zu beruhigen.

„Ach Herr Christ, machen Sie jetzt keine Scherze mit mir. Stellen Sie sich vor, es wären Ihre Unterlagen, die Sie uns anvertraut haben."

Jetzt wurde auch Marc plötzlich nachdenklich. „Sagen Sie Frau Pflümli, unsere Vertragsunterlagen für die Neugestaltung der IMMOSHI sind hoffentlich nicht betroffen?"

„Nein, nein, machen Sie sich deswegen keine Sorgen. Wir haben Ihre Papiere ja noch gestern ins Büro der Chefin gebracht für unser heutiges Gespräch. Es ist nur so, dass bei uns gerade alles drunter und drüber geht. Deshalb müssen wir unseren Termin verschieben."

„Das habe ich verstanden, Frau Pflümli. Wie gesagt, machen Sie sich deswegen keinen Kopf. Das bringt mich

aber jetzt noch zu einer ganz anderen Frage: Die Frachtunterlagen unserer Shihani Trade sind hoffentlich auch nicht betroffen, oder?“
„Hmm, mit Ihrer Frage erwischen Sie mich jetzt auf dem falschen Fuß, Herr Christ. Das muss ich erst noch überprüfen. Kann ich Sie diesbezüglich gleich noch einmal zurückrufen?“
„Tun Sie das, Frau Pflümli. Ich warte auf Ihren Anruf.“
Etwas beunruhigt machte sich Marc wieder auf den Rückweg und begann zu grübeln, was es bedeuten könnte, wenn die Frachtbriefe der Shihani-Trade verloren wären.

Vor wenigen Minuten waren Mia und Marc wieder in der Villa in Gland eingetroffen als auch schon Marcs Handy summte. Es war Adelheid Pflümli. Hastig drückte Marc die Rufannahme Taste und meldete sich. Pflümli schien noch trauriger zu sein als zuvor und kam ohne Umschweife zur Sache:
„Ihre Befürchtungen haben sich leider bestätigt, Herr Christ. Die von uns in Verwahrung genommenen Lieferunterlagen der Shihani Trade befinden sich bei dem Diebesgut.“
„Lassen Sie mich noch einmal nachfragen, Frau Pflümli“, antwortete Marc jetzt hoch erregt, „unsere Unterlagen sind

weg, verstehe ich das richtig?“

„Nun ja“, meinte Adelheid mitfühlend, „weg … was heißt schon weg, das kann man vielleicht noch nicht sagen. Woanders sind die Unterlagen halt, irgendwo anders. Die Polizei ist eingeschaltet und ermittelt bereits.“

Marc beendete fassungslos das Gespräch und musste sich erst einmal setzen. Nach einer längeren Denkpause meine er bitter enttäuscht zu Mia und Shari, die inzwischen auch dazugekommen war:

„Das waren bestimmt die Iraner. Da könnte ich wetten. Was ist jetzt zu tun?“

Als Erste hatte sich Shari wieder gefangen: „Wenn der Iran dafür verantwortlich sein sollte, kann sich die Situation für dich persönlich vielleicht sogar entspannen.“

„Versteh ich nicht, wie meinst du das?“, fragte Marc verständnislos.

„Sie haben dann, was sie wollten. Ein Beweis für unerlaubte Lieferungen kann jetzt von uns nicht mehr erbracht werden. Kopien der Unterlagen helfen jetzt auch nicht mehr weiter. Die andere Seite könnte gegebenenfalls behaupten, die wären gefälscht. Würden sie dich jetzt aus dem Weg räumen, wäre das im Zusammenhang mit Kopien der Unterlagen eher noch ein Indiz für den Wahrheitsgehalt der Kopien. Außerdem besteht bei einem Auftragsmord immer auch ein Risiko, dass etwas nicht gelingt oder auffliegt. Nein, ich denke, du kannst beruhigter sein als vorher. Dem Iran wird es nicht um Moral oder Rache gehen, sondern um die Durchsetzung seiner Interessen. Das ist etwas grundlegend anderes."

„Du meinst also, es ist besser, der Iran hat die Unterlagen als wir? Meinst du das wirklich, Shari?"

„Ganz so meine ich es auch wieder nicht. Wenn du die Unterlagen an Moradi verkauft hättest, dann wären sie jetzt auch weg. Aber du hättest dafür vielleicht einige hundert Millionen eingestrichen."

„Ich frage mich nur, woher die wussten, dass die Unterlagen ausgerechnet bei unserem Notar aufbewahrt wurden", meinte Mia nachdenklich.

„Deren Geheimdienst ist auch nicht blöd, Mia. Dass Marc unter dezenter Beobachtung steht, liegt seit dem Gespräch mit Moradi auf der Hand."

„Die haben bestimmt derartig genaue Berichte erstellt, aus denen erkennbar sein wird, dass du einige Male mit unserem Notar in Kontakt warst. Gegenüber Moradi hattest du ja auch erwähnt, dass unser Notar die Lieferpapiere ggf. an die Presse weiter geben würde, richtig?", meinte Shari.

„Ja, das stimmt schon", bestätigte Marc. „Was man aus der Beobachtung nicht erkennen konnte ist, dass es bei den

Gesprächen im Notariat nicht nur um die Verwahrung der Lieferpapiere, sondern auch noch um die Liquidation der Shihani Trade und um die Neuausrichtung der IMMOSHI ging."
„Willst du jetzt noch einmal mit Mohammadi sprechen", wollte Mia wissen.
„Nein, ich warte ab. Vielleicht meldet er sich noch einmal, dann wissen wir definitiv, dass er die Lieferpapiere hat."
„So wie es aussieht, können wir wahrscheinlich bezüglich unseres Iran-Abenteuers jetzt etwas ruhiger schlafen. Das ist doch auch schon mal eine gute Neuigkeit", versuche Shari die positive Seite des Tresor-Diebstahls zu betonen.
„Wenn sich das mit der Entführungsgeschichte ähnlich entwickeln würde, könnten wir damit zurechtkommen, nicht wahr!"
„Hmm", war Marcs knappe Reaktion. Er wusste, wie Shari zu dieser Auffassung kam. Karima Alzahrani und Rayen Al-Shahiri waren von Rachegelüsten getrieben und nicht von einer emotionslosen Interessenangelegenheit. Vor Mia wollte er aber dieses Thema jetzt nicht weiter ausbreiten.

Clara, die Köchin, kam eilig mit dem Telefonhörer in der Hand in den Aufenthaltsraum und ging auf Mia zu. „Hier ist jemand aus Brasilien. Die Dame von der

Telefonvermittlung sagt etwas von einem R-Gespräch oder so ähnlich. Ich kann es nicht genau verstehen. Würdest du das bitte übernehmen?“
Nach einem kurzen Wortwechsel hatte Mia plötzlich Klausius am Telefon.
„Klausius Staub“, rief sie erstaunt ins Telefon, „was machen Sie denn jetzt in Brasilien? Haben Sie sich zu einem Spontan-Urlaub entschlossen? Wie ist denn das Wetter dort?“
„Ach, Frau Rabenschnabel …, Ich habe hier kein Wetter, ich habe gar nichts. Ich bin hier tief im Rumpf, kein Tageslicht, nichts …“
„Hmm“, gab sich Mia erstaunt, „haben Sie sich zu einem Abenteuer-Urlaub entschlossen?“
„Ach, was soll ich Ihnen sagen, Frau Rabenschnabel, mir geht es gar nicht gut. Ich bin ja so froh, dass ich endlich mit jemand in meiner Sprache sprechen kann.“
„Ja, warum haben Sie denn nicht bei Ihrer Frau angerufen?“
„Habe ich ja, habe ich ja, aber sie hat das R-Telefonat nicht angenommen. Sie hat der Telefonistin wohl gesagt, sie kennt keinen Klausius. Ach, es ist alles so traurig, kann ich Ihnen sagen.“
„Ja, wo sind Sie denn genau, kann ich Ihnen helfen?“
„Ach, ich weiß gar nicht genau, wo ich bin. Ich weiß nur,

dass ich in Brasilien bin. Aber wo genau … keine Ahnung. Ich bin auf einem großen Schiff. Ganz unten im Rumpf muss ich arbeiten. Mindestens 12 Stunden muss ich arbeiten. Ich kann Ihnen sagen, das ist fürchterlich. Das erste Mal in meinem Leben muss ich arbeiten …also wirklich arbeiten, meine ich. Fürchterlich ist das."

„Also … arbeiten ist ja nicht wirklich etwas Verwerfliches, lieber Herr Staub."

„Das hier schon", jammerte Klausius.

„Erzählen Sie schon, was ist das denn für eine Arbeit? Ist es denn wirklich so schlimm?"

„Ganz schlimm ist es, ganz schlimm. Den ganzen Tag muss ich Kartoffeln schälen. Ob es der ganze Tag ist, weiß ich aber nicht einmal. Ich habe ja hier kein Tageslicht. Ich weiß nur, dass es immer 12 Stunden sind. Und meistens muss ich danach noch die Schuhe der Passagiere putzen. Fürchterlich ist das. Da ist meine Arbeit bei Ihnen schon viel schöner, ehrlich."

„Ja, das glaub ich Ihnen gerne, Klausius. Mit SAP und Prozessorganisation kommen Sie auf Ihrem Schiff wohl nicht weiter?"

„Ach woher, mein Handwerkszeug ist ein Kartoffelschäler und eine Schuhbürste, weiter nichts. Und nach Feierabend darf ich nicht einmal an Deck und frische Luft schnappen.

Ich sehe angeblich nicht elegant genug aus."
„Oh, warum denn das, wie sehen Sie denn aus?"
„Ach, das glauben Sie mir bestimmt nicht. Ein altes Ziegenfell haben die mir umgehängt und ausgelatschte Filzpantoffeln habe ich an den Füßen, weiter nichts."
„Wieso ziehen Sie sich denn nicht ordentlich an?"
„Ja, das würde ich ja, aber ich habe nichts. Alles haben sie mir in Mexiko geklaut. Selbst meine Unterhose und Unterhemd. Ich schwitze hier unten wie eine Sau, kann ich Ihnen sagen. Ich weiß nicht, ob der Ziegenbock, dessen Fell ich jetzt trage, zu Lebzeiten jemals so gestunken hat wie ich jetzt. Es ist alles so fürchterlich, Frau Rabenschnabel."
„Wie kann ich Ihnen denn helfen, Klausius?"
„Können Sie mir nicht etwas Geld schicken?"
„Wohin denn?"
„Ja, das weiß ich ja auch nicht."
„Oh, dann wird's schwierig. Wissen Sie was, sobald Sie mehr wissen, melden Sie sich einfach wieder. Soll ich vielleicht Ihre Frau grüßen oder etwas ausrichten?"
„Ja … sagen Sie ihr, es geht mir schlecht, ich muss hier arbeiten."
„Gut, soll ich auch gleich … ich habe hier noch eine Rechnung über $ 6.500,- von Ihrer Party in Veracruz. Soll ich die auch gleich an Ihre Frau …

„Nein, nein, um Gottes willen, bloß das nicht. Wissen Sie was, rufen Sie meine Frau nicht an. Ich melde mich wieder, sobald ich kann.“

Mia hatte den Lautsprecher des Telefons aktiviert, sodass auch Marc und Shari das Gespräch verfolgen konnten.

„Was war denn das jetzt“, meinte Marc erstaunt. Das wird wohl noch einige Zeit dauern, bis er wieder hier eintrifft.“

„Wenigstens wissen wir jetzt, dass es ihm einigermaßen gut geht, den Umständen entsprechend halt, meine ich“, merkte Shari an.

Evas Erntedankfest

Das ehemalige Anwesen von Eva Shihani am Genfer See hatte selbst für finanziell außergewöhnlich komfortabel betuchte Leute enorme Ausmaße.
Eine breite, bogenförmige Auffahrt an das Grundstück führte zum Haupteingang. Die Einfahrt in das Gelände erfolgte dann durch ein Tor, das aus massivem Eichenholz gefertigt war. Die hohen Steinmauern, die das Grundstück begrenzten, waren kaum noch sichtbar. Dafür sorgte der Bestand an üppigen Pflanzen, die sich an das Mauerwerk schmiegten. Hier kam niemand ohne vorherige Anmeldung herein. Auf der Ostseite des Gartens, abgeschirmt durch immergrüne Büsche, lag eine Art überdimensionaler Grillplatz, der mit kleinen Granitsteinen gepflastert war. Tatsächlich handelte es sich um einen Landeplatz für Helikopter, der genutzt wurde, wenn es einmal besonders schnell gehen musste und selbst der nahe gelegene Sportflugplatz zu fern schien, um den Flughafen in Genf zügig zu erreichen.
Von den Räumen in der ersten Etage konnte man bequem über das riesige Anwesen schauen und die farbenprächtigen Blumen genießen. Der alte Baumbestand am Rande der teilweise mit Weinreben bewachsenen Steinmauern hatte

etwas Beruhigendes. Am Landungssteg zum See lag ein luxuriöses Motorboot, das genutzt werden konnte, wenn es zum nahe gelegenen Sportflugplatz gehen sollte oder zu einer Verabredung zum Dinner in eines der gediegenen Seerestaurants.
Die Villa hatte im Erdgeschoss eine Reihe von Räumen und im Mittelpunkt eine große Halle, die geeignet war, größeren Feiern problemlos Platz zu bieten. Im Obergeschoss befanden sich die Schlafräume, Büroräume, Gästezimmer und mehrere große Badezimmer. Das Gebäude hätte auch als ein kleineres First-Class-Hotel durchgehen können. Etwas versteckt neben dem Hauptgebäude, befand sich eine kaum sichtbare Tiefgarageneinfahrt. Parkenden Autos sollten das mediterrane Flair der parkähnlichen Anlage möglichst nicht stören.

Einer der wohl letzten sonnigen Septembertage neigte sich dem Ende entgegen. Die Tage begannen bereits, nahezu unmerklich, ein wenig kürzer zu werden. Viele Einheimische spürten das. Die ersten Herbsttage würden nicht mehr lange auf sich warten lassen. Die Touristen in den Urlaubsorten, rund um den Genfer See, wurden bereits weniger, auch die Sommerferien der Schulen waren längst zu Ende. Einige Gastronomiebetriebe reduzierten

allmählich ihren Service, während andere durch ein letztes Aufbäumen versuchten, ihre Umsatzziele für das laufende Jahr noch zu realisieren.
Während des Tages war von einer Herbststimmung zwar noch nichts zu spüren. Dazu brannte die Sonne noch zu unerbittlich herunter. Die Abende waren dagegen schon kürzer und kühler. Marc, Mia und Shari kamen mit der Konsolidierung rund um die Erbangelegenheiten von Anna Christ gut voran. Eine große Hilfe dabei waren auch Konrad Viertelpfünder und Mario Fuchs, der sich um die steuerlichen Angelegenheiten kümmerte.
Kleinere Schwierigkeiten machte die Vatikanbank in Rom, die sich partout nicht damit abfinden wollte, dass der Kapitalzufluss durch die Shihani Trade bzw. durch Eva Shihani zum Erliegen gekommen war. Die Verantwortlichen sahen sich dadurch einer ihrer Kernkompetenzen, der Geldwäsche, empfindlich beraubt. Schmerzlich für die Kirchenmänner war auch, dass damit ihr persönlicher Klingelbeutel, aufgrund ausbleibender Tantiemen, schmaler wurde. Mit Engelszungen musste Gregor Hörnerhirsch, der geschäftstüchtige Bischof aus Bayern, auf seine Kleriker in Rom einwirken, um sie auf den Boden der Realität zurückzuholen. Gregor war immer noch erfüllt von der Trauer um seine langjährige Geliebte

Eva. Der Schmerz darüber übertraf sogar seine tief sitzende Geschäftstüchtigkeit. Er leistete deshalb kaum Gegenwehr als ihn Marc darum bat, den kirchlichen Bankern klarzumachen, dass es mit Waffengeschäften jetzt erst einmal nichts mehr zu verdienen gab.
An einem dieser Septemberabende besprach Marc mit seinen beiden Damen, beim Abendessen auf der Seeterrasse beim Speckwirt, Details des längst für Ende September terminierten Sommerfestes. Es handelte sich dabei um eine Tradition, die Eva einst als eine Art Erntedankfest eingeführt hatte. Dieses Jahr war alles erstmalig anders. Eva war tot. Der Besitz befand sich nun in Marcs Händen. Aber auch das sollte nur eine vorübergehende Lösung sein, wie manche bereits munkelten.
Zu diesem Fest lud Eva langjährige Geschäftspartner, Freunde, Bekannte und Behördenvertreter mit ihren Familienangehörigen und auch einige Prominente in ihr Anwesen ein. Eine Einladung dafür zu erhalten, zählte als Auszeichnung.
Manche besonders gewiefte Business-Manager nutzen die ungezwungene Atmosphäre, um mit Eva zu Geschäften ins Gespräch zu kommen oder auch nur Evas Meinung dazu auszuloten. Mia musste sogar einen kleinen Terminplan anlegen, um diese Gespräche einigermaßen organisiert zu

steuern. Für Eva waren diese Sommerfeste eine der wenigen Gelegenheiten, bei denen sie Personen aus unterschiedlichsten Gesellschaftsschichten zusammen holte. Nach einem erfolgreichen Geschäftsjahr sollte insbesondere den am Geschäftserfolg unmittelbar Beteiligten eine Art Wertschätzung entgegengebracht werden. Eva dehnte diesen Kreis auch auf ihre Hausangestellten und einige Handwerker aus. Das führte zu einer bunten Mischung von Leuten, die sich normalerweise im täglichen Leben nie begegnet wären. Rang und Namen spielten an diesem Abend keine Rolle.

Inzwischen war auch Klausius von seiner wochenlangen Seereise wieder eingetroffen. Seine Zwangsarbeit als Küchenhilfe im Schiffsrumpf hatte ihn merklich geprägt. Die Knochenarbeit hatte ihn demütig werden lassen. Davon konnte er sich bisher noch nicht erholen. Mia hatte ihn Clara, der Küchenchefin in der Villa, zugeteilt. Von ihr war überwiegend Gutes zu hören. Wie zuvor hatte er zwar in vielen Dingen die sprichwörtlichen linken Hände, aber Kartoffelschälen konnte er, und wie. Das hatten sie ihm auf dem Schiff perfekt beigebracht. Noch saß der Schock der vergangenen Wochen bei ihm tief. Aber wie lange noch?

Die kulinarische Ausrichtung des Gartenfestes durften verdiente Gastronomen aus der näheren Umgebung übernehmen, die an diversen Grillstationen, Foodtrucks und verschiedenen Gourmet-Ständen ihre Köstlichkeiten anboten. Bei aller Gastfreundlichkeit hatte Eva aber immer darauf geachtet, dass das Fest im Außenbereich ihres Anwesens stattfand. Lediglich zu seriösen Geschäftsbesprechungen zog sie sich mit den jeweiligen Gesprächspartnern in einen der Konferenzräume in ihre Villa zurück. Sie wollte die Leute nicht in ihrem Haus haben. Ihr Sicherheitspersonal achtete dezent darauf, dass das auch so blieb. Um schlechtem Wetter vorzubeugen, wurde in Seenähe ein geräumiges Zelt aufgebaut, um keinen Anlass zu liefern, ungebeten in die Villa zu kommen.

Die Organisation dieses Festes glich einem kleineren Projekt, in das viele Menschen involviert waren. Aufgrund der Vorkommnisse in der letzten Zeit schlug Mia sogar vor, dieses Jahr das Fest abzusagen. Das wollte aber Mark nicht. Ein derartiger Eingriff durch ein paar Idioten aus Vorderasien in das gesellschaftliche Leben kam für ihn nicht infrage.

Das Wetter hatte es dieses Mal besonders gut mit dem Gastgeber gemeint. Das aufgebaute Zelt würde man nicht gebrauchen. Einen fest terminierten Beginn gab es nicht. Lediglich eine kurze Ansprache durch den Gastgeber war

für 19:00 Uhr vorgesehen. Da Marc die meisten Leute noch nicht persönlich kannte, bat er Mia darum, diese Pflicht zu übernehmen.
Einige der Gäste konnten bereits jetzt, am späteren Nachmittag, dem erfrischenden Nass des Swimmingpools am West-Flügel des Geländes nicht widerstehen. Während jetzt noch alle Wasserratten Badekleidung oder Ähnliches trugen, würde sich das erfahrungsgemäß im Laufe des fortschreitenden Abends wahrscheinlich noch ändern.
Marc lud auch Anna zu dieser Veranstaltung ein. Die Konsolidierung des von ihm zu verantwortenden Erbes von Eva Shihani war inzwischen abgeschlossen. Die Liquidierung der Shihani-Trade auf den Weg gebracht, sämtliche Steuerangelegenheiten soweit einvernehmlich mit den Behörden geregelt. Aus dem Firmengeflecht von Eva Shihani würde die IMMOSHI als Immobiliengesellschaft verbleiben, so Marcs Plan. Im Rahmen des Sommerfestes wollte er diese prosperierende Firma eigentlich an Anna zurückgeben und vorschlagen, Mia, Shari und Virgil Beerenbecher mit der Geschäftsführung zu beauftragen.
Damit wäre für ihn das abenteuerliche Projekt der Abwicklung von Eva Shihanis Erbe endlich abgeschlossen.
Inzwischen sehnte er sich nach einem geruhsameren Leben nach München zurück.

Am frühen Nachmittag trafen die ersten Gäste ein. Während sich anfangs Mia, Shari und Marc persönlich um ihre Besucher kümmerten, entstand nach und nach genügend Unterhaltungs-Dynamik, die dazu führte, dass sich die Gespräche verselbständigten. Die Drei mischten sich unter einzelnen Grüppchen und beobachteten zufrieden den Verlauf der Party.
Gegen Abend traf Gregor Hörnerhirsch ein. Marc kannte den Bischof seit vielen Jahren aus gemeinsamen Zeiten in Bayern. Gregor nahm an diesen Sommerfesten bereits seit Jahren teil. Seine heimliche Geliebte und Geschäftspartnerin Eva lud ihn dazu regelmäßig ein. Geschäftliche Angelegenheiten besprachen die beiden eigentlich weniger. Vielmehr zogen sie sich im Verlauf des Abends in Evas Räume zurück und hatten dort ihren Spaß. Heute nutzte Gregor zügig die Gelegenheit zu einem Geschäftsgespräch mit Marc:
„Hör zu, Marc. Nachdem unser Geschäftsmodell mit der … nun ja, nennen wir es mal …mit der Verwandlung von unreinen Währungen in blütenreine Euros ja leider nicht mehr funktioniert, sind wir auf der Suche nach Möglichkeiten, wie wir neue Quellen erschließen könnten."
Eigentlich hatte Marc kein Interesse, jetzt wieder in Geschäfte mit der Kirche einzusteigen. Aus alter

Verbundenheit und Höflichkeit wollte er Gregor jedoch nicht vor den Kopf stoßen.

„Hmm, hast du denn schon eine konkrete Idee?"

„Ganz konkret noch nicht. Wie ich höre, wirst du künftig ins Immobiliengeschäft einsteigen. Das ist schon interessant. Wie du dir vorstellen kannst, sind wir, also ich meine die Kirche weltweit, einer der größten Immobilienbesitzer. Und es kommen ständig Objekte hinzu."

„Oh, wie das?

„Na ja, es gibt viele gottesfürchtige Mütterchen, die uns auf der Zielgeraden ihres Lebens in ihren Testamenten mit ihren Häusern und Grundstücken bedenken. Wir wissen manchmal gar nicht, wohin mit diesen Zugewinnen, verstehst du?"

„Ehrlich gesagt, noch nicht so richtig, Gregor."

„Ich meine, was sollen wir mit dem ganzen Kram anfangen? Urplötzlich sind unsere Pfarrer damit beschäftigt, geeignete Verwertungsmöglichkeiten zu finden. Das ist gar nicht so einfach, weil sie nebenher ja auch noch ein wenig mit der Seelsorge beschäftigt sind. Das führt dazu, dass wir bei manchen Finanztransaktionen nicht immer ins Schwarze treffen."

„Das kann doch nicht sein. Gib mir mal ein Beispiel,

Gregor, damit ich das besser verstehe."
„Na ja, nimm mal meinen Namensvetter Gregor aus Eichstätt in Bayern. Mein Kollege, der Bischof, wusste irgendwann nicht mehr wohin mit dem ganzen Geld. Als er unter Druck geriet, hat er einfach eine Transparenzoffensive gestartet. Das hätte er besser sein lassen. Jetzt wusste plötzlich jeder von seinen risikoreichen Finanztransaktionen in den USA. Wie blöd muss man sein, frage ich dich, um ausgerechnet im Immobiliengeschäft zu investieren, wenn man davon keine Ahnung hat. 40 bis 60 Millionen haben die Amateure in den Sand gesetzt. Versteh mich nicht falsch, Marc, es geht ja nicht primär um die paar Millionen, wirklich nicht. Aber wie stehen wir denn jetzt da. Die ganze Reputation ist im Arsch. Jetzt werden wir nicht einmal mehr als gerissene Geschäftemacher ernst genommen. Und es wird immer schlimmer. Unsere Hobby-Finanzler haben einfach zu wenig Ahnung davon, wie man erfolgreich und vor allem unauffällig die Kohle beiseite schaufelt. Tebartz hat es ja versucht, ist mit seinem Privatgemäuer aber kläglich gescheitert. Uns fehlt häufig einfach das notwendige betriebswirtschaftliche Gespür, Marc, ehrlich. "
„Und du meinst jetzt, dabei könnte ich euch …"
„Jedenfalls kennen sich deine Leute und du bestimmt

besser damit aus, wie man mit Geld … Ich meine, wenn unsere Nachwuchs-Kleriker ständig mit den kirchlichen Millionen herumwerfen, wird irgendwann auch unser Klingelbeutel klamm. Ich dachte, wir könnten da vielleicht gemeinsam ein Geschäftsmodell entwickeln, Marc. Na, wie wärs?"

„Hmm, Gregor, irgendwie tut es mir tatsächlich in der Seele weh, wenn ich bedenke, wie viel Geld ihr vom Staat ständig abgreift, ich meine damit nicht einmal die Kirchensteuer, und es dann mit vollen Händen zum Fenster raus werft. Es ist ja irgendwie auch mein Geld. Weißt du was, ich schick dir mal einen unserer Leute. Er ist gerade von einer Auslandsreise zurück. Der kann alles, sagt er. Er ist heute sogar auch auf unserem Fest. Klausius ist sein Name. Er wird sich bei dir melden. Trink ein Gläschen mit ihm und lass dir erklären, wie er euch unter die Arme greifen kann."

Nach dem Gespräch bat Marc Mia darum, Klausius Bescheid zu geben, dass er sich bei Gregor Hörnerhirsch vorstellt und ihm vielleicht mit einigen Ratschlägen hilft. Auch Anna meldete sich an diesem Abend bei Marc. Mia hatte eine Videoschaltung per Skype organisiert, da Anna den Termin wegen anderer terminlicher Verpflichtungen nicht persönlich einrichten konnte.

„Servus Marc, was gibt's Neues?", begrüßte ihn seine

‚immer noch' Ehefrau.
„Servus Anna, schön, dass du dich meldest. Schade, dass du heute nicht persönlich hier sein kannst.
„Ja, tut mir auch Leid, aber ich konnte hier nicht weg", antwortete sie wenig überzeugend. „Was kann ich denn für dich tun?"
„Heute kann ich eher etwas für dich tun, Anna. Das ist der Grund meines Anrufes. Wir konnten deine Anforderungen bezüglich der Konsolidierung deines Erb-Teils rund um die Shihani-Trade inzwischen abschließen. Einige bürokratische Vorgaben müssen noch erfüllt werden. Aber das sind Selbstläufer. Verabredungsgemäß werde ich also deinen verbliebenen Erb-Teil in den nächsten Tagen wieder in deine Hände zurück geben."
„Oh, das sind ja erfreuliche Neuigkeiten, Marc. War es denn sehr kompliziert, alles zu strukturieren?"
„Nein, keine große Sache. Wir sind gut vorangekommen."
„Wer ist wir, du hast es nicht alleine gemacht?"
„Nein, natürlich nicht. Wir haben hauptsächlich schon die früheren Angestellten deiner Mutter, primär Rechtsanwalt, Steuerberater usw. eingebunden. Olivias Wirtschaftsprüfer von der InnoAD konnten mir den Geschäftsbericht der Vatikanbank erläutern damit ich besser verstand, wie das Schwarzgeldgeschäft gelaufen ist usw. In erster Linie haben

mir aber Mia Rabenschnabel und Shari Amirani geholfen."
„Mia kenne ich ja bereits. Wer ist diese Shari Amirani?"
„Eine junge Frau aus Saudi-Arabien. Sie ist sehr gut."
„Worin ist sie sehr gut?"
„Na … in allem. Sie hat einen scharfen Verstand und kann zupacken."
„Sieht sie gut aus, Marc?"
„Ja, sehr gut sogar. Was soll die Fragerei, Anna?"
„Ach nichts, lassen wir das. Sag mir in Stichpunkten, wie euer Ergebnis aussieht."
„Also, die Shihani-Trade haben wir liquidiert. Alle notwendigen Formalien haben wir über einen Notar bereits eingeleitet. Jetzt ist noch eine formale Wartezeit von ca. einem Jahr einzuhalten, dann ist das Thema erledigt. Leider mussten wir den Verlust eines Großraum-Frachters samt Ladung hinnehmen. Der Großteil des Schadens blieb an der Shihani-Trade hängen. Das war immerhin fast eine Milliarde."
„Hmm, das ist schon erheblich. Konntest du denn den Verlust nicht abwenden? Wie kam es überhaupt dazu?"
„Da war nichts abzuwenden, Anna. Das Schiff war randvoll mit Waffen beladen. Der Transport war illegal. Also denkbar ungeeignet, um groß darüber zu sprechen. Ich bin froh, dass unsere Besatzung nicht zu Schaden kam. Deine

Mutter hat in der Vergangenheit mit derartigen Transporten derart viel Geld gescheffelt, sodass dieser Verlust tragbar ist. Das verbliebene Kapital haben wir in eine weitere Firma deiner Mutter gesteckt, in die IMMOSHI, eine Immobiliengesellschaft. Du wirst noch viel Freude in der Zukunft damit haben."

„Ach, Marc, du weißt doch, ich kann mich darum nicht kümmern und ich möchte es auch gar nicht. Mir reicht schon meine Firma hier am Tegernsee."

„Das weiß ich, Anna. Ich habe deshalb einen Vorschlag für dich. Mit der Geschäftsführung würde ich an deiner Stelle Virgil Beerenbecher benennen. Er hat das in der Vergangenheit auch schon für deine Mutter gemacht. Ihm zu Seite solltest du Mia Rabenschnabel und Shari Amirani, ebenfalls als Geschäftsführerinnen, stellen. Du selbst kannst als Aufsichtsratsmitglied dann mit einigem Abstand die Entwicklung verfolgen."

„Und was ist mit dir?"

„Ich habe damit dann nichts mehr zu tun, Anna. Ich gehe zurück nach München und kümmere mich um meine Softwareprodukte."

„Hmm, ganz zufrieden bin ich damit nicht. Hör zu, Marc, ich möchte dich ebenfalls im Aufsichtsrat mit dabei haben.

Du musst jetzt nicht sofort eine Entscheidung treffen. Denk ein paar Tage darüber nach, ja!“

Inzwischen hatte das Gartenfest Fahrt aufgenommen. Die Liveband animierte auf dem kleinen Hubschrauberlandeplatz zum Tanzen, der beheizte Pool lockte die jung gebliebenen Gäste und fand zunehmend größeren Zulauf. Mia hatte glücklicherweise auch daran gedacht, für ausreichend Handtücher von den Hotels aus der näheren Umgebung zu sorgen. Einige Akrobaten und Zauberkünstler unterhielten abwechselnd das Publikum und an den vielen Stehtischen tummelten sich die Gäste mit den bereitgestellten kulinarischen Köstlichkeiten. Marc, der die wenigsten Gäste persönlich kannte, hatte sich in die Rolle des Beobachters begeben. Gelegentlich stellte ihm Mia einigen wichtigen Personen vor. Marc genoss den Trubel, die ausgelassene Stimmung und gönnte auch den Bediensteten der Villa von Herzen das Fest. Häufig stand er mit Mia oder Shari an einem der Stehtische und verfolge das Geschehen.
An einem der nächstgelegenen Stehtische sah er Klausius, der sich, wild mit den Armen fuchtelnd, intensiv mit Gregor Hörnerhirsch unterhielt. Die beiden schienen sich prächtig zu verstehen. Gelegentlich drangen einige Wortfetzen zu

ihm und Shari herüber. Er hörte wie sein Name, Marc Christ, mehrfach erwähnt wurde oder auch irgendetwas wie Schiff oder Flugzeug erwähnt wurde. Klausius schien von seiner letzten Reise in blumigen Worten zu berichten und Gregor hörte interessiert zu.

Aber nicht nur Marc und Shari konnten Teile der Unterhaltung verfolgen. An einem in der Nähe befindlichen Tisch spitzen auch zwei weitere Besucher die Ohren. Ein etwa 35-jähriger, kräftiger und gut gekleideter Mann und eine bildhübsche ca. fünf bis zehn Jahre jüngere dunkelhaarige Frau. Die beiden profitierten jetzt von der laxen Zugangskontrolle zu der Party. Eine Einladung musste nicht mehr explizit vorgezeigt werden. Die beiden waren keine geladenen Gäste. Ihr Auftrag bestand darin, Marc mitzunehmen. Sie kannten ihn jedoch nicht, hatten ihn noch nie persönlich gesehen. Da sich Marc sehr zurückhaltend gab und Mia auch die Begrüßungsrede hielt, taten sich die ungebetenen Gäste schwer, den Hausherrn zu ermitteln. Es blieb ihnen nichts anderes übrig, als aufmerksam Ausschau zu halten. Als sie dann Gregor Hörnerhirsch und Klausius beobachtenden war für sie der Fall schnell klar, zumal Klausius den Namen Marc Christ selbstbewusst aussprach. Sie missinterpretierten das Gespräch so, als würde sich Marc Christ einem Gregor

Hörnerhirsch vorstellen. Auch die Vokabeln Flugzeug und Schiff passten perfekt in ihr Bild. Jetzt rächte sich ihre Unerfahrenheit bei kriminellen Aktionen. Sadia und Junis waren ja auch keine Gangster, sondern unauffällige Bürger aus Saudi-Arabien, die sich ihrer Großmutter zu einem Gefallen verpflichtet fühlten.

Klausius verreist wieder

Als Klausius sein Gespräch mit Gregor beendet hatte und unschlüssig nach weiteren Gesprächspartnern suchte, startete Sadia ihre Aktion. Sie näherte sich langsam Klausius und stieß ihn dann wie zufällig mit ihrer Rückseite an. Dabei schüttete sie ihm, wie versehentlich, etwas Champagner aus ihrem Glas auf seine Jacke.

„Oh, um Gottes willen, das kann auch nur mir passieren. Bitte entschuldigen Sie vielmals. Wie kann ich das nur wieder gut machen. Ich war gerade auf dem Weg hinunter zum Strand um etwas Ruhe zu kriegen und dann so etwas. Kommen Sie, ich tupfe den Fleck wieder trocken, so gut es geht."

„Aber ich bitte Sie, gnädige Frau", antwortete Klausius ganz gentlemanlike, „das kann doch schon einmal passieren. Es gibt deutlich Schlimmeres."

„Das ist sehr lieb von Ihnen. Es ist mir sehr peinlich. Wollen Sie mich nicht ein paar Schritte zum Steg unten am See begleiten?"

„Aber sehr gerne, meine Liebe. Kommen Sie, wir gehen ein Stück."

Als Junis bemerkte, dass der Plan seiner Schwester aufging, führte er ein kurzes Gespräch über sein Handy. Unmittelbar darauf setzte sich ein bereits wartendes Motorboot langsam in Bewegung und näherte sich dem Landesteg, den inzwischen auch Sadia und Klausius erreicht hatten. Die beiden hatten dort auf einer Holzbank Platz genommen und unterhielten sich angeregt. Sie beobachteten das Motorboot, nahmen aber keine besondere Notiz davon. Auch als das Boot an dem Steg langsam anlegte, schien das keine ungewöhnliche Aktion zu sein. Klausius bemerkte die ansteigende Anspannung bei Sadia nicht. Er war viel zu sehr in die Unterhaltung mit seiner neuen Bekanntschaft vertieft. Dann stiegen zwei der drei Bootsleute auf den Steg und erreichten nach einigen Metern die Bank, auf der Sadia und Klausius saßen.

„Kommen Sie bitte mit", wandte sich einer der beiden Bootsfahrer an Klausius.

„Nein, warum sollte ich. Was wollen Sie von mir!"

„Machen Sie jetzt bitte keine Schwierigkeiten, kommen Sie einfach mit", wiederholte der Bootsmann seine Aufforderung jetzt etwas energischer.

„Ich denke nicht daran, lassen Sie ..."

Weiter kam Klausius nicht. Die beiden Männer packten ihn an den Schultern, hoben ihn etwas hoch und trugen ihn zu ihrem Motorboot. Klausius strampelte und schrie etwas Unverständliches. Die beiden Männer hielten kurz an,

setzten Klausius ab und einer der beiden verpasste ihm eine kapitale Ohrfeige. Jetzt war Klausius still. Er wurde wieder gepackt und in das Boot gebracht. Sadia hatte sich inzwischen ohne Hektik erhoben und war im Begriff, den Steg wieder zu verlassen.
Valentina Belmondi, Marcs Sicherheitschefin, die sich zu dieser Zeit ebenfalls in der Nähe des Strandes aufhielt, bemerkte die letzte Sequenz dieses Vorfalls aufgrund des Geschreis von Klausius und reagierte sofort. Es war aber zu spät. Das Motorboot hatte inzwischen volle Fahrt aufgenommen und verschwand in der Dunkelheit.
Valentina war nicht entgangen, dass Klausius mit Sadia zusammen auf dem Steg gewesen war. Noch bevor Sadia in einer Traube erstaunter Partygäste untertauchen konnte, stellte Valentina sie zur Rede:
„Was ist denn hier soeben passiert?"
„Ja …, ich habe mich gerade hier unterhalten, als mein Gesprächspartner wohl von seinen Freunden abgeholt wurde. Vielleicht war seine Frau eifersüchtig, dass er sich mit mir so angeregt unterhalten hat. Ich weiß es nicht. Jedenfalls hat er die Party dann überstürzt verlassen."
„Und das kam Ihnen nicht ungewöhnlich vor?"
„Ja schon, aber so ist das halt mit den Männern", zuckte Sadia unwillig mit den Schultern. „Plötzlich sind sie

genauso schnell weg wie sie gekommen sind.“

„Verraten Sie mir Ihren Namen?“

„Ich bin Sadia.“

„Und ihr Nachname?“

Sadia überlegte kurz, entschied sich dann aber diesbezüglich, bei der Wahrheit zu bleiben. Einen falschen Namen zu nennen, schien ihr nicht ratsam.

„Sadia, Sadia Alzahrani.“

„Darf ich Sie bitten, mit mir kurz zum Haus zu kommen, damit Sie mir den Vorgang noch einmal genau erklären können.“

„Ja, wenn Sie meinen, gerne. Viel mehr kann ich Ihnen dort aber auch nicht sagen. Mein Gesprächspartner hatte wohl urplötzlich genug von mir und verschwand, fertig.“

„Sagen Sie, Frau Alzahrani, woher kennen Sie denn Herrn Staub?“

„Wen?“

„Herrn Staub.“

„Ich kenne keinen Herrn Staub. Wer soll das sein?“

„Na ihr Gesprächspartner, Klausius Staub.“

Jetzt wurde Sadia blass und zitterte leicht. Valentina entging das nicht.

„Ist alles in Ordnung mit Ihnen, Frau Alzahrani, geht es Ihnen gut?“

„Ja, ja, alles okay. Es ist nur die Aufregung."
Valentina hatte inzwischen Marc verständigt. Als sie mit Sadia im Konferenzraum der Villa ankam, wartete Marc bereits. Auch Shari kam dazu. Valentina erklärte ihre Beobachtung mit den ergänzenden Informationen von Sadia. Spätestens als der Name Alzahrani fiel war ziemlich klar, dass hier etwas Ungewöhnliches vorgefallen war. Sadia wollte jetzt möglichst schnell weg, das untersagte ihr aber Kommissar Springinsfeld, der ebenfalls unter den Partygästen war. Lange würde er aber Sadia nicht festhalten können. Ihr war nichts vorzuwerfen. Sie bestand darauf, dass Klausius sie angesprochen und zu einem Flirt auf den Bootssteg überredet hätte.
Marc und Shari vermuteten sofort einen erneuten Entführungsversuch, der wohl Marc zum Ziel hatte. Warum dann ausgerechnet der schweinsäugige Klausius mitgenommen wurde, blieb ein Rätsel. Erst als Valentina beiläufig erwähnte, dass sie beobachtet hatte, dass Sadia bei dem Namen Klausius Staub erschrocken reagierte, bestätigte sich der Verdacht, dass es sich vermutlich um eine Verwechslung handelte. Jetzt kam Hektik auf. Glücklicherweise waren auf der Party neben Kommissar Springinsfeld auch die wesentlichen Behördenvertreter der Polizei und Staatsanwaltschaft zugegen. Marc bat Willi und

Valentina nach Staatsanwalt Siebenzwerg Ausschau zu halten und ihn in den Konferenzraum zu bitten. Willi nahm zeitgleich mit seinen Polizeikollegen Verbindung auf. Nach und nach füllte sich der Raum mit zehn bis fünfzehn hochrangigen Beamten. Der gewünschte Effekt einer raschen Einsatzplanung erfüllte sich jedoch nicht. Die Herren diskutierten zunächst die Zuständigkeitsfrage ausgiebig und kamen letztlich zu dem Ergebnis, dass der Bürgermeister von Genf hinzugezogen werden müsse. Als nach einer endlos langen Zeit klar wurde, dass das Stadtoberhaupt nicht erreichbar war, einigte man sich darauf, dass vielleicht eine Task-Force unter Leitung von Willi Springinsfeld die beste Lösung sei. Bis dahin waren allerdings bereits nahezu drei Stunden vergangen.

Als Willi dann kurzerhand anordnete, dass die öffentlichen Knotenpunkte von Bus, Bahn, Flugverkehr, Fährverbindungen kontrolliert und überwacht werden sollten, ging das Kompetenzgerangel wieder los. Wer ist denn eigentlich dieser Klausius Staub, ist der wichtig, hat der seinen Wohnsitz in der Schweiz und überhaupt und so. Vermutlich, destabilisiert durch einige Drinks, dafür aber mental gelockert, liefen die hohen Herren zur Höchstform auf. Nicht bezogen auf notwendige Entscheidungen, Gott bewahre, aber umso brillanter in rhetorischen

Spitzfindigkeiten.
Marc und Shari hatten sich längst von dieser Runde zurückgezogen und auch Willi schaffte nach einiger Zeit den Absprung. Als seine Leute dann in den frühen Morgenstunden ihre Ermittlungen auf den Flughafen in Genf ausdehnten, mussten sie feststellen, dass im fraglichen Zeitraum lediglich eine kleinere Chartermaschine den Flugplatz verlassen hatte. Es handelte sich um eine Saudi-Arabische Postmaschine mit Zielrichtung Riad.
Marc und Shari waren wie vor den Kopf gestoßen. Saudi-Arabien, das musste es sein. Klausius musste nach Saudi-Arabien entführt worden sein. Aber warum? War es wirklich eine Verwechslung oder steckte da mehr dahinter? Was versprachen sich die Leute dort von ihm? Mit ihm war doch nichts anzufangen, abgesehen vom Kartoffel schälen vielleicht. Aber das konnte nicht der Grund sein. Auch ein Lösegeld war für ihn wohl kaum zu erpressen, abgesehen davon, dass Geld wohl das wenigste war, das die Saudis zusätzlich brauchten. Der Vorgang blieb ein Rätsel.
„Was sollen wir jetzt tun, Marc? Einfach nur abwarten, was passieren wird? Klausius war ja hier wirklich keine große Hilfe. In der Küche vielleicht, aber sonst … Eigentlich können wir froh sein, dass wir ihn los sind, oder?“
„Nein Shari, du hast zwar mit allem recht, aber wir müssen

uns trotzdem um ihn kümmern, selbst auf die Gefahr hin, dass wir ihn wieder zurückbekommen. Aber er arbeitet für uns, also kümmern wir uns um ihn."

„Okay, einverstanden. Mit fällt jetzt nur ein, dass ich bei meinem Onkel nachfrage, ob seine Leute näheres über den Postflieger herausfinden können. Vielleicht gibt es dann einen Anhaltspunkt für uns."

„Prima, Shari, mach das! Kannst du das sofort erledigen? Wenn wir auf der richtigen Fährte sind, ist das Flugzeug vielleicht noch gar nicht angekommen und die Geheimdienstleute können nach der Landung die Fracht genauer überprüfen! Ich versuche mich inzwischen ein wenig auszuruhen. Wir haben immerhin schon bald wieder Sonnenaufgang."

Am nächsten Morgen meldete sich Shari mit einem Teilerfolg:

Die Maschine war bereits gelandet als sie ihren Onkel erreichte. Die Agenten von Abdul Abbas konnten aber feststellen, dass die Maschine aus Genf keine reguläre Postmaschine war. Trotzdem hatte das Flugzeug eine Fracht dabei. Die Leute von der Frachtabfertigung konnten sich noch gut erinnern, dass eine Waschmaschine entladen wurde. Zumindest war es die Verpackung einer Waschmaschine. Klausius war aber nicht an Bord, soweit

sich die Bediensteten erinnern konnten. Auch die Unterlagen der Flugsicherung lieferten keinen belastbaren Hinweis. Damit war aber auch nicht zu rechnen, wenn es sich tatsächlich um den Flieger der Entführer handelte.
Die Tatsache, dass auf der Party in Genf eine Frau mit dem Namen Alzahrani festgesetzt wurde, die noch dazu den letzten Kontakt mit Klausius Staub hatte, war Grund genug, der Familie Alzahrani jetzt besondere Aufmerksamkeit zu widmen.
„Tja, Shari, was machen wir jetzt? Wir haben keinerlei Beweise, dass Klausius nach Saudi-Arabien entführt wurde, geschweige denn einen Grund, falls es wirklich so sein sollte. Trotzdem habe ich das Gefühl, dass wir schon auf dem richtigen Weg sind."
„Mir geht es genauso, Marc. Am meisten beschäftigt mich, dass schon wieder der Name Alzahrani auftaucht. An so viele Zufälle glaube ich einfach nicht."
„Hmm, was können wir also tun, was sollen wir tun?"
„Ich denke, Abdul Abbas wird jetzt die Familie Alzahrani durchleuchten um irgendwelche Hinweise zu finden. Allerdings muss das diskret erfolgen. Die Alzahranis haben weit verzweigte Verbindungen zu entscheidenden Regierungsstellen. Abdul Abbas kann deswegen kein allzu großes Risiko eingehen. Die Alzahranis wissen sich zu

wehren."

„Was willst du mir damit genau sagen, Shari?"

„Ich will dir damit sagen, dass ich selbst nach Riad fliegen möchte!"

„Also echt, Shari, was willst du dort, ist Klausius das wirklich wert?"

„Es geht nicht nur um Klausius, er ist für mich jetzt nur der Tropfen auf den heißen Stein. Mir geht es jetzt um die wirkliche Motivation der Familie Alzahrani. Und, Marc, ich möchte endlich auch mit Rayen abschließen. Ich möchte wissen, was er damit zu tun hat, warum er uns entführen wollte und warum er mich in Berlin derartig hintergangen hat. Kannst du das verstehen?"

„Hmm, ja, ich verstehe das, Shari. Pass auf dich auf!"

Er ist wieder da

Die Maschine der Saudia Airline befand sich kurz vor der Landung in Riad. Es war bereits kurz vor 23:00 Uhr. Gegen Mitternacht checkte Shari im Riyadh Airport Marriot Hotel ein. Seit ihrer Jugend hatte sich vieles in ihrer Heimat verändert. Damals wäre es nicht möglich gewesen als Frau alleine zu reisen oder in einem Hotel alleine zu übernachten. Auch das war ein Grund, warum sie ihrer Heimat zunehmend den Rücken kehrte, auch wenn sich inzwischen einiges positiv veränderte.
Für den nächsten Morgen hatte ihr Abdul Abbas einen Termin eingeräumt. Das war keineswegs selbstverständlich, selbst wenn es ihr Vormund war. Seine obligatorischen Termine wollte Abdul nicht verschieben. Shari musste deshalb ihr Hotel am King Khalid International Airport zeitig verlassen um die ca. 30 Kilometer zum Stadtzentrum rechtzeitig zu schaffen.
Die Begrüßung mit Abdul war herzlich, aber auch irgendwie von professioneller Geschäftsmäßigkeit geprägt. Über die wesentlichen Informationen hatten sich die beiden bereits telefonisch ausgetauscht. Sharis Plan bestand darin, möglichst offiziell Zugang zum Haushalt der Alzahranis zu erlangen. Beispielsweise als Haushaltshilfe. Abdulla hielt

davon nicht viel.
„Als was möchtest du dich denn dort bewerben? Sei ehrlich zu dir selbst. Von Haushalt hast du doch keine Ahnung. Das würde ziemlich schnell auffliegen, nicht wahr?“
„Hmm, da ist was dran, hast du einen besseren Vorschlag?“
„Ja schon, die Alzahranis sind im Baugewerbe groß und vermögend geworden. Du hast mir erzählt, du möchtest künftig im Immobiliengewerbe Fuß fassen. Vielleicht kann man da Gemeinsamkeiten herausarbeiten, die für die Alzahrani Gruppe interessant wären. Eventuell könntest du darüber einen Anknüpfungspunkt finden, was meinst du.“
„Hmm, ich finde die Idee gut, zumal Saudi-Arabien dabei ist alternative Verwendungsmöglichkeiten für Öl zu finden, weil andernorts die Elektrifizierung immer weiter vorankommt.“
„Ja, Karima Alzahrani und ihre Ingenieure beschäftigen sich schon eine Weile primär damit, aus Öl und Sand einen Ersatz für Ziegel- und andere Bausteine zu entwickeln. Öl und Sand gibt es hier ja genug. Aus Öl und Sägeabfällen könnte darüber hinaus künftig Bauholz entstehen. Denk mal darüber nach und lass dir eine Story dazu einfallen.“
„Ja, das werde ich, Onkel Abdullah, das ist eine gute Idee. Jetzt habe ich noch eine Bitte an dich. Wenn du meine Eltern treffen solltest, erwähne nicht, dass ich heute hier

war. Ich weiß nämlich nicht, ob ich es schaffe, sie zu besuchen. Eigentlich müsste ich bei ihnen längst wieder einmal vorbeikommen. Aber vielleicht klappt es terminlich nicht."

„Ich denke, du solltest dir die Zeit nehmen, Shari. Wieso ist dir denn dieser Entführungsfall so wichtig?"

„Es geht nicht nur um diesen Klausius Staub. Ich habe das Gefühl, dass hier auch Rayen eine gewichtige Rolle spielt. Ich hatte dir ja von ihm erzählt. Mich hat noch nie jemand so getäuscht wie er. Ich brauche Klarheit, um über ihn ins Reine zu kommen."

„Er hat dir wohl sehr den Kopf verdreht, Shari. Habe ich recht?"

„Ja, du hast schon recht. Das ist wahrscheinlich auch der Grund, warum ich genau wissen will, warum er mich so getäuscht hat."

„Dachtest du, ihr beide hätten ein Paar werden können?"

„Ich hatte es schon irgendwie gehofft. Das gebe ich zu. Die Sache mit Jamal in Istanbul hat mich damals ziemlich aus der Bahn geworfen. Damit hatte ich nicht gerechnet, trotz meiner Ausbildung. Irgendwie dachte ich, das Agentenleben bedeutet hauptsächlich Akten zu studieren und Nachforschungen anzustellen. So war es lange ja auch. Danach habe ich mich sehr lange kaum mehr in die

Öffentlichkeit getraut. Und dann kam Rayen. Tja und dann … du weißt ja, was passiert ist. Mit dem Golfschläger habe ich seinen Freund oder Kollegen umgebracht … Nach Istanbul war das der zweite große Schock für mich."
„Das war nicht deine Schuld …"
„Na ja, es hat mich schon sehr betroffen gemacht. Aber ich glaube, nach einer Weile wurde ich auch härter. Ich weiß nicht, ob ich sonst die Sache im Iran und Aserbaidschan so gut durchgestanden hätte. Eigentlich hatte ich aber gehofft, mir mit diesem Rayen vielleicht ein ruhiges Leben aufzubauen und ab und zu kleinere Aufträge für dich zu erledigen."
„Wie geht es dir denn jetzt in der Schweiz? Ich meine, hast du dort jemand?"
„Hmm, ich weiß nicht. Ich verstehe mich mit Marc recht gut, aber ob das für mehr reicht … wir werden es sehen. Es gibt da auch noch eine Mia Rabenschnabel. Die versteht sich auch recht gut mit ihm. Abgesehen davon ist er auch noch verheiratet, wie du weißt."
„Na ja, jetzt bring erst einmal die Sache mit diesem Rayen, Karima Alzahrani und Klausius Staub zu Ende."
Bereits für den späten Nachmittag konnte sich Shari mit Karima Alzahrani verabreden. Aus naheliegenden Gründen entschied sie, nicht mit ihrem aktuellen Namen mit Karima

in Kontakt zu treten, sondern ihren Geburtsnamen, Fatma Al-Shallah, zu wählen. Karima hatte sie kurzerhand zu ihrem Anwesen südlich von Riad gebeten. Es handelte sich um einen großen Gebäudekomplex, bestehend aus vier ineinander verschachtelten Häusern, die zusammen einen großen Innenhof bildeten. Etwas abseits befand sich ein bungalowähnlicher Neubau. An dem steinernen großen Eingangstor zum Innenhof stand ein Portier oder eine Wache, die darauf achtete, dass keine ungebetenen Besucher Eingang fanden. Die moderne Architektur und besonders die gediegene Eleganz des Anwesens ließen erkennen, dass hier keine armen Leute wohnten. Shari wurde sofort von einer freundlichen Empfangsdame begrüßt und in ein helles, modern eingerichtetes Besprechungszimmer geführt. Kurz darauf betrat auch Karima Alzahrani den Raum. Karima kam nicht einfach, sie erschien. Shari spürte sofort die freundliche, aber auch dominante Aura, die diese Frau umgab.

Nach der obligatorischen Versorgung mit Tee, Gebäck und diplomatischen Worten kam Karima auch gleich zur Sache: „Sie sagten mir am Telefon, Frau Al-Shallah, dass Sie im Begriff sind, ein Unternehmen zu organisieren, das sich auch mit dem Bau unterschiedlichster Häuser beschäftigen wird, richtig?“

„Ja genau, wir sind noch auf der Suche nach strategischen Partnerschaften hinsichtlich des Bezugs von Baumaterial. Wie Sie bestimmt wissen, sind auch in Europa die Beschaffungskosten seit Corona und auch mit der zunehmenden Kriegsgefahr deutlich gestiegen. Wir wissen, dass Sie nach alternativen Verwendungsmöglichkeiten für den erwartenden Rückgang des Ölverbrauchs suchen und hier besonders mit der Entwicklung von Baumaterial beschäftigt sind."
„Ja, das ist richtig. Sehen Sie sich um, nicht nur hier, sondern auch im Stadtbild von Riad und in anderen bedeutenden Städten in Saudi-Arabien. Vieles ist von unseren Firmen gebaut worden. Wir sind durch Bauaktivitäten zum Erfolg gekommen. Das ist unsere Kernkompetenz. Natürlich wissen wir, dass Baumaterial aus Öl nur zeitlich begrenzt eine Alternative sein wird da auch diese Ressource nicht nachwächst. Aber immerhin, für viele Jahre werden wir damit gut zurecht kommen."
„Das ist sehr interessant für uns. Sagen Sie, Frau Alzahrani, dürfte ich mich hier bei Ihnen etwas umsehen, um mir ein besseres Bild von Ihrer Vorgehensweise zu machen. Vielleicht kommen wir miteinander ins Geschäft. Ich würde mich darüber freuen."
„Ich führe Sie gerne ein wenig herum. Einige unserer

modernen Steine und Hölzer kann ich Ihnen bereits zeigen. Wir haben die Baustoffe teilweise bereits hier probeweise verbaut. Sie werden überrascht sein."

„Ja, gerne, vielen Dank."

„Na dann lassen Sie uns gleich damit beginnen."

Karima führte Shari zunächst durch einige Räume hier im Haupthaus und erläuterte jeweils einige Details der verbauten Materialien. Selbst eine große Feuerstelle in einem der Nebengebäude war aus den neuartigen Ölsteinen erbaut worden um die Feuerfestigkeit des Materials unter Beweis zu stellen. Shari beeindruckte die Präsentation zunehmend und fast hätte sie vergessen, dass sie nicht wegen neuartiger Baumaterialien hier war. Bei dem Rundgang sparte Karima den flachen Neubau aus und war im Begriff zurück zum Haupthaus zu gehen. Shari erkundigte sich beiläufig:

„Sagen Sie, Frau Alzahrani, welche baulichen Neuheiten hat denn Ihr Neubau zu bieten? Wollen wir nicht auch kurz dahin gehen?"

„Das geht jetzt leider nicht. Das Gebäude ist als künftige Werkstatt gedacht. Zurzeit haben wir es aber einem Besucher zur Verfügung gestellt, den wir nicht stören möchten. Er erholt sich gerade von einem kleinen Eingriff."

„Oh, Sie haben Besuch, das wusste ich nicht?", fragte Shari

neugierig.
Dass Karima darauf nicht einging, steigerte Sharis Neugier zusätzlich. Die beiden Damen ließen ihr Gespräch am Ausgangspunkt bei einer Tasse Tee ausklingen. Beiläufig fragte Karima:
„Sagen Sie Frau Al-Shallah, wie heißt eigentlich Ihre Immobilien-Firma?“
Mir dieser naheliegenden Frage hatte Shari jetzt nicht gerechnet. Sie musste annehmen, dass Karima der Name IMMOSHI noch von Eva Shihani bekannt sein dürfte. Einen anderen Namen zu erfinden, hielt sie nicht für eine gute Option. Mithilfe von Google ließ sich ein derartiger Schwindel schnell aufklären. Auch den Namen einer existierenden Firma zu nennen hielt sie nicht für ratsam. Ein Blick ins Impressum würde die Unwahrheit schnell offen legen.
„Unsere Firma heißt IMMOSHI. Genau genommen fange ich dort aber erst in einigen Wochen als Geschäftsführerin für das Resort ‚Vertrieb und Kundenmanagement‘ an. Ich versuche aber bereits jetzt, mich auf meine künftige Aufgabe etwas vorzubereiten. Deshalb auch der Kontakt zu Ihnen.“
Karima hob kurz missbilligend eine Augenbraue, ging aber

nicht weiter auf das Gehörte ein. Kurz darauf verabschiedeten sich die beiden.

„Guten Abend Rayen, hör zu, ich hatte soeben eine irritierende Begegnung. Eine junge Frau aus Europa hat sich bei mir vorgestellt und angeboten, mit uns in eine geschäftliche Beziehung einzutreten. Sie arbeitet für ein Immobilienunternehmen."
„Ja gut, Großmutter, und was ist daran so irritierend. Das ist doch gut. Wir werden künftig viele Kunden brauchen, um den rückläufigen Ölexport zu kompensieren."
„Jetzt hör doch zu! Aus Geschäftssicht ist dagegen natürlich nichts einzuwenden. Meine Irritation kommt vielmehr daher, dass die Frau für die IMMOSHI arbeitet."
„IMMOSHI? Ist das nicht eine Firma von Tante Eva?"
„Genau! Ist das nicht zumindest sehr erstaunlich, dass gerade jetzt, nachdem ihr versucht habt diesen Marc Christ hierher zu bringen, jemand aus dieser Firma auftaucht, die jetzt diesem Mörder gehört?"
„Hmm, ja, in der Tat, das ist schon eigenartig. Wie heißt denn diese Frau?"
„Al-Shallah, Fatma Al-Shallah. Hast du diesen Namen schon einmal gehört?"
„Nein, gibt es Bilder von ihr, wie sieht sie denn aus?"

„Ein Bild habe ich bisher nicht gefunden. Zumindest weiß Google nichts von ihr. Sie sieht blendend aus. Wenn es mit dem Immobiliengeschäft nicht läuft, könnte sie jederzeit auch als Model anfangen. Das habe ich ihr natürlich nicht gesagt."

„Gut, Großmutter, ich werde die Augen offen halten wenn wir auf die IMMOSHI oder diesen Marc Christ stoßen", meinte Rayen nachdenklich.

„Denk dran, Rayen, die Priorität hat dieser Christ. Alle anderen sind mir egal. Die haben auch nichts angestellt."

„Und ausgerechnet den haben wir bisher nicht erwischt", presste Rayen zerknirscht durch seine Lippen.

„Ja leider. Seinen Koch, Putzhilfe oder was immer der genau macht, habt ihr mir angeschleppt. Mir gefällt das gar nicht, Rayen. Wir müssen etwas tun."

„Ja, natürlich, Großmutter. Sollen wir diesen Koch, Klausius nennt er sich übrigens, verschwinden lassen? Dann gäbe es keinen Zeugen."

„Nein, natürlich nicht. Wir sind doch keine Verbrecher. Der Mann hat doch nichts getan. Dafür, dass ihr ihn einfach mitgenommen habt, kann er doch nichts."

„Ja, aber …"

„Nein, Rayen, du hast die falschen Leute engagiert, um diesen Christ zu fangen."

„Wie du schon sagtest, Großmutter, wir sind halt keine richtigen Verbrecher. Was sollte ich denn sonst tun. Beim ersten Versuch sind bereits zwei unserer Leute umgekommen und ich habe seitdem einen Schaden an der Hüfte, kann nicht mehr richtig laufen und bin auf Medikamente angewiesen. Ich hab wirklich alles versucht, um deinen Auftrag zu erfüllen."
„Das weiß ich doch, Rayen", antwortete Karima versöhnlich. „Ich bin dir dankbar, dass du mir helfen wolltest. Tante Eva wäre stolz auf dich. Wir müssen die Sache jetzt endlich zu Ende bringen. Es kann doch nicht so schwer sein, diesen Christ aus dem Weg zu räumen. Denk daran, er hat Eva auf dem Gewissen."
„Ja, aber …, was soll ich denn tun", jammerte Rayen ratlos. „Dieser Klausius hat ja weder dich noch mich gesehen. Wir können ihn gefahrlos frei lassen. Er kann jedenfalls nicht gegen uns persönlich aussagen, falls er sich das überhaupt überlegen sollte. Die Einzige, an die er sich noch erinnern wird, ist Sadia. Aber ihr ist ja nun überhaupt nichts vorzuwerfen. Sie hat ja nur ein wenig geflirtet mit ihm"
„Na ja, das schon …"
„Was heißt da, na ja? Gibt es irgendetwas, das du mir noch sagen möchtest?
„Hmm …", druckste Rayen herum, „es ist so, dass meine

Leute diesen Klausius leicht betäuben mussten, weil er einfach ständig gequasselt und gejammert hat."

„Betäubt?", fragte Karima irritiert nach. „Wie denn, womit?"

„Es ist so, dass sie ihm aus der Bordküche des Flugzeugs eine Flasche vom besten Whiskey eingeflößt haben."

„Hmm …, das geht ja gerade noch."

„Hat aber nicht wirklich nachhaltig gewirkt, Großmutter. Sie mussten ihm dann noch die leere Flasche leicht überbraten bis er endlich ruhig war."

„Welche Barbaren hast du da nur engagiert, Rayen. Der Mann ist doch unschuldig. Er hat nichts getan. Hoffentlich vergisst er dieses Abenteuer bald."

„Aber das ist es ja, Großmutter, die Leute waren so genervt von diesem Klausius, dass sie ihm noch ein kleines Andenken mitgeben wollten, das ihn künftig daran erinnern soll, nur zu sprechen, wenn man gefragt wird."

„Jetzt mach es nicht so spannend, Rayen, was haben sie ihm noch angetan."

„Sie haben ihm eine kleine Beauty-Behandlung zuteilwerden lassen."

„Was haben sie denn noch gemacht, Rayen?"

„Also … zuerst haben sie noch überlegt, ihm ein paar Zehennägel mit der Kneifzange zu ziehen, dann haben sie

sich aber anders entschieden und die Nägel dran gelassen. Dafür aber alle
Fingernägel und die Fußnägel knallrot lackiert."
„Puh, Rayen, das geht ja noch. Das kann man leicht entfernen. Du hast wohl einige Witzbolde bei deinen Leuten."
„Ja, das auch", antwortete Rayen schuldbewusst.
„Was heißt das", fragte Karima ungeduldig nach, „sag schon, gibt es noch etwas!"
„Eigentlich nur, dass sie ihm auch noch einen kapitalen Nasenring eingezogen haben."
„Seid ihr verrückt, die sollten ihn doch nur bei mir abliefern."
„Sie wollten ihn doch nur darauf vorbereiten, was ihn wahrscheinlich bei uns erwartet hätte. Und da haben sie ihn noch ein wenig aufgewertet."
„Aufgewertet?"
„Der Nasenring ist aus purem Gold. Der Klausius ist jetzt deutlich wertvoller als vorher."
„Also, ich muss schon sagen, deine Leute sind das Allerletzte. War es das jetzt?"
„Ja, Großmutter", hauchte Rayen wie ein ertappter Übeltäter ins Telefon. „Was soll ich denn jetzt nur tun?"
„Also, du lässt ihn schnellstens hier abholen und wieder

dahin zurückbringen, wo ihr ihn herhabt. Sag deinen Leuten, sie sollen darauf achten, dass er nicht sehen kann, wo er hier ist. Außerdem ist eine Entschuldigung angebracht, hörst du! Ihr könnt ihm ja sagen, er kann den Nasenring dafür behalten."
„In Ordnung, Großmutter, das wird ihn bestimmt freuen, ich kümmere mich darum."

Etwa zeitgleich berichtete Shari ihrem Onkel von der Begegnung mit Karima:
„Karima Alzahrani ist schon eine beeindruckende Frau, Onkel Abdul Abbas. Sie hat mich sehr freundlich durch ihr Anwesen geführt und dabei alle Entwicklungen erklärt, mit denen sich ihre Ingenieure beschäftigen. Darauf möchte ich jetzt aber gar nicht eingehen. Zum Ende unseres Gespräches habe ich möglicherweise einen Fehler gemacht. Sie hat mich nach dem Namen meiner Firma gefragt. Ich wollte eng bei der Wahrheit bleiben und habe erklärt, dass ich künftig für die IMMOSHI arbeiten würde. Ich glaube, sie war darüber sehr irritiert, hat es sich aber nicht anmerken lassen. Das irritiert jetzt aber wiederum mich sehr. Deshalb rufe ich an. Was soll ich jetzt tun, Onkel? Ein Gebäude hat sie mir nicht gezeigt. Sie hätte gerade Besuch und wolle ihren Besucher nicht stören."

„Das ist ja interessant. Du solltest dir dieses Gebäude näher anschauen. Am besten gleich heute Nacht. Ich stelle dir einen unserer Agenten zur Seite. Alleine wäre das zu gefährlich, hörst du!"
„Ja, Onkel, ich danke dir. Dein Mann soll mich anrufen, wenn er so weit ist. Ist das in Ordnung?"
„Das ist in Ordnung, Shari. Jetzt habe ich aber auch noch eine Neuigkeit für dich, die interessant ist und zu deinem Fall passt."
„Worum geht's denn?"
„Wir haben seit einiger Zeit die Verwandtschaftsverhältnisse zwischen Karima Alzahrani, Rayen Al-Shahiri und leitenden Personen im Ministerium überprüft. Jetzt sind wir auf einen gewissen Suleyman gestoßen. Er leitet eine Verwaltungseinheit und hat auch Zugriff auf manche vertrauliche Information im Königshaus. Wir haben jetzt Beweise, dass er Kenntnis von den Hintergründen der Aktion gegen Eva Shihani hatte und jetzt wissen wir, dass er mit Karima Alzahrani und auch Rayen verwandt ist und damit über ein paar Ecken auch mit Eva. Du musst diese Information streng vertraulich behalten, Shari. Verstehst du!"
„Natürlich, Abdul. Das würde bedeuten, dass wir endlich wissen, warum Karima und Rayen derartig akribisch hinter

Marc Christ her sind. Es geht also um eine Racheaktion."
„So ist es, Shari. Für mich ist aber der Geheimnisverrat durch diesen Suleyman die entscheidende Komponente, nicht die Rache. So etwas geht einfach nicht. Wenn publik würde, dass unser Staat Eva Shihani beseitigt hat, hätten wir dasselbe Theater wie im Fall Khashoggi. Die Verfehlungen von Karima und Rayen gegen Marc Christ sind dagegen fast schon Kleinigkeiten, verstehst du. Jedenfalls sind ihre Aktionen politisch ohne Belang. Was aber politisch brisant ist, das ist die Weitergabe und Verwendung vertraulicher Informationen. Dafür werden wir Karima und Rayen zusammen mit Suleyman wegen Geheimnisverrats zur Verantwortung ziehen. Und zwar schon in den nächsten Tagen. Damit werden dann deren Aktionen gegen Marc Christ ein für allemal beendet sein."
„Heißt das etwa auch, ich könnte einfach ein paar Tage abwarten und Marc Christs Problem wäre automatisch erledigt?"
„Na ja, im Grunde schon. Es könnte dann aber auch sein, dass euer Klausius diese paar Tage vielleicht nicht überstehen könnte."

Noch in derselben Nacht, kurz vor Sonnenaufgang, kehrte Shari frustriert in ihr Hotelzimmer zurück. Sie wollte

Klausius nicht im Stich lassen bzw. alles unternehmen, damit er frei käme, sofern er hier überhaupt gefangen gehalten würde. Zusammen hatte sie sich mit einem Agenten des Geheimdienstes in das Anwesen von Karima geschlichen und das fragliche Gebäude untersucht. Die Aktion verlief ziemlich unspektakulär. Die Eingangstüre war noch nicht einmal verschlossen. Auch in dem Gebäude befand sich niemand. Keine Spur von dem von Karima erwähnten Besucher. Wenn es ihn wirklich gegeben haben mochte, war er vielleicht schon wieder abgereist. Wie auch immer, die nächtliche Aktion war ein Reinfall.

Shari hatte ein gehöriges Schlafdefizit. Als gegen Mittag ihr Handy summte, rappelte sie sich langsam in ihrem King Size Bett hoch. Marc war am Telefon:

„Er ist wieder da!“, rief er in den Hörer.

„Wer ist wieder da“, murmelte sie schlaftrunken.

„Klausius ist wieder da“, meldete er freudig.

Shari war einigermaßen perplex. „Wie, wieder da? Ist er etwa wohlgemut bei euch einfach einmarschiert?“

„Nicht ganz, er kam geschwommen. Heute Morgen hörte Mia einen Helikopter über dem See. Sie war gerade im Pool und wunderte sich über die morgendliche Geräuschkulisse. Als sie gerade dabei war den motorisierten Störenfried näher unter die Lupe zu nehmen, erkannte sie, dass der

Hubschrauber etwa einhundert Meter vor unserem Strand kreiste und dann etwas aus der Kanzel warf. Dieses Etwas war Klausius, wie sich später herausstellte.
„Ist nicht wahr“, entfuhr es Shari ungläubig.
„Doch, so war es. Klausius kam dann ans Ufer geschwommen. Der Hubschrauber war längst wieder verschwunden.“
„Ich bin wirklich sprachlos, Marc. Wie geht es Klausius denn?“
„Hmm, schwer zu sagen. Gerade ist Dr. Wütherich bei ihm und auch ein Schlosser.“
„Ups, dass der Arzt zugegen ist, verstehe ich. Aber was soll der Schlosser?“
„Tja, der Klausius hat sich während seiner Abwesenheit einen Nasenring zugelegt, den er jetzt aber schon nicht mehr mag. Das Teil ist echt massiv und schwer. Klausius trägt seinen Rüssel jetzt wie ein Elefant vor sich her. Das gefällt ihm natürlich nicht besonders. Er will das Ding wieder los werden. Der Schlosser müsste jetzt massiveres Werkzeug einsetzen, davor fürchtet sich aber Klausius. Und jetzt diskutieren Arzt, Schlosser und Klausius schon seit einiger Zeit, was denn zu tun sei.“
„Echt krass!“
„Ja genau, wir werden sehen, wie das endet. Vielleicht

behält er das schmucke Teil ja auch im Rüssel“, schmunzelte Marc. „Es wertet ihn jedenfalls ziemlich auf.“

„Und wo war denn Klausius die letzten Tage, wie hat sich denn alles zugetragen?“

„Das wissen wir noch gar nicht. Er hat so gejammert, dass wir zuerst den Arzt riefen. Kommissar Springinsfeld ist aber schon verständigt. Er wird wohl in Kürze auch hier auftauchen. Wann wirst du denn wieder hier sein?“

„Brauchst du mich denn überhaupt noch?“

„Natürlich, was soll die Frage?“

„Die von Karima gesteuerten Aktionen gegen dich werden definitiv aufhören. Ich darf aber jetzt noch nicht mehr dazu sagen. Jedenfalls ist das Abenteuer mit dem Iran inzwischen endgültig beendet und auch die Alzahranis werden dir künftig nichts mehr antun.

Der Auslöser beider Abenteuer war deine Schwiegermutter, auch wenn sie persönlich nichts dafür konnte. Der Grund sind einerseits die Waffenlieferungen, durch die Shihani-Trade an den Iran, andererseits war genau das ein Affront gegen die Saudis. Wenn man schon versucht, sich auf die Stühle zweier Staaten zu setzen, sollte man höllisch aufpassen, nicht herunter zu fallen. Jedenfalls wollte es Saudi-Arabien nicht tolerieren dass der Iran massiv aufrüstet und hat als erster seinen Stuhl weg gezogen, nachdem du mit deinen Informationen daran gerüttelt hast. Damit wäre die politische Dimension erst einmal erledigt gewesen. Es gab ja keine Beweise für irgendetwas. Dann begann aber Karima damit nachzutreten. Und ihre Familie hat ihr tüchtig dabei geholfen. Eva war ihre Schwiegertochter und beste Freundin. Die Ereignisse haben dann aber gezeigt, dass Rache wohl kein guter Ratgeber war. Du kannst dich einfach nicht darauf verlassen, dass sich die Gerechtigkeit durchsetzt. Zumindest Staaten werden immer soweit gehen das zu tun, was ihre Machtverhältnisse zulassen."

„Hmm, jetzt möchte ich dich aber auch fragen, Shari, ob du inzwischen mit Rayen ins Reine gekommen bist. Hast du ihn noch einmal getroffen?"

„Ich habe ihn nicht mehr getroffen", antwortete Shari nachdenklich. „Trotzdem ist alles ihn betreffende für mich inzwischen erledigt. Ich weiß jetzt, dass er nie ein Interesse an mir als Person hatte, sondern von seiner Großmutter auf mich angesetzt war, um heraus zu finden, wer zu Evas Ende beigetragen hat. Er hätte mich auch umgebracht, wenn er es geschafft hätte. Ich habe seinen wahren Charakter damals in Berlin einfach nicht erkannt. Das muss ich mir ankreiden. Jetzt kommt eine harte Zeit auf ihn zu. Fraglich ist, ob er die nächsten Monate überleben wird. Mit staatlichen

Kräften spielt man nicht. Spätestens seit dem Fall Jamal Khashoggi hätte er das wissen sollen. Heute bin ich froh, dass ich mich nicht weiter auf ihn eingelassen habe.“

„Ja, darüber bin ich auch froh. Wir hätten sonst einige Abenteuer nicht zusammen erlebt, Shari!“

„Genau, das denke ich auch. Trotz allem war es eine spannende und aufregende Zeit mit uns. Deine Sache mit dem Iran war politischer Natur, die mit Karima eine persönliche. Jetzt ist es vorbei! Du wirst künftig jedenfalls wieder ein normales Leben führen können.“

„Wollen wir versuchen, es zusammen zu führen, Shari?“

„Was zusammen führen, Marc?“

„Das Leben, Shari, unser Leben!“

ENDE

Danksagung

Ein großes Dankeschön geht auch dieses Mal wieder an Josef Limmer und an Dr. Gabriele Haller, die sich sofort bereit erklärt haben, mein Manuskript vor der Veröffentlichung kritisch zu lesen. Auch bei sorgfältiger eigener Durchsicht ist mir davor eine Reihe von Fehlern unentdeckt geblieben. Den beiden verdanke ich durch ihre Hinweise eine erhebliche Qualitätsverbesserung meines Romans. Josef Limmer war mir während unserer gemeinsamen beruflichen Zeit immer ein wohlwollender Mentor und Ratgeber. Er ist einer der wenigen herausragenden Führungskräfte, denen ich im Laufe der Jahre begegnet bin. Wir kennen uns seit Jahrzehnten. Gabriele hat mir im Laufe der Jahre bei zahlreichen Projekten rund um das Thema „Qualität von IT-Projekten" geholfen. Hierin ist sie eine wahre Expertin. Nichts lag näher, als sie auch bei dem vorliegenden Roman um kritische Durchsicht zu bitten. Ihren Rat und ihr Fachwissen habe ich dabei immer außerordentlich geschätzt.

Weitere, trotzdem noch enthaltene Fehler gehen auf mein Konto. Ich bin für die abschließende Qualitätskontrolle verantwortlich.

Printed in Poland
by Amazon Fulfillment
Poland Sp. z o.o., Wrocław

50415067R00210